JN204139

綺麗になるから見てなさいっ！

フィリア
レガート公爵令嬢。
幼少期は評判の美少女だったが、
今は太って見る影もない。
元婚約者のセルジュを
見返すため、痩せて
綺麗になろうと奮闘する。
レギウス
セルジュの異母弟で、
フィリアの幼なじみ。
家を出て飛竜騎士をしているが、
休暇中にフィリアの
ダイエットに協力してくれることに。
精悍な顔立ちの美形。
登場人物
紹介

セルジュ
バルトーク侯爵の嫡男。
フィリアの幼なじみで元婚約者。
物腰柔らかな外見とは裏腹に、
その実態はナルシストで浮気性。
エイルーク
リグロム王国の第二王子。
切れ者と名高い策略家で、
レギウスとは
親友兼良きライバル。
料理長
レガート公爵家の料理長。
穏やかそうに見えて、
料理に情熱を燃やす
熱いおじいさん。
カトリーヌ
伯爵家の令嬢で、
フィリアの親友。ゴシップ好きの
明るい性格だが、
意外と真面目で芯が強い。
マーゴ
レガート公爵家の侍女。
フィリアからの信頼も厚い、
有能なお姉さん。

目次

綺麗になるから見てなさいっ！

第一章　婚約破棄とダイエット

その時、世界は一変した。目の前の衝撃的な光景を見て、私は前世の記憶――自分がかつて、日本という国で暮らしていた転生者であるという記憶を取り戻したのだ。

「今日の彼女の装い（よそお）を見たかい？　ピンクの髪にピンクのドレスだなんて、ブタにしか見えないよ。ダンスだって踊るというよりドタドタしているだけだし、すぐに疲れてブーブー……いや、失礼。フーフー言っていた。僕にふさわしいとはとても思えないな。一緒にいるだけで恥ずかしいよ」

「あら」

「まあ、おほほほ」

楽しそうな私の婚約者の両腕には、タイプの違う女性がそれぞれ絡みついている。婚約中の身としては、それだけでも常識に欠ける行為。それなのに、彼はあろうことか私の悪口で場を盛り上げているようだ。

大勢の貴族が集まる夜会会場で、公爵令嬢でもある私を堂々と侮辱（ぶじょく）するなんて。瞬間的に怒りが湧（わ）き上がる。

さっきまでの私なら、ショックのあまりすごすごと引き下がっていたかもしれない。けれど前世の記憶を取り戻した今の私は違う。もう黙ってなんかいられない。

「なんてひどいことを。セルジュ様、そこまでおっしゃるなら私にも考えがあります。貴方との婚約は、破棄させていただきますわ！」

　公爵家の長女である私、フィリア＝レガートは高らかに言い放つと、目の前の婚約者を翡翠色の扇でビシッと差した。

＊＊＊＊

　話は二時間ほど前に遡る。

　私、フィリアは婚約者のセルジュ＝バルトークと腕を組み、本日の夜会の会場であるコード伯爵邸へと足を踏み入れた。この家の伯爵夫人は既婚者となった今でも社交界の花形で、常に流行の最先端を走っている。それはファッションのみに止まらず、特に室内装飾のセンスは突出していると評判だ。そのため私は、何日も前から今日の夜会を楽しみにしていた。

　前評判通り、伯爵家の大広間は素晴らしかった。床一面に金糸の刺繍が施された赤い絨毯が敷かれ、大きな窓には同色のカーテンが金色の組み紐で留められている。天井には大きなシャンデリアが吊るされ、蝋燭の灯りを反射したクリスタルの輝きが目に眩しい。招待客達の色鮮やかな服装も、会場に華を添えていた。

　さらに端にあるテーブルには、贅を凝らした美食が所狭しと並んでいる。美味しいものに目がない私は、いつもなら料理コーナーに直行するのだが、今日はぐっと我慢して、淑女らしく振る舞おうと思う。もちろん、それには理由がある。

リグロム王国三大公爵家の一つであるレガート公爵家。その令嬢として生まれた私、フィリア＝レガートは、今年で十九歳になった。ふわふわした柔らかな髪は肩より長い桃色で、瞳は母譲りの緑色をしている。白い肌と桜色の唇も相まって、小さい頃は美少女だと言われたこともあったけど、所詮は過去の栄光で、今は太って冴えない体形だ。十六歳で成人と認められ、十八までに結婚するのが一般的とされている貴族社会では、少々婚期を逃している。

けれど、傍らにいる婚約者――セルジュは、未だに結婚の話を持ち出さない。だから今日は、彼に私の魅力をアピールしつつ、挙式はいつにするのかと迫ってみるつもりなのだ。痺れを切らした私はいつもと一味違う。

「どんな方がお見えになっているのかしら。楽しみね」

「ん？　ああ」

気のない返事をするセルジュは、金色の刺繍が入った水色のジレ――ベストの上に同色の上着を羽織り、白いシャツの首元にレースのクラバットを巻いていた。相変わらず洒落た装いだ。一つにまとめた金髪が水色に映え、とても華やかに見える。

彼は背が高くスラッとした体形で、青い瞳と目元の泣きぼくろが印象的な端整な顔立ちだ。侯爵家の嫡男ということもあり、私と婚約中であるにもかかわらず、舞踏会などではすぐに女の人に囲まれてしまう。

一方私は、成長とともに食べる量が少しずつ増え、横に大きくなってしまった。顔はぷっくり。残念ながら今の私は、ぽっちゃりを通り越してかなり太い。でもセルジュは、私が太っていても気にしないと言ってくれた。婚約者だからといってプライベートにまで干渉してくることもなく、私達は非常にいい関係を築けていると思う。ゆえに結婚話を一刻も早く進めたい私は、今日のために侯爵家に人を遣り、彼の装いを聞いておいた。衣装を揃えて参加し、周囲からお似合いの二人だと褒めてもらうことで、外堀も埋めていく作戦だ。セルジュは水色の上着を着ると教えてくれたので、私も彼に合わせてピンクのドレスを豪華に仕立てた。リボンやレースなどがたくさん付いた華美な装飾は私の好みではないけれど、セルジュの衣装と釣り合いを取るには、これくらいの派手さが必要だ。鮮やかなピンクは水色によく映えるだろう。

私は隣のセルジュを見上げた。今日もすごくかっこいい。

セルジュの侯爵家とうちの公爵家は、領地が隣同士で屋敷も近い。そのため、お互いを幼い頃から知っている。

彼とは五年前、私が十四の年に婚約した。

『フィリア、大好きだ。どうか僕と結婚してほしい』

四歳年上の素敵な彼が私を選んでくれた……ただそれだけで嬉しくて、天にも昇る心地になる。もちろんその場でOKした。父ともう一人の幼なじみがなぜか猛反対したため、なかなか話が進まなかったけれど、恋する乙女は気にしない。恋は障害があればあるほど燃えるものだから。

それに正確には、私の方が先にセルジュを好きになっていた。きっかけは、風邪で寝込んだ私を彼が見舞いに来てくれたこと。熱を出して動けない私の枕元で、彼は私の好きな本を朗読してくれた。うつむく金色の頭と優しい声、いたわるような心のこもった仕草に、幼い私は恋をする。大きくなったら彼のお嫁さんになりたいと、初めて考えたのもその時だ。

セルジュは長男で、母親の違う弟が一人いる。彼の名はレギウス。半分しか血が繋がっていないけれど、レギウスも兄に似て綺麗な顔立ちだ。

厳格な侯爵は年功序列を重んじて、早いうちから長男のセルジュを跡継ぎに定めた。産後すぐに亡くなったというセルジュのお母様に代わって、後妻に入ったレギウスのお母様――新しい侯爵夫人も賛成していると聞いたから、セルジュの未来は安泰だ。

彼も今や二十三歳。弟のレギウスは私の一つ上だから、二十歳になる。時が経つのって本当に早いわね。

「ねえ、今日レギウスは？」

「さあ。あいつのことはよくわからない」

昔は仲の良い兄弟だと思っていたのだけど、近頃セルジュはこんな調子だ。

私自身は、レギウスにも久しぶりに会いたい。けれど仕事で忙しいのか、彼は今日の夜会にも来ていないようだ。子供の頃はよく三人で遊んでいたのに、最近は顔も見ていない。

線が細く華奢だったレギウス。その彼が、今や王国でも栄えある飛竜騎士になっているそう。貴族院の議長を務める私の父に聞いた話だから間違いない。ちなみに、飛竜に乗れるのは、もともと騎士の資格を持つ者に限られる。騎士の中でも人柄を認められ、武功を立てたエリートだけが、飛竜騎士に選ばれるのだという。

まもなく私の義弟になるレギウスとは年も近く話しやすかったので、小さな頃の私はセルジュよりも親しくしていた。癖のある髪は兄よりも濃い茶色だったっけ。整った顔立ちは繊細で、中性的だったと記憶している。レギウスは、セルジュと私の婚約後に『騎士になる』と言って家を出ていった。以来まったく会っていないので、あまり覚えていない。

「今頃どうしているのかしら。元気にしているといいけれど」

幼い頃の思い出に浸って微笑む私とは反対に、隣のセルジュは何だかつまらなそうだ。主催者であるコード伯爵夫妻に型通りの挨拶を済ませ、一曲だけ踊った後は、さっさと私の側を離れていってしまう。

「もう、セルジュったら。相変わらず自由な人ね」

会場に親しい友人でも見つけたのかもしれない。彼は男女問わず友人が多いから。

「まあいいわ、後で探しに行きましょう」

同伴したパーティーで、別行動をするのには慣れている。私も女友達を見つけた時はそうさせてもらっているので、おあいこだ。彼女達と社交界の噂話に花を咲かせることにしよう。

――だいぶ時間が経った頃。いつまでも戻らない婚約者に、私はだんだん不安になってきた。

それというのも数日前、父から妙な忠告をされていたからだ。

『フィリア、非常に言いにくいのだが、どうやらセルジュ君は、未だに多くの女性と浮名を流しているようだ。もうすぐ結婚するんだし、派手に遊ぶのは控えてほしいと私も注意したのだが……』

困った顔で訴える父を、私はそんなはずはないと笑い飛ばした。

セルジュが浮気をしているなんて、考えたこともない。彼のことなら昔から知っているから大丈夫。多くの女性と遊んでいるという話も、きっと嘘。おおかた、薔薇色の未来を約束された彼を妬んだ者が、悪意ある噂を流したのだろう。

……でもそういえば、女友達のカトリーヌも、さっき同じようなことを口にしていたっけ。

『フィリア、大丈夫？　貴女の婚約者、今も複数の女性と付き合っているって噂になってるわよ』

『悪い噂が出回っているものね。セルジュが可哀想だわ』

扇を口元に当て、私は優雅な仕草で受け流した。ついでに、ほほほと笑っておいたのだけれど……

ねえセルジュ、浮気しているなんて嘘よね。だって貴方は私の婚約者でしょう？

今になって、なぜか言いようのない不安に襲われる。

私は彼の行方を確かめるため、会場内を探し始めた。目立つ衣装と整った容姿の彼を、すぐに大広間の端に認め、ホッとした私は人をかき分けセルジュのもとへ。

後ろから声をかけたら、セルジュはびっくりするかしら？

遠目に見る彼は、話しかけてくる女性達に対応しているようだ。彼の周りには、相変わらず華やかなご令嬢が大勢陣取っている。彼女達が纏う赤や金色のドレスは、胸が開き過ぎで品がない。それに比べて私のドレスは、首まで隠れた慎み深いデザインだ。装飾は豪華でもいいけれど、下品になってはいけない。淑女ともあろうものが胸を見せつけるなんて、そんなのはしたないわ。

「セルジュも困るなら、相手をしなければいいのに」

彼は優しいから、今日も断り切れずに相手になってあげているのだろう。もしくは取り囲まれているせいで、私のところに戻れないのかも。

口元に笑みを浮かべた私は、彼にそうっと近づいた。セルジュは私に気がつかず、彼女達と何やら熱心に話し込んでいる。

(何を話しているのかしら。ちょっとだけ聞いてみましょう)

聞き耳を立てた私は……瞬間、その場に凍りついた。

「今日の彼女の装いを見たかい? ピンクの髪にピンクのドレスだなんて、ブタにしか見えないよ。ダンスだって踊るというよりドタドタしているだけだし、すぐに疲れてブーブー……いや、失礼。フーフー言っていた。僕にふさわしいとはとても思えないな。一緒にいるだけで恥ずかしいよ」

「あら」

「まあ、おほほほ」

よく見ると、セルジュの両腕にはタイプの違う女性がそれぞれ絡みついていた。彼の側には他にも美貌の令嬢がたくさんいて、何人かはチラッと私に視線を向けてくる。

ピンクのドレスを着ている人は、この会場でも数人見かけた。でも、桃色の髪をしているのは、私一人だけ。これってつまり……

「でもまあ、公爵家の後ろ盾と持参金は魅力的だ。それに一応は幼なじみだし、ブスで貰い手がいないんだから仕方がない。奉仕の精神ってやつだよ。本当は君達のように綺麗な人と結婚したいん

「だけどね」

そう言うと、セルジュは長い指で目の前の女性の頬を撫でる。彼女は笑うと、お返しとばかりに彼の顔に手を伸ばした。

「お上手ね」

別の女性が、手に持っていた扇（おうぎ）を口に当てて笑う。そんな彼女達を、セルジュは好ましそうに眺めている。

優しかったセルジュ。幼い頃からよく知る彼が、私を平気で笑いものにしているなんて信じられない。彼が私のことを、そんな風に考えていたなんて――

衝撃のあまり身体から力が抜けていく。とっさにどう反応すればいいのかわからなくて、ただ前に足を進めた。

ふらふら歩み寄る私に、セルジュはまだ気づかない。上機嫌な彼は、腕の中の女性を抱き締めると大勢の前でキスをした。しかも私にもしたことがないような、深い大人のキスだ！

――許せない。

そう考えた時、私をとんでもない衝撃が襲（おそ）った。見覚えのない、けれどどこか懐かしい景色が次々と眼前に広がっていく。そうして私は、前世の記憶を取り戻した。

＊＊＊＊＊

私の前世は、日本という国で暮らすＯＬだった。

そこそこ大きな企業に勤め、同じ会社の三年上の先輩と婚約。笑顔が優しく素敵な彼は、独身女性の憧れの的だった。人当たりがいいので部内の評判も上々、将来を期待される有能な人材でもあるのだとか。

そんな彼に結婚を前提に付き合ってほしいと告白された時には、同期の女の子達からかなり羨(うらや)ましがられたものだ。彼の誠実な態度に好感を持った私は、交際をスタート後、すぐに婚約を決める。

挙式の日取りも決まり、浮かれていた私は、彼の浮気に気づかなかった。出張でしばらく会えないという言葉も、休みの日に続けて仕事が入ったと言われた時も、素直に信じていたものだ。

結婚式が間近に迫ったある日のこと。私は秘書課の女性に呼び出された。

「彼と私は愛し合っているの。私のお腹には彼の子供もいるし、邪魔しないでちょうだいね」

彼を信じていた私にとって、その台詞(せりふ)は衝撃だった。すぐに彼に会い、問い詰める。

始めのうち、のらりくらりとかわしていた婚約者は、そのうちに私を責め始めた。

「仕事仕事って、君が僕より仕事を優先するからだろ」

「それは結婚資金を貯(た)めるためでしょう？　貴方こそ、仕事が忙しいって嘘をついて、私以外にも複数の女の子と付き合っていたって聞いてるわ。本当なの？」

「本当も何も。誘われたんだから仕方がない」

彼の浮気も、秘書課の女性が言ったことも本当だった。

彼女が常務の姪(めい)だということもあり、先に婚約していたにもかかわらず、私の方が悪者にされてしまった。おまけに私が彼を騙（だま）したという噂が、社内でまことしやかに囁（ささや）かれ始める。

身の置き所がなくなった私は、とうとう会社を退職した。彼の浮気のせいで、結婚どころか仕事まで諦（あきら）めるハメになるなんて。

そして退職の日、絶望のあまりボーッとしていたところを、駅のホームで誰かにぶつかられて——そこからの記憶がない。考えたくないけれど、恐らくそれって——

＊＊＊＊

生まれ変わっても同じことをしている自分が信じられない。

ダメ男ばかり好きになるなんて、いったいどういうこと？

その上今世の婚約者は堂々と浮気をしただけでなく、私をバカにして笑いものにしている。

この世界の貴族男性は、日本と違って側室を持てる地位にあるけれど、それでも守るべきルールはある。人前では正妻や婚約者以外とベタベタしてはいけないし、踊ってもいけない。それに婚約後は、相手と相手の家に敬意を持って接しなければならないのだ。

父や友人の言う通りだった。考えてみればセルジュは、前世の婚約者と似たタイプである。

自分の容姿に自信があり、浮気をしても罪悪感がまったくない。モテるなら当たり前だという自己中心的な考え方で、すり寄ってくる女性を拒（こば）まないのだ。

——ブタにしか見えない？　私との婚約は奉仕の精神？

ふざけないでもらいたい。彼のような男は、こっちから願い下げだ！

裏切られるのはもう懲(こ)り懲(ご)り。軽薄な浮気男と結婚するなんてまっぴらだ。

このリグロム王国では、男性と女性で扱われ方が大きく違う。いわゆる男尊女卑社会で、特に貴族の世界では、これが顕著(けんちょ)に表れる。離婚はおろか、婚約破棄や解消にしたって、男性側にはその後何の障害もないのに比べ、女性は社交界から弾(はじ)き出され、二度と戻れなくなってしまうのだ。これは貴族階級の男性が、結婚相手に貞淑(ていしゅく)と純潔(じゅんけつ)を求めるためだという。

過去に婚約していた事実があるだけで、女性は傷物とみなされて敬遠されてしまう。たとえ私がセルジュと一線を越えておらず、キスさえしていなくても。

「これから私も、傷物扱いか……」

思わず暗い声が出る。婚約破棄をしてしまえば、以降は他の人と再び婚約どころか、結婚だって一生できない。可能性があるとすれば後妻に入るか、うんと年の離れた人から縁談が来るのをじっと待つだけ。

それでも構わない。このままセルジュの浮気に目を瞑(つぶ)って結婚し、振り回されるのは嫌だから。

私にだって覚悟はある。妻を顧(かえり)みない夫の犠牲になるくらいなら、修道院に入って一生独身を貫(つらぬ)いてやる。彼の思い通りになんて生きてやらない！

深呼吸をして心を決める。いったん踏み出してしまえば、もう戻れない。

勇気を振り絞(しぼ)り前に進み出る。私は自分の婚約者と真っ向から対峙(たいじ)し、婚約破棄を申し出た。

「なんてひどいことを。セルジュ様、そこまでおっしゃるなら私にも考えがあります。貴方との婚約は、破棄させていただきますわ！」

セルジュの青い瞳が私を捉え、同時に驚きに見開かれた。彼の腕には、赤いドレスと金色のドレスの女性が当然のように絡みついている。婚約者のいる男性に必要以上に寄り添う彼女達は、ふてぶてしいくらいに堂々とした態度だった。

私の大声を聞きつけて、夜会の出席者達がどんどん集まってくる。好奇心いっぱいの目でこちらを見ながらひそひそ囁く彼らは、きっと立場が逆だとかあり得ないとか言っているのだろう。

公爵家の私と侯爵家のセルジュの婚約。それが破棄されたと、明日には社交界中に知れ渡ることとなる。私は自分から婚約を破棄した女として、人々の笑いの種になるかもしれない。だがそれも、前世を思い出した私には覚悟の上だ。

セルジュはといえば、やはり開き直ることに決めたようだ。両側に侍らせた女性に安心させるように微笑みかけると、私をじろじろ見て嘲りの声を出す。

「僕は一向に構わないが、フィリア、君はいいのかい？　婚約を破棄すれば、女性側には痛手だろう。特に君みたいに外見に難のある人は……一生結婚できないが、それでもいいのかな？」

お前みたいなブスは傷物でなくても結婚できないだろう、と鼻で笑う彼を見て、憎しみよりも悲しみが募る。小さな頃から憧れて慕ってきたのに、こんな仕打ちはあんまりだ。彼がこんな人だったなんて――

「ええ、もちろんいいわ」

荒れ狂う心を抑えて、私は淡々と返した。

「貴女、ご自分をわかっていらっしゃらないようね」

「本当ね。こんな素敵な方との婚約をふいにするなんて、可哀想なのはどちらかしら」

両側の女性達がセルジュに加勢する。そんな二人を彼は笑って見ているだけ。それどころか、彼女達を自分の方に引き寄せて、みんなの目の前で当然のようにいちゃつき出した。

「さようなら」

私は彼らにくるりと背中を向けると、出口に向かって足を進めた。これ以上見世物にされるのはごめんだし、憐(あわ)れみや同情も望んでいない。

「本当にいいのかい？　後悔したって知らないよ」

大広間を立ち去ろうとする私に、セルジュが再び声をかけてくる。

もちろんいいわ。貴方と別れることに、後悔なんてあるはずがない。

ずっと一緒にいたのに、私はセルジュのことを何もわかっていなかった。こんなに冷たい人だったとは、婚約はやっぱり破棄して正解ね。

悔しいし情けないけど、大勢の前で動揺した姿を見せるわけにはいかない。

背筋をピンと伸ばした私は、出口に近づくにつれ、わざとゆっくり歩くことにした。貴族としての誇りを忘れてはならない。二度と社交界には戻れないのだとしても、公爵家の者として最後まで毅然(きぜん)とした態度でいよう。

大勢の視線を背中にひしひしと感じながら、私は華やかな会場を後にしたのだった。

そんなわけで、セルジュとの婚約を破棄した私は修道院へ向かうべく、さっそく荷造りを始めていた。

私の実家のレガート公爵家は、ここリグロム王国の三大公爵家の一つだ。父は国の重鎮で、貴族院の議長も務めている。母はのんびりした性格で、年の離れた弟はとても可愛い。

我が家は高位の貴族であるにもかかわらず、恋愛結婚を推奨している。父も母も大恋愛の末に結ばれたとかで、今でもすごく仲がいい。だから私と弟も『好きな人と結婚するのが一番だ』と聞かされて育った。いつか愛する人と結ばれて、幸せな家庭を築きたい。夫婦になっても子供の前ではケンカせず、互いを褒め合おう。そんなことを考えたりもしていた。

だからセルジュと婚約したいと言った時も、最後に父は折れてくれたのだ。セルジュがどれだけ魅力的で、彼をどんなに好きかということを私が延々と語ったから。今となっては虚しい思い出だ。婚約していた無駄な時間を返してほしい。

先日の夜会から戻ってすぐに、私はセルジュとの婚約を破棄したことを親に報告した。悲しませるとわかってはいたけれど、いつまでも隠し通せるものじゃない。非難されることも覚悟の上だ。

だけどそんな私に、父はいたわるような声をかけてくれた。

『そうか。まあ、セルジュはお前にふさわしい相手じゃなかったからな』

そう言って私の選択を受け入れてくれた両親。軽率だった私を責めずに、快く理解を示し慰めてくれた。修道院に行くことだけは、いい顔をしなかったけれど。

優しい父は、結婚の可能性がなくなった娘に心を痛めているのだろう。申し訳ないと思うけど、こればっかりはどうにもできない。

セルジュと別れた私は、今後社交界から弾き出される。だから、普通の貴族女性としての幸せはまず望めない。花嫁姿や孫の顔を見せることができずに残念だ。かくなる上は立派な修道女になって、生涯独身を貫くつもり。

私自身は何も後悔していない。我が家には幸い、利発で可愛い弟がいる。後継ぎの心配はないから、家族の反対があるとはいえ、私の修道院行きを止める決定的な理由は何もないはずだ。

修道院は王国の北にあるため、ここ王都の屋敷からはかなり遠い。早く出発しないと冬になり、街道が雪で閉ざされてしまう。

前世を思い出した今だから言えるけど、この世界の文化は中世の西欧諸国に似ている気がする。西洋風のお城があったりドレスを着た貴族がいたり、馬車移動をしている時点で、私が生きていた現代日本とは文明レベルが明らかにかけ離れている。電気やガス、水道などは通っていないし、携帯電話なんてものももちろんない。

灯りといえばランプや蝋燭で、料理には薪を焚いたかまどを使う。水は井戸水や川の水で、掃除程度なら貯めた雨水を利用することだってある。

通信手段は手紙が主で、そのために伝書鳩ならぬ伝書鷹やふくろうが訓練されている。王族などは飛竜を使う場合もあるというけれど、私自身は見たことがないので定かではない。

そんなファンタジー要素満載の異世界での生活は、しかし不便かと問われれば、そうでもない。

私の実家は公爵家で裕福だから、むしろ前世よりも贅沢な暮らしをさせてもらっていると思う。

上げ膳据え膳で三食昼寝付きだし、お茶の時間はお菓子だって食べ放題。着替えや入浴の仕度は侍女が、スケジュール管理は執事が全部してくれる。私は全てを任せるだけでいい。

さらに、私の暮らすリグロム王国は豊かな土地で、農業だけでなく商業も盛んだ。近隣諸国とも取引があり、良い関係を築いているという。そのためここ何年かは戦争もなく、平和な日々が続いている。

街道の治安が良くなれば、旅に出る人も増える。安全を願って祈りを捧げる機会も多くなるから、街道沿いの街や村には必ずと言っていいほど教会があり、人々の心の拠り所となっている。ちなみにこの国で信仰されている宗教はカトリックに似た教義だ。

私が行く予定なのは女性ばかりの修道院で、貴族の子女も多く暮らしているらしい。無論、男子禁制のため、院内で暮らすのは修道女だけ。そこにはダメ男も浮気男も存在しない。男性に煩わされることなく心安らかな毎日を過ごすことができるなんて、まさに夢のようだ。

とはいえ、修道院での生活は甘くないと聞いている。朝は早いし夜も早いそう。消灯後に灯りを使うことは禁止だから、自由に本を読むこともできない。侍女を連れても行けないし、自分のことは全部自分でしないといけないと聞く。質素倹約をモットーに、神の花嫁として恥ずかしくない毎日を送らなければならないのだとか。

「あれ？　でもそれって普通のことよね」

ふと気づき、独り言をこぼす。

会社員として忙しい日々を送っていた私にとっては、着替えも家事も入浴も、全て自分一人でこなしてきたことだ。社会人なら早起きも当たり前。夜に残業がない分、むしろありがたい。

俗世(ぞくせ)を離れ、清らかな心で神に祈りを捧(ささ)げる毎日——

「修道院、意外といい所かも」

なんだか楽しみになってきた。健康的な生活は、精神を落ちつかせるにも良さそうだ。

自分から婚約を破棄し、傷物認定された私が屋敷に留(とど)まっている限り、公爵家はいつまでも後ろ指をさされることだろう。変わった娘がいる家だと噂されて、両親だけでなく弟までもが社交界で笑いものにされてしまう。そんなこと、家族が許そうとも、私自身が許せない。

『元いた娘は神に仕え、毎日を厳粛(げんしゅく)に過ごしている』って周囲に説明した方が家名を守るためにもいいはずだ。

それなのに、父も母も弟もどうして反対するのだろう？

そんなことを考えていた私は、ノックの音で我に返った。何だろう、こんな時に。引っ越し用の段ボール箱が届いたのかしら……なんてね。この世界に引っ越し業者なんてもちろんいない。

「どうぞ」

入って来たのは侍女のマーガレットだった。彼女は若いけれど気が利くし、とても美人だ。私はいつも親しみを込めてマーゴと愛称で呼んでいる。

「お嬢様。下に来てお客様にご挨拶をと、旦那様からのお言付(ことづ)けです」

「この時期に来客？　いったい誰かしら」

マーゴの言葉に、私は一瞬ドキッとする。まさか、セルジュが先日のことを謝りにでも来たんじゃないでしょうね？

私への悪口は、そう簡単に許せるものではない。夜会での振る舞いや浮気についても同様だ。

あの後、友人達からもセルジュの黒い噂を教えられた。もうすぐ修道院に行く予定だと、お別れの挨拶をして回った時に彼の話が出たのだ。

セルジュに現在も複数の交際相手がいることは、一部では有名なんだそう。婚約中にそんな話を私の耳に入れる者はほとんどいなかったけれど、もう解禁とでも思ったのか、友人達は堰(せき)を切ったように次々と彼の悪行を披露(ひろう)してくれた。

あ、思い出したらなんだかムカムカしてきた。やっぱり土下座されたって、セルジュを許すわけにはいかない。

階段を下り、ドキドキしながら応接室の扉を開ける。セルジュはどんな言い訳をしてくるだろう。あんなことをしておきながら、何食わぬ顔で私を丸め込もうとしたりして。

ところが、ドアを開けた途端目に飛び込んできたのは元婚約者のセルジュではなく、一人の見知らぬ男性だった。

「……どなた？」

驚いて本音を呟いてしまう。

父と語らっていた青年は、私が部屋に入ると礼儀正しく立ち上がった。かなり背が高く、しっかりした体躯(たいく)を持ち、青い上着がよく似合う。これがいわゆる細マッチョというものだろうか？

その青年は、少し癖(くせ)のある鳶色(とびいろ)の髪に、ハッとするほど綺麗な灰青色(はいあおいろ)の目をしていた。灰色に近いその虹彩(こうさい)の奥にあるのは、空色の瞳。さらに光や角度によって微妙に色を変えるそれは神秘的で、吸い込まれそうなほど美しい。他にも陽(ひ)に灼(や)けた肌と彫(ほ)りが深く精悍(せいかん)な顔立ちは、セルジュとは違った意味でかなり女性にモテそうだ。

私と目が合うと、青年は目を細めて口元をふっと緩(ゆる)める。途端に硬かった印象が一気に和(やわ)らいだ。穏やかな笑顔はとても素敵だと思う。

いけない。独身を貫(つらぬ)くと決めたのに、ついうっかり見惚(みと)れてしまった。男性はもう懲(こ)り懲(ご)り。自分勝手な婚約者に嫌な思いをさせられたばかりでしょう？

前世と今世、合わせて二回も失敗したんだから、いい加減に学習しなければ。イケメンに近づいてはいけない。

それにしても、全く知らない相手に挨拶しろだなんて。父もどういうつもりなんだろう。

「フィリア、久しぶりだな。元気……なわけはないか。でも、落ち込んでなさそうで良かった」

青年が親しげに話しかけてきた。何だか私を知っているような口ぶりだ。よく響くいい声だけど、聞き覚えはない。

誰だろう？　いくら考えても思い出せない。こんなに素敵な人なら、一度会えば忘れるはずがないのに。

直接尋ねるのは失礼だし、マナー違反になるので、本人に名前を聞くことはできない。かといって、名刺交換なんて制度もこの世界にはないから、相手が名乗ってくれるまでじりじり待つしかないようだ。それともさっきの挨拶が、説明代わりなのかしら。

彼の視線を感じて私は焦った。ひょっとして、私が思い出すのを待っている？

ごめんなさい。どこかの夜会でちょこっと会っただけなら記憶にないわ……

私は困って父を見た。知っているなら、彼を紹介してもらいたい。

「フィリア、彼が誰だかわからないのかい？」

うわ、お父様ったらそんなにはっきり言わなくても。

「立派になったからな。そうか、久しぶりだし、お互い自己紹介をしてみてはどうかね」

父は気安い口調で笑って青年に声をかける。こんなに楽しそうな様子は、私が婚約破棄をする前以来だ。

「そうですね。自己紹介をした方がいいかもしれません」

青年の声を聞き、私は彼に意識を戻す。父が笑顔で応対する相手だ。きっとただ者ではないに違いない。

「五年ぶりです、フィリア＝レガート嬢。私はレギウス＝バルトーク。現在、飛竜騎士団第一部隊に所属する王国騎士です。お忘れですか？」

「レギウス？　え、だって……」

私の記憶にある姿とは大きくかけ離れていて驚いてしまう。私の知るレギウスは、セルジュの弟で私より一つ上。当時はもっと線が細くて背も私とあまり変わらないくらいだったし、目の前の彼のように精悍、というよりは少年っぽさが残る綺麗な顔立ちをしていた。

「フィリア、俺を忘れるなんてひどいな」

けれど、こぶしを口元に当てて笑いを噛み殺す癖——その仕草を見た途端、懐かしい思いが一気に溢れ出してくる。

「レギウス！」

笑顔も以前と変わらない。印象的な灰青色の瞳を、私はどうして忘れることができたのだろう？

そうだ、彼は確かに私のよく知るレギウスだ。まさかこんなに立派に、たくましく育っていたなんて！

レギウスは、五年前の私とセルジュの婚約発表直後に家を出た。

この国の貴族制度では、家督を継ぐ者以外の取り分が少ない。財産分与による家の弱体化を防ぐためだとも、相続手続きが煩雑にならないようにするためだとも言われており、ゆえに次男や三男は、お金持ちの令嬢と結婚するのが一般的だ。彼らは舞踏会や夜会に頻繁に出席し、相手を探す。うまくいけば逆玉の輿で、もれなく爵位までついてくる。そうでなくても、相手が裕福であれば生活に困ることはない。

最近は、そういった婿入り男性を探す良家の一人娘も増えたと聞く。だから、彼のように恵まれた容姿と家柄にありながら、騎士を志す者はそう多くない。

見習いから王国騎士に昇格したレギウスは、現在この国で最も栄えある飛竜騎士団に所属している。本人の口から聞くのは初めてだから、感慨深いものがあった。

「わ、忘れたわけじゃないわ。思っていたより大きくなってびっくりしただけよ」

慌てて返事をしたせいで、思わず昔の気安い口調が出てしまった。

「変わらないな、君は。桃色の髪も澄んだ緑色の瞳も、あの頃のままだ」

目を細め、思い出の中よりもずっと低い声で彼が言う。

体形は変わったはずだけど……。あえて触れないでくれていると思うので、私も言及しないことにする。先日の夜会の件もあり、私は今さらながらに自分の姿が気になった。

レギウスは成長して素敵になったのに、私は太って醜くなっている。正直、今の姿は過去十九年で一番悪い。修道院に入ればもう会わないだろうレギウスには、小さな頃のほっそりした私を記憶に留めておいてほしかった。

ともかく、凛々しい彼——レギウスは元婚約者セルジュの弟だ。会うなり元気なわけはないかと声をかけてきたくらいだから、兄と私が婚約を破棄したことなど、とうに知っているはず。

彼の訪問の理由は知らないけれど、荷造りに忙しい私は、この辺で失礼させてもらおうかな。

衣類の仕分けがまだ途中だし、本の整理も残っている。所持品のうち不要な物は孤児院などに寄付するつもりなのだ。質素倹約を心がけ、地味な物を選んでカバンに詰め込まなければ。

「父にご用があるのでしょう？　私は荷造りもあるし、この辺で」

部屋を出ようとした私を、しかし父は呼び止めた。

「ああ、フィリア。すまないが、私は書斎に仕事を残してきている。仕上げる間、レギウス君の相手を頼む」

「えっ、私が？」

急にどうしたんだろう？　さっきまでのんびり話していたように見えたのに。お客様を後回しにするほど忙しいのだろうか。

そう思って父を見るけれど、笑って肩を竦めるだけだった。父はこうなると口を割らない。

それより、長く会わずにいたレギウスと話を続けられる自信がなかった。見た目もすっかり変わっているし、何だか知らない人みたい。それに私達の間に、共通の話題なんてあったかな。

父も忙しいなら、別の日に会えばいいのに……

「公爵閣下、どうぞお構いなく。フィリアと旧交を温めておきますから」

私の都合はいいのかな。しれっと答えるレギウスにツッコミたくなる気持ちを、咳払いでごまかした。

こちらを見たレギウスは、なぜか楽しそうに笑っている。認めよう、人懐っこい笑顔は以前のレギウスのままだ。だけど、優しく笑う彼は、あのセルジュの弟でもある。おおかた彼に言われて、私の様子を探りにでも来たのだろう。

父が部屋を出るのを待って、私は彼に直接聞いてみることにした。

「それで、本当は何のご用事？　飛竜騎士はお忙しいのでしょう。こんな所で私を相手にしていていいの？」

「久しぶりに長い休暇を取ったから平気だ。それに俺は、公爵ではなく君に会いに来た」

射抜くような彼の視線に、思わずドキッとしてしまう。私は目を逸らそうととっさにうつむき、己の悲しい現実を知ってがっかりした。

三段腹が、服の上からでもよくわかる。私の魅力的な容姿に惹かれたレギウスが、私目当てで我が家を訪れた、という理由ではないだろう。うん、まあわかってはいたけれど。

「何かしら。セルジュに言われて、代わりに謝りに来たの？」

「まさか。あいつもいい大人なんだから、自分のことは自分で何とかすればいい」

顔を歪める彼は、兄のことを良く思っていないようだ。セルジュも弟のことは今までほとんど口にしなかったから、お互い様というところかな。だから私も、現在のレギウスの活躍を知る術がなかったのだ。聞いていたのは飛竜騎士にまで上り詰めたという話だけ。

やっぱりセルジュとレギウスは、最近仲が良くないのかも。

「じゃあどうして？」

「君が女性のための修道院に入るつもりだと聞いて。あそこがどんな場所なのか知っているのか」

「ええ。男子禁制の環境で、神に仕える場所でしょう？」

自分の行く所なのだから、もちろん調べてある。空気が澄んで景色の綺麗な高台にある上、施設自体も新しく清潔だと聞いているから、楽しみだ。

「それだけじゃない。一度入ったら二度と出られない。君が行こうとしている修道院は特に戒律が厳しく、家族といえども異性とは面会できない」

「……え？」

そんな話は初耳だ。いえ、一生そこで過ごすことになるとはチラッと聞いていたけれど、面会もダメだなんて知らなかった。それだと、大好きな父や弟に会えなくなってしまうじゃない。

レギウスの話をよく聞こうと思った私は、彼にソファを勧めた。私の向かいに腰を下ろした彼は、長い足を組んで話を続ける。

「ああ、それから。あそこは朝暗いうちから起き出して水汲みをし、夜遅くまで繕い物や聖典の暗唱をしなければならない。作業が多くてなかなか休めず、寝不足の者が多いという話では有名だな」

「……あれ？」

そ、そんなに厳しいの？　朝も夜も早いって話はどうなったんだろう。貴族の女性も受け入れている場所だから、もっと緩いのかと思っていたのに。

「でも、私の意志は固いもの」

睡眠不足くらいなんだ。そんなの、会社員時代にいくらでも経験している。それに家族と会えなくなると言ったって、どこかにきっと抜け道はあるはず――年に一回祭りの日に会えるとか、許可を取れば面会できるとか。

しかしレギウスは、どういうつもりでこんな話をするのだろう。私の今後なんて、彼には全く関係がないのに。

修道院に入ると言って、友人達とのお別れも済ませてある。今になってきつそうだからやめる、とはどうにも言いづらい。結婚の約束を取りやめただけでなく、修道女になる決意まで変えるのでは、かっこ悪いし、私が自分の考えをころころ変える意志の弱い情けない人間みたいだ。

口を引き結ぶ私を見て、レギウスが髪をかき上げる。

「北端の地にあるので冬も厳しい。石造りの建物らしいから、なおさら冷えるだろう。寒さに震えながら水垢離をするのは、かなりつらそうだ」

「ええっ!?」

そんな話、全然聞いてないんだけど。修道院が北にあることは知っていたけど、水垢離ってあれでしょ？　冷たい水を被って穢れを取るってやつ。修道女って、そんな荒行をしなくちゃいけないの？

この世界にも日本と同じく四季がある。でも、扇風機やエアコン、ガスストーブはないため、夏は暑く冬は寒い。私は人一倍寒がりのため、特に冬は応える。暖炉の前にかじりつき、そのまま眠ってしまうこともしばしばだ。

そんな私に水を被れというの？　すぐに風邪を引きそうだし、しもやけで痒い思いをするのも嫌だなあ。

私の迷う気持ちを読み取ったのか、レギウスが畳みかけてくる。

「婚約を破棄したから修道院に入る――フィリアは本当にそれでいいのか？　一度入ってしまえば戻れない。だったらその前に、兄のセルジュを見返してやる気はないか」

「見返すって……どうやって？」

考える前に、言葉が勝手に口から出ていた。実は私も、そんなことを思わないでもなかったから。

婚約を破棄したのはいいけれど、セルジュがそのことを何とも思っていないようでは悔しい。バカにされっ放しで修道院へ行くなんて、尻尾を巻いて逃げ出すみたいだ。幾度となく自問自答していたことを、レギウスにあっさり言い当てられてしまうなんて。

「そうだな。たとえば今より痩せて、別れたことを後悔させてやるとか」

彼は言い、反応を探るように私を見てきた。

なるほど、その案は悪くない。セルジュにぶら下がっていた女性達のような、ほっそりした体形になれたらどんなにいいだろう。その時になって初めてセルジュは、私と別れたことを後悔するのだ。悪口を言ってすまなかった、君にふさわしい男でなくて申し訳ないと、謝罪だってしてくれるかもしれない。

「そうね、それも悪くはないかしら」

小さな声で呟いた。あ、別に、寒いのが嫌だから考えを改めたわけではないのよ？　まあ、全然ないと言ったら嘘になるけれど。

その声を聞き漏らさなかったのか、レギウスが腰かけていたソファから身を乗り出した。彼はそのまま腕を伸ばすと、私の手を包み込むように握ってくる。彼の手は大きくて、丸ぽちゃな私の両手がすっぽり収まった。

「よかった。俺ももちろん協力するから」

ダイエットに？　いやいやいや、何をおっしゃるウサギさん。貴方、全く関係ないでしょう。

でも、助言して励ましてくれたことは純粋に嬉しい。自分の兄ではなく、私の味方をしてくれたことも。彼の態度に安心し、私はようやく肩の力を抜いた。

「だから、修道院へ行くのは急がなくてもいいと思う。ここを離れる前に思い残すことがないよう、きちんとしていた方が神も喜ぶ」

「そう……なのかしら。でも私、痩せられるのかな」

レギウスの言葉がだんだんもっともらしく聞こえてきた。特に修道院の話は、自分で調べたことと全く違っていたので不安が残る。彼は飛竜に乗って各地を飛び回っているから、国内外の情報に、私よりはるかに詳しいのだろう。

セルジュの差し金なんじゃないかと、レギウスを疑って悪かった。よく考えれば、兄の味方をするのなら、私を修道院に入れた方が得策なのだ。一度入ってしまえば出られない施設であれば、下手に騒ぎ立てられなくて済むし、兄への苦情も今後一切防ぐことができる。

なのに修道院行きを阻止してダイエットの協力まで申し出てくれるってことは、レギウスは私の味方と思っていいんだよね？

期待を込めて顔を上げた私を、彼が覗き込んできた。

「大丈夫。じゃあ、修道院へ行くのはいったん取りやめ。俺が痩せる手伝いをするってことでいいな」

「ええ、お願いするわね」

修道院に入った後で後悔したくない。それなら入る時期を遅らせて、身辺も体形もスッキリさせた方が精神的にも良さそうだ。うん、何だか元気が出てきたぞ。

休暇中にもかかわらず、我が家を訪ねてくれたレギウスのおかげで自分の目標が見えてきた。彼には感謝をしなければ。

「久しぶりに話せて良かったわ。ところで、貴方の休暇はどのくらいあるの？」

「二ケ月半だ。今まで休みなく働いていた分、今回まとめて取った」

それってブラック企業並みの労働環境なんじゃあ……

一瞬そう思ったが、さすがに口には出さなかった。代わりにお礼を言っておく。

「元気な姿が見られて安心したわ。いろいろありがとう。持つべきものは幼なじみね」

彼の手から握られたままの自分の手を引き抜きながら、私はニッコリ笑った。

すると、真剣な表情のレギウスが自分の顔をさらに近づけてくる。灰青色（はいあおいろ）の瞳に映る自分を見るのは、何だか不思議な感じがした。

「フィリア、もし俺が……」

「すまない、待たせたようだな」

どことなく張り詰めた空気を破ったのは、父の声だった。私達は慌てて離れると、声の方を振り向く。扉を大きく開けて部屋に入って来た父はようやく仕事を終えたらしいから、この後はレギウスとゆっくり話でもするつもりなのかも。そろそろ私も戻らなくっちゃ。荷造りを途中で放り出して来たから、部屋を片付けないといけない。

私は立ち上がり、応接室を後にする。振り返ってチラッとレギウスを見たところ、彼は元の落ち着いた表情に戻っていた。思い詰めたような感じがしたのは、私の気のせい？

「さっきのはいったい何だったんだろう？」

自分の部屋に戻った私は、それきりそのことを忘れてしまった。

その日の夜、私は修道院行きをいったん白紙に戻すと家族に報告した。飛び上がって喜ぶ両親と弟の姿に、ずいぶん心配をかけていたんだなあと少しだけ罪悪感を覚える。

「良かったわ、フィリア。結婚を諦めたからと言って、必ずしも修道院に入る必要はないのだからね」

お母様、わかっちゃいるけど、自分なりのけじめですので。

「そうだぞ。お前一人くらい何とかなる。何なら一生この家にいたっていいんだ」

いえ、お父様。それはちょっと……っていうか、弟にまで迷惑かけるし、かなり嫌です。

「姉さんくらい養えるよ。頼りにしてくれていい」

弟よ、気持ちは嬉しいけれど、私を養う前に、まずは自分が大きくなろうか。

それに、予定を先延ばしにしただけで、修道院に行かないと決めたわけではない。セルジュから謝罪の言葉を引き出したら、その時改めてという方向に変わっただけだ。

婚約破棄には理由と覚悟があったのだと、セルジュに思い知らせたい。心から悪かったと反省して謝ってくれたなら、そのうち許せる時が来るかもしれないし。

そうして初めて、私は前に進めると思うのだ。


それからの一週間はあっと言う間だった。

修道院に行くはずだった日に、私は伯爵令嬢のカトリーヌを訪ねた。赤い巻き髪で茶色い瞳の彼女は小柄で可愛く、性格もいい。私の自慢の友人だ。

「あらフィリア、いらっしゃい。忙しいはずなのに、わざわざうちに寄ってくれるなんて嬉しいわ。

なんだかサッパリした顔をしているわね」

そう言って優しく迎え入れてくれる。急な訪問だったのに、香り高い紅茶とタルトやサブレまで運ばれてきたのを見て、頬が綻んでしまう。

あの夜会の日、セルジュの噂を教えてくれたのは彼女だ。

『フィリア、大丈夫？　貴女の婚約者、今も複数の女性と付き合っているって噂になってるわよ』

他の友人が遠慮して沈黙を貫く中、カトリーヌは私にはっきり忠告してくれた。あの言葉のおかげで私はセルジュの居場所を探す気になり、彼が私の悪口を言っている場所に出くわしたのだ。そういう意味で、カトリーヌには感謝している。セルジュに結婚の日取りを決めてもらおうと、うっかり迫らなくてよかった。

一つ年下のカトリーヌとは気が合うので、いろんなことが話せる。私はさっそく、修道院の件を伝えることにした。

「あのね、先日修道院に行くと話したけれど、保留にしたの。まだ早いというか、セルジュにきちんと謝らせてからにしたくて。私が痩せて綺麗になれば、彼も浮気して悪かったと反省すると思うの」

けれど、私の話を聞いた彼女は顔を曇らせる。

「どうしたの？」

私は尋ねた。お菓子を食べながら痩せようと宣言するのは、説得力がないとツッコむつもりだろうか。それとも、セルジュにこだわる私を笑い飛ばすのかな。

ところがカトリーヌは、『実は……』と前置きすると、とんでもない話を教えてくれた。

「貴女が修道院に行くと言っていたから、黙っていようと思ったんだけど。セルジュ様、いえ、あの男は懲りもせず、貴女や貴女の家の悪口を今も周囲に言いふらしているわよ」

「何ですって！」

婚約を破棄して以降、私は人の集まる場所には顔を出していない。醜態を晒したことを反省しているし、自分にはそんな場所に行く資格がないとわかっているから。

けれど、セルジュは違うらしい。取り巻きや浮気相手を引き連れて、以前と変わらず……いえ、むしろ生き生きと舞踏会に参加しているみたい。

「フィリアが婚約破棄をした後、別の舞踏会で見かけたんだけど、あの男は相変わらずだったわ。女性達を引き連れて楽しそうにしていて、婚約者はどうしたのかと周りに尋ねられたら、偉そうにこう言い返していたわ」

『ブスもブスの家族もとんでもない奴だ。権威をかさに威張るけれど、たいしたことはない。ほとぼりが冷めたら、頭を下げてくるだろう』

『僕は絶対に悪くない。悪いのはすぐに騒ぐあの女とあの家だ。婚約中、僕は彼女に合わせようと努力をした。だけどどうだ？　彼女は何もしていない。だからあんなにぶくぶく太っているんだ』

セルジュは酔っていたらしく、大声でそんなことを喚いていたのだとか。カトリーヌがオブラートに包んで話してくれたため、実際に聞かされたのはもっと優しい表現だ。でも、大体これで合っているはず。だって、親友のカトリーヌがめちゃくちゃ怒っているんだもの。

「あんなにひどいことを言うなんて、本当に信じられないわ！　貴女を蔑ろにしていたことといい、しつこく浮気を繰り返していることといい、本当に顔だけの最低男ね」

「そ、そうね。私の気持ちを代弁してくれてありがとう。貴女がそこまでセルジュを嫌っていたなんて知らなかったわ。私が傷つくと思って、きっと忠告するのを我慢してくれていたのよね」

「それもあるけど、名前を口にするのも嫌だっただけよ。まあ今だから言うけれど、実は私も貴女の婚約者に口説かれたことがあるの。フィリア、あんな男は袖にして正解よ！」

最悪だ。婚約中、セルジュがカトリーヌにまで迫っていたとは。……そうか、だから彼女はセルジュのことを嫌っていたのね。

「ごめんね、カトリーヌ。知らなくて嫌な思いをさせていたわね」

「フィリアが謝ることじゃないわよ。傷ついたとは思うけど、見切りをつけたのはよかったわ。そうでないと、これからも安心して貴女の家に遊びに行けないもの」

その言葉に、思わずほろっときてしまう。カトリーヌは、今後も私と友達でありたいと言ってくれているのだ。傷物として扱われ、社交界から見向きもされなくなった私と。そんな親友の心遣いが嬉しくて、心が温かくなる。

「ありがとう、心の友よ」

潤んだ瞳を見られたくなくて、私は前世で覚えたあの名台詞でごまかすことにした。彼女は当然きょとんとしている。まあいいか。彼女は真実心の友だし。

その後はいつものように、気軽な話題に終始した。カトリーヌも、そろそろ結婚しなさいと親からせっつかれているらしい。毎日のように見合いを勧められ、ほとほと困っているのだとか。

「あっ、私ったら余計な話を。貴女の気持ちも考えずにごめんなさい」

彼女がいきなり自分の口に手を当てる。いや別に。そんなこと、気にしなくていいのよ？

「どうして？　別にいいじゃない。友人の縁談を妬むほど私の心は狭くないつもりよ。独身貴族の現状で満足しているし」

「独身貴族？」

カトリーヌが首を傾げる。いけない、こっちの世界にそんな言葉はなかった。紅茶のカップを皿に戻した私は、ごまかすように優雅に微笑む。と、そこでふと疑問を覚える。

「そうか。今の私は貴族だから、本物の独身貴族よね？　でも、修道院に入ったら何て言うんだろう。独身修道女？」

「何それ。修道女はみんな独身だから、『修道女』だけでいいと思うわ」

「あ、そうか」

なるほど、修道女は一生独身なんだった。納得したようにポンと手を合わせる私を見て、カトリーヌが噴き出す。その顔が面白かったので、私も笑ってしまい、顔を見合わせた私達は、再びクスクス笑った。他愛もない話だけど何だかおかしくて。

女友達っていいな。家でぐずぐず悩むよりよほど心が癒される。

「ありがとう。また来るわね」

「ええ、是非。お待ちしているわ」

わざわざ外まで見送ってくれたカトリーヌに、私は馬車の中から、彼女の姿が見えなくなるまで手を振った。

楽しい気分で帰宅したのもつかの間。戻った私を、我が家の執事が慌てて出迎える。

「そんなに慌ててどうしたの？」

「お嬢様に、お客様がお見えです」

「あら、どなた？」

最近来客が多い。もしかしてレギウスかと聞くと、執事は首を横に振る。何でも王都で一、二を争う仕立屋から使いが来て、未払いのドレスの代金を支払ってほしいと言っているのだとか。

「応接室に待たせております。お嬢様が直接ご確認なさった方がよろしいかと思いまして」

「変ね。この前着たピンクのドレスはいつものところで仕立てたし、最近街に行った覚えもないわ。どなたかと間違えているのではないかしら」

とりあえず、話だけでも聞いてみようかな。

部屋に入った私は、商人らしき二人の男性と向かい合った。どちらもかしこまった面持ちで席を立ち、頭を下げる。見たこともない男達だ。そのうちの一人が、懐から店の名前が入った封筒を取り出し両手で持つと、私に向かって恭しく差し出す。

「何かしら」

受け取って中を開くと、紙が一枚入っていた。ざっと目を通しただけでも、結構な金額が記入されている。

「何これ、請求書？」

何度見ても心当たりがない。店の名前もそうだし、私が普段仕立てるドレスの金額にしては高過ぎる。

まったく身に覚えがないし、よく見れば夜会衣装一式男性用と婦人用ドレス、と書かれていた。父や弟と一緒に服を仕立てたことはないから、やはり人違いだ。

「ごめんなさい。何のことだかわからないわ」

婚礼衣装じゃあるまいし、こんなバカバカしい金額を誰が使ったというのだろう？　私が眉を顰めると、男性達は口々に答えた。

「そんな！　侯爵家のセルジュ様から、こちらに請求するよう言われて来たんです」

「他にも未払いの衣装代がありますが、この分だけでも払っていただかないと」

ちょっと待った。今なんて？

必死な彼らの様子に、私はもう一度請求書に目を落とした。見れば上着の色は水色で、ドレスは赤、となっている。

「これって、まさか……」

この色なら忘れもしない！　私が婚約破棄を決めた夜会で、セルジュと彼の近くにいた女性が着ていた衣装だ。なぜこれがここに？

「どうしてうちに請求を？　わけがわからないわ。セルジュは何か言っていて？」

「はい。衣装のことは、フィリア様に既に伝えてあるからと……」

「はあ？」

待て待て待て。何なのそれは！

確かに私は夜会に参加する前、セルジュのいる侯爵家に人を遣った。彼の当日の衣装を聞き出して、彼と合わせた色で自分のドレスを仕立てようとして。

だからってなぜそれが、彼の衣装代を私が払うってことになるわけ？　しかも、浮気相手の分まで。

どうりで当日の装いを親切に教えてくれたはずだ。彼は最初から、自分の衣装代を私に払わせるつもりでいたのかも。浮気がバレたから、開き直って相手の女性の分もついでにお願いって……常識では考えられないんだけど、もしかしてそういうこと？

図々しいにも程がある。

これってあれよね？　自分と浮気相手の洋服代を元カノに払えと言っているようなもの。私がおとなしく言うことを聞いて支払うと思っているのなら、セルジュは本当にどうかしている。

謝るどころか未だにバカにしているようだ。

「やはり聞いていないわ。彼とはもう赤の他人だし、勘違いじゃないかしら」

私は請求書を封筒に戻すと、彼らに返した。

「そんな、返されても困ります」

「まったく、泣きたいよ……」

勘弁して。泣きたいのはこっちよ。仕立てた本人に請求するのが筋ってものよね？

彼らには悪いけど、ここはお引き取り願うことにした。

私は痛む頭を押さえ、立ち上がって執事にお客様のお帰りを告げる。まだ文句を言っている彼らに侯爵家に直接行くように伝えた後は、部屋に戻って休むことにした。

夕食の席でもセルジュの話題になった。私がカトリーヌから聞いた悪口と、衣装代のことを話したところ、父も別のパーティーで、酔ったセルジュが暴言を吐いているのを目撃したと言い出し始める。最終的に、彼は会場から摘み出されたそうだけど、それまでの間、我が家を悪しざまに罵り、批判していたとのことだった。

『裕福な顔をしながら案外ケチなんじゃないか？　持参金が惜しくなった公爵が、手元に金を残しておきたくて、娘をそそのかしたのかもしれない』

『証拠もないのに浮気を疑われた。婚約破棄は何かの間違いだ。私に非はない。絶対に認めない！娘に甘い無能な公爵が、あることないこと吹き込んだんだ』

『公爵家の連中はみんな頭が悪い。一度交わした婚約は解消できないってことぐらい、いい加減に理解すればいいものを』

聞けば聞くほど腹が立つ。セルジュは相変わらず、自分の方こそ正しいと思っているようだ。完全に開き直り、私だけでなく我が家の悪口を周囲に広めようとしているなんて……

彼がそこまで自分に甘く、そして都合のいい解釈をしているとは思わなかった。全てを他人のせいにして自分は悪くないと言い張るあたり、前世の婚約者とそっくりだ。いえ、二度とまともな結婚ができなくなってしまった分、こちらの方がよりひどい。

どうしよう、怒りが倍増した気がする。とりあえず、婚約は破棄して大正解だ。

でも、言われっ放しなんて気が済まない。私のことならまだしも、尊敬している父まで無能呼ばわりするなんて！

「婚約を破棄された事実をまだ受け入れられないのだろう。勝手に言わせておけばいい」

温厚な父はそう言って、苦笑いをしている。

何だか納得がいかない。私に見る目がなかったせいで、家族の悪口を言いふらされるのは心外だ。もちろん、身に覚えのない衣装代を請求されるのも。

百歩譲って私に責任があったのだとしよう。私がセルジュの心を打ち砕き、彼を適当に扱っていたのだとして、それでも私の両親や弟は何も悪くないはずだ。一方的に誹謗中傷されていいわけがない。

セルジュを見返すために、痩せるだけでは物足りない。別れたことを後悔させて、謝らせるだけでは生ぬるいわ！

——そうだ！　別人のように細く綺麗になった私が、セルジュを夢中にさせる。正体を明かし、ビックリさせた後で彼を手ひどく振るっていうのはどうかしら？　これなら彼も反省するのではない？

たった今閃いたアイディアに、私は嬉しくなった。バカにされた分、仕返しできれば最高だ。そうすれば、心置きなく修道院に行くことができる。

そういえば、前世では、二十キロほど痩せて別人のように美しくなった同僚がいた。痩せたおかげで新陳代謝が良くなり、肌の調子が変化して顔の吹き出物まで消えたのだとか。着られる服が増えておしゃれになったためか、新しい彼氏もできていた。

まあ、彼氏うんぬんは置いといて。私にも同じことが言えると思う。それだけ体重が落ちれば別人のようになるだろうし、化粧ノリも良くなって美しく変身できるかも。

彼が連れていた女性よりも綺麗になりたい。洗練された私を見たら、セルジュは何て言うだろう。

「どうかもう一度婚約してください。お願いします」

そう必死で頼み込んできたりして……

考えただけでにんまりしてしまう。単に痩せるだけではいけない。痩せて綺麗にならないと。

幼い時からずっと一緒にいたから、セルジュの好みは知っている。熱を出した私の見舞いに来た時、彼は枕元で一冊の本を読んでくれた。その本に出て来るヒロインのマリリアを、彼は一番好きだと言っていたっけ。タイトルは『薔薇姫と黄金の騎士』。その本は今でも大切にしている。

それは、こんな話だ。薔薇のように美しい王女と彼女を慕うヒーローは、幼い頃に身分の壁により引き裂かれてしまう。彼女を一途に愛するヒーロー。彼はやがて国一番の騎士になり、ヒロインを敵の罠から救い出す。国王が彼の功績を讃え、王女との仲を認める。二人はかつて語り合った薔薇の園で結ばれる――

時々引っ張り出しては今も読んでいるから、ヒロインのことならよくわかる。優しく可憐なマリリアは、私の憧れでもあるのだ。今の私とは正反対だけれど、頑張ればきっとたおやかな彼女に近づけるはず。

綺麗になるから見てなさいっ！
セルジュに仕返しするという私の目標が定まった瞬間だった。

翌日、朝から部屋に籠った私は、全身が映るタイプの鏡――姿見の前でため息をついていた。

「はぁ、やっぱりこれが現実なのね」

映っているのは、まん丸な顔と頬に浮き出た赤いニキビ……というか吹き出物だ。婚約前に大きくて美しいと褒められた目は太ったせいで相対的に小さく見えるし、あごと首は合体していてよくわからない。腕や足は丸々している上、お腹の肉もすごいことになっている。

ぽちゃぽちゃした身体は少し動くだけで汗をかき、息が切れてしまう。この体形になったのは、贅沢な食事と運動不足が原因だから完全に自分のせいだ。私は食べることが大好きだし、公爵家の食事はいつも豪華でかなり美味しい。それに両親は私に甘く、一日中家で読書やのんびりゴロゴロしていても、何も言わなかった。

「このままではいけないわ。何とかしないと」

前世を思い出す前の意志が弱い私は、公爵の娘であることに甘えていた。婚約者のセルジュが私に無関心なのも、私を信頼してくれているからだと盛大に思い違いをしていたのだ。社交はただの義務だと考え、身なりをそれほど気にしたこともない。

「綺麗だと思われたい相手にブタだと言われてしまったのでは、救いようがないわね」

鏡の中の変わり果てた自分に語りかけてみる。

だけど、セルジュも太った私に我慢ができなかったなら、もっと早くに言ってくれれば良かったのに。浮気相手や取り巻き達とこそこそ陰口を叩くのではなく、二人きりの時に堂々と意見してほしかった。

もっとも、本当は、私のことなんてどうでもいいと思っていたのかもしれない。

それに、これでも昔の私は可愛らしいと評判だったのだ。半分はお世辞だったとしても、桃色の髪と緑の瞳の私がかつて細かったのは事実。可愛いと思ってくれた人も、中にはいたと思う……よ？

だからだろうか。私もいざとなれば痩せればいいし、自分はそこまで醜く太っていないのだと勝手に思い込んでいた。

だって、今の私がいる公爵家はとても裕福だ。ドレスは仕立て屋を呼んで、全て自分のサイズに合わせて作ってもらえる。向こうが合わせてくれるから、きつい服など着なくて済むし、着られなくなったら仕立て直せばいいだけ。普段からゆったりした服を好み、大きめなものばかり着ていたので、正確な自分のサイズも実はよくわからない。

体形を矯正してくれるコルセットは、食事の上で邪魔だし窮屈だからと外して置きっぱなし。その上、姿見で自分の姿をじっくり見ることもなかった。どこかへ行くにも、ボーッとしている間に侍女の手で仕度が済んでしまう。

「でも、こんなになるまで気がつかなかったなんて……」

我ながら呆れてしまう。ふっくらした体形が似合う人もいるけれど、私には似合わないし、この体形はふっくらを通り越して不健康そのものだ。

前世ではそんなに太っていた自覚はない。たぶん仕事が忙しく、食事がまともに取れなかったから、太る暇がなかったのだと思う。当時は結婚費用を貯めようと、朝早くから夜遅くまで一生懸命働いていた。通勤時間も社員の中では長い方だったし、寝不足の時には手すりに掴まりながら、立ったまま寝ていた記憶がある。

まあ、そんな特技（？）は置いておくとして。さっそくダイエット方法を決めることにしよう。

幸い、知識だけならたっぷりある。断食、ヨーグルトきのこ、野菜スープ、糖質制限、半身浴……

「日本人女性で、生まれてから一度もダイエットをしたことがない人なんて、いるのかしら？　いたとしたら、すごく恵まれた体質か、きっと普段から気を付けているのね」

「お嬢様、何かおっしゃいましたか？」

「いいえ、特に何も」

危ない危ない。うっかり口に出したせいで、侍女のマーゴに変な顔をされてしまった。前世の記憶があることは、誰にも明かしていない。もし話したら心配されて、修道院ではなく病院送りにされてしまうだろう。

焦らなくても大丈夫。ダイエットのことなら、ちゃんとわかっている。まともに痩せたいなら、まずは食生活と運動不足の改善よね。これからはカロリーの少ない食事に切り替えて、毎日適度な運動を心がけなくてはいけない。

「カロリーの少ない食べ物っていったらやっぱりアレよね？」

『こんにゃく、しらたき、キノコ、海藻、野菜……』

私は思いつく限りの低カロリー食材を紙に書き出してみた。０カロリー飲料とかお菓子なんかがあれば助かったんだけど。あいにくこの世界にそんな気の利いた物はない。

「で、高カロリーな食べ物といえば、こんな感じかな」

『パン、パスタ、じゃがいも、肉、チーズ、ケーキ、果物、アルコール……』

「あらやだ。私の好きなものばかりじゃない」

私は特にパンや麺類などの炭水化物が大好きだから、当分食べられないなんて残念だ。やっぱり、今日はたっぷり好きな物を食べて、ダイエットは明日から？　そんな考えがチラッと頭をかすめる。

いやいや、ダメだ。そうやって先延ばしにしていたら、永遠に痩せられない。セルジュに仕返しするためには、意志を強く持たなければ。自分を甘やかしている場合じゃなかった。さっそく今日から、いえ、今から始めよう！

私は書いたばかりのメモを持ち、厨房に向かう。

普通、貴族の女性は料理をしない。各家に専属の料理人や使用人がいるので必要ないのだ。例に漏れず、私もこの世に生まれ変わってからは一度も料理をしたことがない。そんな私がいきなり厨房に入って行ったので、料理人達は目を丸くしている。

「お嬢様、お口に合わないものがございましたか？　それとも何か不手際でも」

すかさず料理長が飛んできた。仕事の邪魔をしてしまったようで申し訳ない。

「いいえ。実はお願いに来ました。空いている時間、厨房を使わせていただけませんか」

「お嬢様？　いったい何をなさるおつもりで……」

料理長が驚いた声を出した。料理未経験者が、いきなり何を言い出すのかと呆れているのかもしれない。

「ちょっとね。変わったお料理を試してみたくなったの」

カロリーの低い食材を使って、自分用にダイエット食を作るためだとは言えない。

「それでしたら、私共が調理いたします。お嬢様のお手を煩わせるわけには参りませんので」

そんなあ。自分の分くらい自分で作れるのに。

今世では料理をしたことがないとはいえ、前世は一人暮らしのＯＬだったのだ。その頃はもちろん自炊をしていたから、調理はできるはず。彼らにはただでさえ、いつも豪華で美味しい料理を作ってもらっているのだ。この上、手間をかけさせるわけにはいかないと思う。

「お願い。ちょこっとだけですから」

「でしたら旦那様のご許可を。旦那様がお認めになりましたら、私共も文句はございません」

「わかったわ。それならあとで。よろしくお願いしますわね」

娘に甘い父が反対なんてするわけがないと思いつつ、私はその足で父のいる書斎に向かう。案の定、すぐに許しを得ることができた。ただ一つ、怪我をしたら即退場という条件付きだったのは、信用されていないようで残念だ。

書き出した低カロリー食材のうち、こんにゃくとしらたきの在庫はなかったが、キノコや海藻、野菜なんかは常備されているようだ。その中でも、私が目を付けたのはキノコ。この世界のものはどれもマッシュルームのような形をしていて、一つ一つの房がかなり大きい。知らなければ、小さなクッションだと思ってしまうところだ。

張り切って料理をしてみよう。久しぶりなのでおっかなびっくり包丁を握る。

「あれ？　私ってこんなに下手くそだったかしら」

切ったそばから巨大キノコが床に落ち、転がっていく。まるで何かのゲームのようだ。私が包丁を振るうたび、横で見ている料理人達がなぜか全員緊張している。

なんてこと。貴族生活が長すぎて、料理の腕がすっかり退化しているみたい。こんなことではいけない。ダイエットでは調理法も重要なのだ！

「お嬢様、お願いです。どうかご勘弁を。召し上がりたいものを言ってくだされば、私共がご用意いたしますので」

いつもニコニコしている料理長が、泣きそうになって訴えてくる。おかしいわね。私の腕前、そんなにひどかった？

私は彼に持っていたメモを見せる。そして、ここに書いてある食材――こんにゃくやキノコ、野菜などを毎食たくさん取り入れてほしいとお願いした。そういえば、今まで一度も食事の席で見たことがないけれど、そもそもこの世界にこんにゃくってあるのかしら？

「このくらいの大きさで、練って固めて茹でて作るもので、プルンとした食感で……」

焦った私はこんにゃくの特徴を一生懸命説明する。

「コンニャックですね？　あることはありますが、希少な食材のため入手が困難です」

あるんだ。しかもコンニャックと言うらしい。そのまんまじゃない！

ツッコミを入れたい気持ちを我慢して、希少な理由を聞いてみた。なんでも、山奥に行かないと原料が採れないだけでなく、もともと数も少ないのだとか。こんにゃく芋が松茸並みの扱いだ。たまに市場に出回っても、そのせいで値段がすごく高いらしい。

やはりダイエットに効くだけのことはある。コンニャック恐るべし。

「あ、それなら私、今日から炭水化物は要らないわ。作りすぎるともったいないし、減らしてくださる？」

重ねてお願いしてみる。コンニャックが手に入らないなら、他のところでカロリーを減らす努力をしなければならない。

「たんすいかぶつ？」

「ええっと……パンやパスタなどの、穀物を使ったガッチリお腹にたまる食材のことですけれど」

「本当によろしいのですか？」

「ええ、お願いしますわね」

家庭科の時間に習ったように『炭水化物』と言っても通じなかったが、具体的な名前を告げたら理解してくれたようだ。パンとかパスタ、あとは何だろう。この国に米のご飯はないし、ラーメンも見たことがない。ちょっとがっかり……って、ダイエットするならどうせ食べられないのか。

これで今日から、食事の面はバッチリだ。あとは運動ね。

運動についても知識はある。確かジョギングやテニス、ストレッチなんかの有酸素運動が効果的だったはず。今すぐ始められるのは特別な準備の必要ないジョギングだから、ちょっとその辺を走ってこよう。

「お嬢様、どちらへ行かれるんです。ご一緒しますけど……」

侍女のマーゴが言い終わるより早く部屋を飛び出し、我が家の庭を軽く走ってみることにする。

けれど少ししか行かないうちに呼吸がつかえ、苦しくなってしまった。

「か……身体が重いわ」

横に大きな身体は想像以上に重たくて、走っているつもりが、普通の人が歩く速度しか出ない。

しかもほんの少し動いただけで、大量の汗をかいてしまう。

「頑張らなくっちゃ。限界まで……走らなければ」

頭の中ではマラソンランナーの華麗な走りを思い描いているのに、実際は亀の歩みだ。のろのろとしか進まず、広大な我が家の敷地を四分の一も行かないうちにへとへとになってしまう。足が痛くて、膝は既に悲鳴を上げている。

そろそろ無理だと思ったところで、私は足を止めた。

「ジョ、ジョギ……ング……は、まだ……無、理なの……かしら」

ぜえぜえと荒い息を吐く。呼吸が苦しく息も絶え絶え。身体の節々も痛いし明日の筋肉痛はほぼ確定。ジョギングよりも、まずはウォーキングから始めた方がいいみたい。

マーゴは私に追いつくと、何も言わずにタオルを差し出してきた。こうなるって予想していたのかな？　本当に、私にはもったいないほど気が利く侍女だ。

汗をかいたので軽く湯浴みをしようと自分で準備をしていると、マーゴが慌てて飛んできた。

「まあ、お嬢様。いったい何を……」

「え？　何って、汗を流そうと思って」

「お仕度なら私が。自らご準備されるなんて、近頃どうなさったんです？」

前世を思い出す前の私は、公爵家の長女としてかしずかれるのが当たり前の生活を送っていた。極端に動かなかったせいでこんな体形になってしまったのかもしれないと思った私は、自分のことはなるべく自分でしようと考えたのだ。けれど、周りはなかなか許してくれず、料理に引き続き、湯浴みの準備まで阻止されてしまう。

入浴の後はストレッチ！　身体が柔らかくなった後は、運動の効果が上がると聞いたことがある。それに筋肉がつけば、代謝も上がって、脂肪が燃焼させられるかもしれない。

湯浴みの後のほかほかの身体のまま、ベッドに上がる。足を前に伸ばして座った私は、身体を前に倒してみるが――

「お腹が邪魔……。くっ、いくらやっても前に倒れないわ」

十九年間まともに動かさなかった私の身体。硬いのはもちろんのこと、お腹の肉が邪魔をして、前屈しようにもまともに前に曲げられない。

「う、嘘でしょう？」

それならと、今度はベッドを下りて立ち上がり、身体を前に曲げる。いわゆる立位体前屈なるものを試してみたが、やっぱりちっとも下に曲げられない。

「これじゃあただの、前ならえじゃない」

コントみたいで情けない。だけどこれでも、私は大まじめだ。仕方がないので、ただの屈伸に切り替えようとしたところ、膝に激痛が走った。

「あいたたた……」

先ほどのジョギングで痛めたばかりで曲げるのは拷問に等しい。でも、ここでやめたら何にもならないと、続いて腹筋に挑戦してみるも、そもそも身体が重すぎて、ちっとも持ち上がらなかった。

「お嬢様、さっきから何の踊りですか？」

マーゴが心配そうに声をかけてくる。私が乱心したとでも思ったのだろうか。確かにジタバタしているだけで、ストレッチにはまったく見えない。マーゴには、怪しい宗教の邪神を呼ぶ踊りみたいに思われたのかも。

「運動よ。健康のために身体を動かそうと思ったの」

ダイエットだと宣言するには、まだちょっぴり恥ずかしい。痩せてきてから『実は……』とばらした方がかっこいいと思うのだ。

そんな私に、マーゴは無言で首を横に振る。まあね。まだ初日だし、自分でもうまくいくとは思ってなかったわよ。

二日後、スポーツに挑戦することにした。

本当は日本で習ったことのあるテニスをやりたかったのだけれど、この国にはそんな種目はなかったから、『クラン』というスポーツをしようと思う。クランは前世のクリケットと似ていて、テニスというより野球に近い。木の板をバットに見立て、ボールを当てたら走る……のではなく、歩かなくてはいけないらしい。

けれど『クラン』は一チームに十人以上必要だし、長い時には一プレーに三時間以上かかることもある。そのため、仕事で忙しい使用人達を誘うことはできない。

「仕方ないわね。一人で素振りでもしますか」

ちなみに木の板は、庭師のお爺(じい)さんに借りた。最近時々外に出るので、自然と会話する機会が増えたのだ。白いひげを蓄(たくわ)えた細身の彼は、いかにも好々爺(こうこうや)といった感じで話も面白い。

『クランでわしの右に出る者はいませんぞ』

昔を懐かしむように目を細めながらそう嬉しそうに語られて、私はクランに憧れを持った。きっと若い頃は名選手だったのだろう。

「あら、意外と難しいわね」

素振りだからといってバカにしてはいけない。木の板はバットよりも重く、肩の高さまでなかなか持ち上げられないのだ。

「バッティングマシーンがあれば良かったのに」

しかしこの世界にそんなものはないので、慣れてきたら一人で壁打ちでもしようかと意気込みつつ、クラン板を振り回す。

「フィリア、どうした？　危ないじゃないか。まさか、自棄(やけ)になっているのではないだろうね」

すると、そこで父がやってきて、私の心配をし始めた。人目につかないように庭の隅で自主練習していたのに、誰かが告げ口したのだろうか。誰にも迷惑はかけていないと思うんだけど……

「いいえ、お父様、ご存じないの？　これはクランですわ。楽しい競技なのですって」

私は大威張りで説明してみた。とはいえ、細かいルールはまだ知らない。はっきりしているのは庭師のお爺さんが楽しいと言っていることだけだ。

そんな私の奇行が目に余ったのだろうか。どうやら父が手配したらしく、翌日、我が公爵家で『第一回クラン大会』が開催される運びとなった。

ルール説明から始まって、審判からの諸注意や選手宣誓なども行い、何だか高校野球の開会式みたい。参加者は少年ではなく、庭師のお爺さんや侍女、年若い女の子達が多いけど。

『クラン』は結構面白かった。攻撃時、板に相手ピッチャーの投げたボールが当たらなくてもすぐにアウトにならない。ボールがバッターの後ろに設置された細い枝に当たるまで、何度でもバットに見立てた板を振ることができる。だからじっくりプレーができるし、運動音痴の私でも十分楽しめた。

庭師のお爺さんは自ら語っていたように、とても上手だった。何なら現役選手といってもいいくらい。ホームランとまではいかないけれど、木の板へのボールの当て方が絶妙で、守備がちょうど取りにくい所に打ってくれるのだ。

「すごいわ！　すごく上手ね」

お爺さんの晴れやかな笑顔に、開催して良かったと思う。他にも執事や侍女達の普段見られない姿を見ることができて、いい息抜きというかレクリエーションになった気がする。

これなら毎日開催してもいいくらい。けれどやはりと言うべきか、人数がなかなか揃わず、『クラン』をまともにプレーできたのはこの一回だけだった。

「せっかく続けられそうなスポーツなのに……」

一人ではどうにもならない。腕が良ければ有志が集まる草野球ならぬ『草クラン』チームにも加入できたのだろうが、私は始めたばかりで守備もできない。空振りするために参加したとあっては、公爵家の名が廃る。

そんなこんなで、運動の日課はウォーキングとストレッチのみになった。今の私の野望は、いつか『マイクラン板』を作ること。女性だけのチームを作るのも、夢があっていいかもしれない。

そんな私のダイエット。

挫折しているかと言えばそうでもなく、食事制限についてはかなり順調だ。料理長は私の要望通りカロリーの低い食材を揃えて、毎日の食事を用意してくれている。量が少ないので物足りないけれど、味付けは素晴らしい。

そういえばこの前、ついにコンニャックの原料が手に入ったと報告があった。料理長が知り合いに頼んで、わざわざ分けてもらったのだそうだ。彼もコンニャックを扱うのは初めてらしく、とてもいい勉強になると喜んでいた。

費用はもちろん我が家持ち。私がコンニャックを入手したがっていると知った父が、気前よくお金を出してくれたのだ。とはいうものの、私個人のダイエットをこんなに大掛かりにするつもりはなかったから、ここまでしてもらうのは心苦しい。巨大キノコも十分美味しいから、それだけで良かったのに。

あ、もちろん用意してもらった以上、みんなでありがたく味わうつもりだけどね。

料理人達の腕は確かだ。カロリーが低いはずの食材が、彼らの手によっていろんなものに生まれ変わっていく。見た目も綺麗に調理してくれるため飽きないし、むしろ食事の時間が待ち遠しいほどだ。

すぐにお腹が空くのが難点だけど、我慢我慢。痩せた自分を思い描いて、口にするのは低カロリーの食材とちょっとの魚やお肉だけと決めている。大好きなチョコやケーキも封印し、お茶の時間はお茶だけに集中する。おかげで最近、産地や銘柄には詳しくなれたと思う。

そんなある日、七歳下の弟が普通のメニューでなく、私と同じものを食べたいと言い出した。

「ダメよ、貴方は成長期なんだから。好き嫌いなくなんでも食べなくてはね」

「姉様こそ、色んな物を食べた方がいいんじゃないの？」

弟よ、わかってないわね。それじゃあダイエットにならないのよ。

「あのね、貴方だけには教えてあげる。私一人が別メニューで調理してもらっているのは、痩せるためなのよ」

「その割には、全然痩せてないね」

ぐっ、弟め。痛い所をついてくる。でも、ダイエットってそんなもの。すぐに成果が出るのなら、細くなろうと苦労する人はこの世にいなくなると思う。

ちなみに調理をする方々の手を煩わせてしまって申し訳ないと言ったら、優しい料理長は笑ってくれた。

「お嬢様はいつも美味しそうに食べてくださるので、張り合いが出ます」

優秀な料理人達の頑張りのおかげで、テーブルには今日も美味しそうな食事が並ぶ。そのどれもが、カロリーが低いとは思えない程カラフルで美味しそう。特にこの世界のコンニャックは、見た目が綺麗で味もいい。

赤、青、黄色など七色あるコンニャックは、ゼリーみたいにふるふるして濃厚な味わいだ。まるで子牛の肉やベーコン、鶏肉から作ったポタージュを固めたような味がする。私が一番好きなのは赤いコンニャックで、これは上等なビーフシチューみたいな味。おかげでいくら食べても飽きることがなく、何日でも続けられそう。

同じく低カロリー食材のキノコは肉厚で、噛むたびに口の中にジュワッと旨味が広がる。ステーキにもできるから、食べ応えがあってお得だ。

いろんな種類の野菜サラダも新鮮で瑞々しい。野菜は食べても太らないと思うと、いくらでもお腹に入ってしまう。ドレッシングやソースは手が込んでいてバリエーションも豊富だから、サラダがたくさん食べられる。

海藻類に至っては、どれもがすごく甘くてまるでデザートみたい。昆布のようなものはパリパリで、表面についた粉は塩というより砂糖のようだ。海ぶどうはキャンディみたいな味と触感だし、わかめは黒砂糖と言った方がいいようなとろける味わい。

低カロリーの食材は腹持ちが悪いのが難点だ。空腹に耐えるのはつらいけど、その分すごく美味しく感じられる。太らないと思えば何度だってお代わりできるし。このダイエットだったら私、一生続けられるかも！

「こんなことなら、早く食事制限しておくんだったわ」

ぽそっと本音を漏らした私を、両親や弟は不思議そうに見ている。そんな彼らも、最初は食後のデザートに手を伸ばさない私を見て驚いていたけれど、ここ二、三日はあまり気にしてないみたい。

そうかと思えば、弟が目の前の皿から私の分まで掠め取っていった。

「あっ。今、私のコンニャック食べたわね」

「だって、姉様の方が多いしずるいよ」

味は濃いけど低カロリーよ？　言ってくれれば少しくらいは譲ってあげるのに。

余談だけど、弟は金髪に緑の瞳の、天使のような容貌をしている。その顔で微笑まれたら、つい許してしまうのだ。

そうやって家のみんなにも協力してもらった結果、ダイエットを始めて一週間が経った。努力した成果を見ようと張り切る私は、喜び勇んで部屋の姿見の前に立つ。

ところが――

「何これ!?　どうしてまったく痩せていないのーーっ！」

私は鏡を見ながら絶叫した。残念ながら、体形はダイエットを始める前とほとんど変わっていない。いいや、むしろ痩せるどころか前より太ったようだ。

「運動は膝が痛くて最近休んでいたけれど、間食もしていないのに。私、頑張ったはずよね？」

私の言葉に、侍女のマーゴがきょとんとしている。そうか、痩せようとしていたのは内緒だったっけ。でも、前世の知識を総動員してダイエットに励んだにもかかわらず、まったく効果が出ていないのはどうして？

肌の色艶はいい。というより、油物を食べた覚えはないのに何だかテカテカしている気がする。手を広げた時にできる甲のえくぼは変わらないし、むくんでいるのか全部の指が太い。持っていた服のウエストもきつくなり、ウォーキングしようにも身体が重くて、ちょっと動いただけで再び膝を痛めてしまった。ストレッチでの変化はほとんどなく、身体は柔らかくならずにちょっぴりしか前に曲がらない。未だに腹筋は一度もできていないという有様だ。

そういう体質なのでは？　と遺伝的な要素も考えた。でも、私以外の家族はもれなく全員痩せている。ちなみに、私が養子だという事実もなく、まごうことなく実の子だ。

このまま痩せずに太る一方なのだろうか。そういえば前世でも、『水を飲んでも太る』と言っていた人がいた。あの話は本当で、私もそういうタイプなの？

低カロリーの食材が効かないのだとしたら、どうすればいいんだろう。痩せて物語のヒロイン、マリリアみたいになりたかったのに、綺麗になるどころか、現実はどんどん遠ざかっていく。

別人のように美しくなった私を見せてセルジュをぎゃふんと言わせたい。でも今は、私の方がぎゃふんと言いたい気分だ。

念のため量ってみても、体重はしっかり増えていた。食事制限はきちんとしたし、カロリーの低い食材中心で、余計なものは食べていない。それなのに……

「おかしいわ、何で体重が減らないのかしら。これ以上もう、どうすればいいのかわからない……」

私は泣きそうになりながら、部屋で頭を抱えていた。

第二章　綺麗になるために

レギウスが我が家を訪ねてきたのは、そんな時だった。休暇中の彼が来てくれるのは二回目だ。今日は特に予定がないらしく、ゆっくりできるとのこと。

さっそく彼を招き入れ、応接室で向かい合うと、私は悩みを相談してみることにした。

「あのね、レギウス。ちょっと聞いてもらいたいことがあるんだけど……」

「改まって何だい、フィリア。もちろん喜んで。君の役に立てればいいけど」

レギウスは爽やかな笑顔で応じてくれる。おかげで、ちょっとだけ見惚れてしまった。笑うと鋭い目が優しい印象になるし、しっかりした目鼻立ちの顔は頼もしく感じる。さぞや多くの女性を泣かせてきたことでしょう……って、今はそんなことを考えている場合じゃなかった。

「ええっと、この前言っていたことだけど。その、痩せて綺麗になってセルジュを見返すっていう話、覚えてる？」

「ああ、もちろん。俺が手伝うとも言った。さっそく始めてみるか？」

彼は些細な事柄でも、ちゃんと覚えていてくれたみたい。さすがだ。おかげで話が早く進む。

「それがね、ダメなの。既に一週間前から始めて一生懸命痩せようと努力しているのに、ますます太ってきちゃって」

幼なじみで年が近いせいもあり、彼と話すのは気が楽だ。男性はもう懲り懲りだと思っている私でさえ、彼だけは別。小さな頃から異性として意識したことがないせいか、ダイエットの悩みでも簡単に打ち明けられた。

「聞かせてくれ。一緒に考えよう。痩せるために、実際はどんなことをしているんだ？」

彼は灰青色の瞳でまっすぐ私を見ている。親身になって聞こうとしてくれる姿勢がありがたい。兄のセルジュとは大違いだ。

少し落ち着いた私は、彼に前世のダイエット知識を披露することにした。

「痩せるためには食事と運動が大切よね？　まずは食事だけど、低カロリー……っていうか、太らない食材を選んで食べていて」

彼が頷くのを見て、嬉しくなる。何だ、やっぱり私のダイエット法は間違っていないみたい。すると、そこでレギウスが私に質問する。

「具体的にはどんなものを食べている？」

「太らない食材？　ええと、コンニャックとかキノコとか、野菜サラダとか海藻とか」

どう？　というように腕を組む。威張っているように見えるかもしれないけど、気にしないでね。

「ちょっと待った。今、何て？」

聞き返してきたレギウスが驚いたような表情をしているのは、どうしてだろう。

「え？　だから、太らない食材を……」

「違う。聞きたいのはその後だ」

「食材の内容？　コンニャックとかキノコとか野菜サラダとか海藻」

「まさかそれを、毎日食べていたのか」

「ええ。そうだけど」

繰り返し聞くなんておかしいわね。やっぱり男の人は、食材の話なんて苦手なのかしら。

ところが、目の前のレギウスは額に手を当てたかと思うと、ため息の後でようやく口を開いた。

「何てことだ。原因は間違いなくそれだな」

「どうして？　だって太らないはずでしょう」

「何でそう思った？　七色のコンニャックは、どれも栄養価が高い。赤は特に要注意だ。痩せたいなら、まず避けた方がいい食材だな」

ええっ!?　だってこんにゃくだよ？　私は泣きそうな目で彼を見た。けれどレギウスは、首を横に振る。

「そんなあ……」

だからか。どうりで食べ応えがあるはずだ。私の一番好きなビーフシチュー味の赤が、最も避けるべき食材だったなんて……

見た目も綺麗だし、栄養も多くて美味しいなら値段が高いのも納得だ。

「じゃ、じゃあキノコは？」

「それもだ。肉厚で脂の旨味が出るだろう？」

「あ、脂の旨味ーー!?」

油物を食べていないのに、頬がやけにテカテカすると思った原因はそれか！　ジューシーで美味しかったから、つい何度もお代わりしてしまった。植物なのに脂っこいとか聞いてないよ。

でも……と、考えてみる。思い返してみれば、日本でも畑のお肉や森のバターとか言われる野菜があったっけ。この世界のキノコは、もしかしたらそんな存在なの？

「じゃあ、まさかとは思うけど野菜サラダもダメ？」

まさかの全滅？　低カロリー、どこへいった。

「ああ。野菜は吸収がいいが太りやすい。他に食べるものがあるなら、抑えた方がいい」

日本ではあれ程、毎日食べるように勧められていた野菜が？

「俺達飛竜騎士は竜に乗る。野菜は主に身体の大きな飛竜の食事だ。騎士団の宿舎でも具合が悪い者は、積極的に野菜を食べて栄養をつけるようにしている」

「そうなの……」

何だかすごくショックだ。野菜サラダもたくさんお代わりしてしまった。色とりどりのトマトや瑞々しいレタス、コクのあるカラフルなピーマンや甘いコーンなど、目にも鮮やかだったから。

いけない、思い出してうっとりしている場合ではなかった。

「ちなみに海藻は贅沢品だ。乾燥させれば日持ちがするし甘いから、兵士の非常食として用いられることも多い」

「な、な、何ですってぇ！」

お菓子みたいな味で美味しいと思っていたら、そういうことか。コンニャック以外の食材は希少だと言われなかったため、値段を意識したことはないが、うちって普段どれだけ高い物を食べているの？　ちょっと怖くなってきた。でもそうか、昆布やわかめなどの海藻類は、この世界では贅沢品なのね。

だったらこの世界の食材ってもしかして……

「逆なのー!?」

「逆、とは？」

突然叫んだ私を、レギウスが怪訝な顔で見ている。ちょっと待って。確認してみよう。

「一応聞くけど、間違っていたら教えてね？」

「ああ」

「こんにゃく、キノコ、海藻類、野菜はかなり栄養があって太りやすい」

「まあ、そうだな」

「お肉やお魚、チーズ、お菓子が逆に痩せるとか？」

「痩せはしないが栄養価は低い」

「そうなの？　あ、じゃあ炭水化物は？」

「たんすいかぶつ？」

「ええっと、パンとかパスタとか。穀物を使った料理」

「ああ、それこそが痩せるために必要な食事だろ」

「はい？」

どういう意味だろう。まさかの冗談？　炭水化物は、前世では糖質に変わると習ってきた。そんな食材が太りにくいって、どう考えてもおかしいんだけど。

信じられない私は、じとっとレギウスを見る。彼は顎に手を当て考え込むような仕草をすると、伏し目がちに語り出した。

「パンやパスタなどはお腹が膨れるだろう？」

「そうね」

「単体で食べすぎるのはよくないが、腹持ちがいいため他をあまり口にせずにすむ」

「ということは、つまり？」

「痩せるためにはまずそれらを口にして、他を少量ずつバランス良く食べることが必要だ」

「ひえーーっ」

予想と全然違う！　じゃあ、あれかな。この世界の食材は日本と真逆で、カロリーが低いと思っていたものが実は高カロリー。日本では制限した方が痩せやすいと言われる麦などの炭水化物を、こっちでは積極的に口にした方がいいって、そういうことなの？　何てこと！

前世の記憶が役に立つどころか、逆に足を引っ張っていたようだ。空腹にも耐え、真面目に頑張っていたのに。太ったのはそのせいなのね。

この一週間してきたことは、何だったのだろう。いえ、美味しいのは美味しかったけど、すぐにお腹が減ってしまう上にしっかり太るなんて、こっちの食材恐ろしいんだけど。

貴族は料理をしないし、この世界に家庭科なんて教科は存在しない。栄養学を学ぶのは、料理人になりたい者だけだ。前世の知識があっても今世の食材を知らなかったから、失敗してしまった。

もし知っていたなら夜食にラーメン……はないから、パスタなんかを食べられたのに。

がっくりとソファのひじ掛けに倒れ込む私に、レギウスがさらに言葉をかけてくる。

「もちろん一日三食、できれば同じ時間帯に食べることが大前提だ。間食や夜食なんかは問題外だな」

考えていることは、バレバレだったみたい。この世界でも、やっぱり夜食はダメなのか。おやつもこのまま、当分我慢しなくてはいけないだろう。

「でも、変ね。それならそもそも、何で太ったのかしら。パンやパスタ、お肉やチーズの方が好きだから、太りやすい食材は口にしていなかったのに。それでも年齢とともに横に大きくなったのって、やっぱりいっぱい食べたから？　まあ、運動は確かに全然していなかったけど」

「単純に量が多かったんだろうな。それと、肉の旨味を引き出して香りづけをするために、料理人達の間ではキノコや野菜を混ぜる調理法が一般的だと聞いたことがある」

「それかもしれないわ。前から野菜は好きだから、多めに摂っていたし……」

だったらお肉の方をもっと食べておけば良かった。まあ、成長期にゴロゴロしていた自分が一番いけなかったのだけれど。

「あとは？　食事に気をつけていただけじゃないんだろう」

そうだった。カロリーコントロールが出来ていなかったからといって、落ち込むことはないんだ。

私にはまだ運動が残っている。最初のうちは頑張っていたから、筋肉だってちょびっとはついているかもしれない。ソファから起き上がった私は、再び元気よく話し出した。

「そうよ、運動だってちゃんとしたわ。ジョギング……はダメだったけど、倒れそうになるまで屋敷の周りを歩いたり、筋肉を柔らかくするために身体を伸ばしてみたり。スポーツだってみんなと楽しんだのよ。『クラン』って言うんだけど。とっても楽しかったわ」

ドヤ顔で言い終えた私は、レギウスの方をチラッと見た。再び何かを考え込んでいるようだ。えぇっと、どうしたんだろう。まさかまた、大きく外しているとか？

「フィリア、どこから言えばいいのか……」

髪をかき上げる彼の姿はとても絵になる。だけど私は、ボーッとしている場合ではない。何、またもやダメ出しなの？

「着眼点は非常にいいと思う。急に走るのではなく、歩くことにしたのは賢明な判断だ」

「でしょう？　まあそれも、膝を痛めてあまり続かなかったんだけど」

私が言うなり、レギウスは大きなため息をつく。

「はあぁ、やはりそうか。急に身体を動かすのは良くない。最初は軽く、徐々に負荷をかけていった方がいい。しかも、倒れそうになるまで運動するなんてもってのほかだ」

おっしゃる通りで。初日に激しい運動をしたせいで、後が続かなくなってしまった。膝の痛みを覚えたために、実は今も歩くのが億劫だ。そのせいで、ストレッチだってまともにできていない。

「あとは、クランのことだけど――」

「知っていたのね！　すぐに覚えられるし無理せずできるし。人数さえ集まれば誰でもできる、素晴らしいスポーツよね？」

私はクランを絶賛した。機会があれば、レギウスとも勝負したいところだ。庭師のお爺さんに紹介して、一緒に楽しみたい。彼はクラン板を持っているのだろうか。

けれど、返ってきた彼の答えは違っていた。

「まあ、面白いことは認めよう。長く続けていけるし、それなりに意義はあるのだと思う」

はっきりしない言い方に、じれったくなる。長く続けたらいいってことは、痩せるってことなのよね？

「そうね。だったら……」

「だが、クランは若者向きのスポーツではない。年寄りが集まって一日中行う遊びみたいなものだ。位置づけは確かにスポーツだが、運動としての効果は期待できない。続けていても痩せるのは難しいだろう」

「へ？　そんな！」

運動神経に関係なくできるから、面白いと思ったのに。

でもそういえば、思い当たる節がある。クリケットや野球に似ているとはいえ、塁に出る時走らないのは、老人向けだからなのね。クランは一チームの人数が多いため、一人で無理をする必要がなく、身体に負担もかからない。長く続けていけるというのは、お年寄りになってからもって意味……ということは庭師のお爺さん、まさかの現役。

クランの実態はゲートボールやグランドゴルフに近いようだ。ダイエットには向かないけれど、

私は好きだ。面白かったし楽しめたので、いつかまた挑戦してみようと思う。だけど今は、痩せるための運動を優先しなくっちゃ。

どうしよう？　前世の知識を元に考えたダイエットは全てパア。食事も運動もどちらもダメで、減量の助けになっていない。というより、むしろ邪魔していたような。

がっくりうなだれる私を、スマートなレギウスが見ている。いいなあ、太らない人は。体重を減らす苦労なんて知らないのよね。

そう考えた時、ふと閃くものがあった。待って、さっきレギウスは何て言ったんだっけ？

『痩せるためにはまずそれらを口にして、他を少量ずつバランス良く食べることが必要だ』

もしかして――

「ねえ、レギウスっていろいろ詳しいし知識も豊富だし。もしかして、ダイエット経験者？」

「だいえっと？」

「ええっと、痩せるための努力をしたことがある？」

「ああ、そのことか。そうだな、飛竜騎士団のメンバーは、飛竜に負担をかけずに、いかに迅速に行動できるかが常に求められる。体重や体調の管理は、数ある騎士団の中では一番厳しいかもしれない」

彼は苦笑した。笑うと目元が優しくなる。

「かっこいい……」

「え？」

「かっこいいわ、飛竜騎士団」

「なんだそっちか。まあいい、それで？　俺に聞きたいのは痩せるための方法だろう」

「やっぱりわかる？　ねえ、教えてくれたら、これからは師匠と呼んで敬うから」

「ハハハ、何だそりゃ。フィリアは相変わらず面白いな」

大きな声で楽しそうに笑う彼が、私の髪をクシャッと撫でる。突然のことで驚いてしまったけれど、なんだかひどく懐かしいような気がした。

「師匠と呼ばれるのは嫌だな」

そう前置きをした後で、レギウスは飛竜騎士団での食事や運動法を教えてくれた。

この世界では、痩せるためには炭水化物が中心で、肉、魚などとその他をバランスよく適度な量、毎食ごとに摂取するといいらしい。

お腹にたまるものだけをたくさん食べた方が、早く体重を落とせるのかと思ったし、実際そうらしいのだが、それは女性にはあまり勧められない方法なんだとか。

「単体の栄養だけだと身体に悪い。冷えやすく肌が荒れてしまう」

実際、飛竜騎士達も痩せるためというより体形維持のために、腹持ちのよい食材を多めに摂っているとのことだった。そして、さっきの話にも出ていた通り、前世で低カロリーと言われていた食材は、避けた方がいいみたい。こっちでは、コンニャックやキノコや野菜、海藻類もとんでもなく高カロリーだ。遠征に行く騎士達でさえ、たまにしか口にしない食材なんだとか。

独自のダイエット法を続けていたら、とんでもない目に遭うところだった。これ以上体重が増えなくて済むのはレギウスのおかげだ。

「実は急激に体重を落とすための食材も、あることはある」

考えた末、レギウスはそんなことを言い出した。

「本当！　試してみたいわ」

そんな夢のようなサプリ――じゃなかった、食材があるのなら是非とも活用したい。私に食べ物の好き嫌いはないから、一日でも早く痩せるために何でも食べようと思う。

「おかゆなんだが……」

「おかゆ？　もちろん大好きよ」

物足りないけど仕方がない。私はレギウスに、喜んで食べると約束した。

運動の方は、散歩程度の軽いものから始めるといいようだ。あまり気負うと、長く続かないからと言われた。慣れてきたら徐々に距離を長くして、たまには軽く走るのもいいらしい。歩いたり走ったりする方が、ただ走るだけよりも効果が見込めるという。

「膝に負担がかかるんじゃあ？」

「慣れてくれば問題ない。だが、膝が痛い時には無理をせず、乗馬に切り替えれば十分だ」

「でも私、上手に乗れないもの」

貴族女性のたしなみとして、乗馬をしたことはもちろんある。けれど、バランスが取れず、すぐに腰が痛くなるので、いつしか厩舎から足が遠のいてしまった。

「上手く乗るにはコツがいるんだ。俺がここに来られる間は、一緒に練習すればいい」

そう言って穏やかに笑う顔は、兄のセルジュに似ている気がする。少しだけドキッとしたのは、きっとそのせい。だけど、本物の騎士であるレギウスが教えてくれるなら完璧だ。

「嬉しい。是非教えて」

「ああ。これからは食事や運動も俺が見ていこう」

「ありがとう。何て言えばいいか……。もちろん貴方がいれば心強いわ。よろしくね」

私はダイエットの師匠――じゃなくって、強い味方を手に入れたようだ。


そう思っていたのだけれど。

七日目となる今日、私はテーブルに突っ伏してうめいている。

「うう。レギウスにあんなこと言うんじゃなかったわ」

相談した日の夕食から、私のメニューだけがガラッと変わってしまった。

人好きのするレギウスは、父だけでなく母や屋敷の皆の信頼もあっさり集めていたらしい。彼が私の体調管理を申し出ると、我が家では一も二もなく受け入れられた。

料理長をはじめとする料理人達は、飛竜騎士団の宿舎で取り入れられているレシピが気になるようで、レギウスの話を興味深そうにメモしていた。侍女や執事は私に合った運動法を細かく指示されたらしく、毎日続けているかどうか細かくチェックしている。

レギウスったら。騎士というより保健体育の先生みたい。もしくは家庭科の先生かな。

父はもちろん大喜びで、『あの子は昔から頭が良かったからな』と、彼のことを手放しで褒(ほ)めちぎっている。

昔の私は、どうやらセルジュしか目に入っていなかったようだ。一緒に遊んだことはよく覚えているけれど、勉強するレギウスを見たことがない。騎士や飛竜騎士になれるくらいだから、確かに頭はいいのだろう。

そんなわけで、七日前から私の本格的なダイエットが始まっている。

オートミールに似た特別なおかゆ、さっぱりして塩気の少ないソースを使った白身の魚、もしくは肉、が私の定番メニューとなった。時々ここに健康的なスープが付く。レギウスは他にも、私に間食や夜食を与えないように、との指示を皆に出していたようだ。動物園の「勝手にエサを与えないでください」に似ていると思ったのは私だけ？

おやつや夜食はともかくとして、普段の食事が物足りない。満腹感はあるけれど、満足感がないのだ。絶妙な味わいで、こってりしていたコンニャクやキノコに慣れていた私にとって、さっぱりした味は何というか味気(あじけ)ない。

唯一さっぱりしていないのは、ぐにゃりとした食感のおかゆだけ。腹持ちはいいものの、独特の匂いが強く粘(ねば)り気があって、はっきり言って美味(おい)しくない。肉や魚用のソースだって味が薄いか酸(す)っぱいか。それもほんの少量だから、一瞬で終わる。食べた気になれないというのが、正直なところ。始めのうちはそれでも我慢して食べていたものの、毎食こうだとさすがに飽きた。

一週間も続けたから、さすがにいいだろう。そう考えた私は、先ほど料理長にメニュー改善の要望を出しに行った。すると料理長は、首を横に振り自信たっぷりに断ってくる。

「レギウス様も、実際に召し上がっていらっしゃるお料理ですから」

王国一の騎士達が、こんなに美味しくない物を食べているなんて可哀想だ。国のために働いているんだから、もっと贅沢な料理を食べればいいのに。宿舎の料理がこの程度だと知れば、飛竜騎士を志す者は激減するに違いない。

それにしても料理長ったら、私よりレギウスの言葉を優先するなんておかしいのでは？

「お嬢様が特別な食材を求めていらしたのが、痩せるためとは知りませんでしたので。てっきり珍しい豪華な料理をお召し上がりになりたいのかと。太りやすい食事ばかりお出しした責任は、私共にもあります」

責任感の強い料理長は、私の体重を減らすという使命に燃えているようだ。コンニャックやキノコの件は、食材のメモを渡しただけで意図を説明しなかった私が百パーセント悪い。というより、ダイエットだということも話していなかった。料理長が責任を感じる必要なんて全くないのに。

けれど、料理長も料理人達もレギウスに心酔しているせいか、アレンジは加えてくれるものの、メニュー自体を変えようとはしてくれない。それどころか、私が食事を残した時は、その量まで記録している。

「残した分は、レギウス様に報告しますから」

まったくもう、みんなでレギウスレギウスって。

でもまあ、仕方がないか。公爵家に生まれ変わったせいで、私の味覚が贅沢になっているだけかもしれないから。私は覚悟を決めると、テーブルから顔を上げた。鼻をつまんで独特の味と匂いのおかゆを喉に流し込む。

「うわ、やっぱり美味しくないわ」

食べ慣れないせいか、変な後味が舌に残るせいなのか。少しの量で十分だし、お代わりをしようとも思わない。お腹が膨れて空腹だけは免れるけど、食事の時間が以前よりも楽しみではなくなってしまった。

弟も今回ばかりは私の料理を欲しがらない。これなら、いくらでも交換してあげるのに。

ここはいよいよ、私の前世知識の出番かもしれない。美味しくないなら美味しいものを作ればいい。栄養素については失敗だったけど、お料理は練習次第。続けていればきっと、前世の勘を取り戻すに違いない。

「頼もう！」

私はさっそく、料理長に弟子入りすることにした。ダイエット中も美味しいものを食べるため、背に腹は代えられない。料理人達に泣かれようと嫌な顔をされようと、満足いくものを作るためには、一切退かないつもりだ。

料理長はあまり歓迎していないようだったけれど、私の熱心さに負けたのか、最後には苦笑しながら受け入れてくれた。包丁を握り基礎から学ぼうとする私を見て、教えてくれる気になったようだ。

腕前を上げるため、時々下ごしらえも手伝わせてもらうことにした。ダイエット中なので作っても食べられないのはつらい。けれど練習しているうちに、勘はだんだん取り戻してきた。皮の方が分厚いニンジンやジャガイモ、骨の方にたっぷり身が付いた魚はもう転がっていない。初日の分は見なかったことにしてもらおう。

　空いた時間にはレシピの研究をする。料理長の長年の経験を参考に、一緒に考えてもらっているので、成功したら、カロリーが少ないけれど美味しい料理が完成する。これからもきっと役に立つことだろう。

　せっかく痩せるなら、美味しい食事で痩せたい。この世界にダイエット用の食事はないようだし、あってもあの変な味のおかゆだろうから。どうにかしてあのおかゆの中の穀物を、美味しく食べたい。

「じゃーん！　お好み焼きと麦たっぷりスープ。どうしよう。私、天才かもしれないわ」

　変な味のおかゆに使われていた穀物は、粘り気があり独特の匂いが強い。それを逆手にとり、すり潰して卵やソース、肉を入れるとお好み焼きのタネができる。一緒に混ぜた麦で食感はごまかせるし、ソースや燻製肉で匂いもある程度緩和できるようだ。そのままふやかして食べるより、百倍は美味しくなったと思う。

　お肉と麦の半分はスープにドボン。短時間で二品完成。決して手抜きではない。

　料理長もまああの味だと褒めてくれた。もしかして私には、料理の才能があるのかもしれない。そう言ったら、ほっほっと笑われてしまったけれど、どういう意味だろう？

　気を取り直して肉料理も教えてもらった。野菜より肉の方がカロリーがないなら、いずれお肉をしっかり取らなきゃいけない時がくるだろう。ダイエットしてみてわかったのは、我慢は脳によくないということ。まったく食べないよりも、少しだけでも食べて満足する方が、長く続けられるように思う。

肉切り包丁を持っているところを弟に見つかり、『似合う』と笑われてしまった。なぜか褒められた気がしないのよね。まあいいわ、美味しい料理でそのうちぎゃふんと言わせてみせるから。

ちなみに、痩せるための運動もレギウスが監修している。

侍女のマーゴは、彼からトレーニングメニューを渡されていたらしい。雨が降った日、外を歩けないから今日は休めると喜んでいたら、室内でもできる運動を提案された。回数をごまかそうにも二人一組で数を数えるため、ごまかしが利かない。ベッドに座って前屈したり腹筋をさせられたりと、結構ハードなメニューだ。

幸い、おかゆが美味しくなくて全体の食べる量が減っていたせいか、お腹が少しはへこんできた。始めは腹筋しようにも、身体が重いしお腹の肉が邪魔で無理だった。でも最近は順調だ。一回でも多くできると、侍女のマーゴが褒めてくれる。褒められることが嬉しくて調子に乗った結果、日を追うごとに回数が増え、ようやくまともな腹筋ができるようになってきた。

今は腹筋だけでなく、背筋や前屈にも真面目に取り組んでいる。そのせいで、身体も柔らかくなってきたようだ。今日の腹筋は、たぶん三十回は超えたと思う。

「あ、でも嫌になって続かなくなるといけないから、ほどほどで止めなきゃいけないのよね？」

「いいえ、それは外を走るか歩く場合だけだそうです。室内運動では関係ありません。さ、お嬢様、もう一度！」

有能な侍女は、どうやら結構厳しいみたい。この調子では明日も筋肉痛確定だ。

その日の夕方、レギウスがやって来た。城からの帰りにうちに寄ってくれたのだと言う。いつも来るのは午前中だから、こんな時間は珍しい。

休暇中と言っていたのに仕事に出ていたのか、レギウスは飛竜騎士の証であるスカイブルーの制服を身に纏っている。銀の肩章が映えてよく似合っているけれど、近寄りがたい感じもする。

何だか知らない人みたい――

玄関ホールで出迎えた母と私を見たレギウスは、灰青色の瞳を煌めかせて嬉しそうな表情をした。

彼が両手を大きく広げたので、私は一瞬戸惑う。

何だろう、飛び込んで来いってそういう意味？

それはもちろん気のせいだった。いつの間にか私の後ろに立っていた弟をハグするための合図だったらしい。

弟はまっすぐ飛び込むと、レギウスに頭を撫でてもらっていた。

何だ、焦って損しちゃった。あ、いえ、別に。深い意味はないのだけれど。

「いつも突然ですみません」

爽やかに微笑んだレギウスが母に挨拶をする。父は仕事のために登城していて、今は不在だ。

「いいえ、貴方なら大歓迎よ。そうでしょ、フィリア」

いい笑顔で私に振られても、返答に困ってしまう。以前、セルジュがうちに来るたびに、嫌がっていた母と、同じ人だと思えない。

母は慣れたもので、彼を優しく抱きしめると頬に挨拶のキスを受けていた。

私はハグはせず、軽く頷くだけにする。そのうち修道院に行くのだとしても、未婚の私が抱き着けば、彼が戸惑ってしまうだろうと思ったから。

レギウスは何も言わず、弟の頭に手を置いたまま苦笑した。あ、握手くらいはした方が良かったのかな。別に減るもんでもないし。

私達を見比べる母は、元婚約者のセルジュより明らかにレギウスの方を気に入っている。うちは両親とも、レギウスがセルジュの弟だということを全く気にしていないようだ。彼を小さな頃から知っているし、話しやすいからだろう。私がセルジュとの婚約を破棄したことなど、まるでなかったかのように振る舞って、侯爵家のレギウスを気軽に招き入れている。

本当に、セルジュと婚約していた過去がなかったことになればいいのに。そうすれば、私も素敵な人と出会って恋に落ち、いつかは幸せな結婚だってできたかも。

だけど、この国において傷物になった私に幸せな結婚は望めない。それくらい貴族の慣習は不公平で、女性だけに厳しいのだ。

物思いに沈んでいると、ふとレギウスの視線を感じた。顔を上げた私は、何でもないというように彼に遠慮がちに微笑んだ。

彼だってそのうち誰かと婚約し、結婚するだろう。もしかしたら、心に決めた相手が既にいるのかもしれない。うちに来てくれるのは嬉しいけれど、休暇中に長く引き留めてはダメよね。とっとと痩せて彼を早く解放してあげなければ。

彼はまだ、私を見ている。ああそうか、母の言葉に私が頷くだけだったから？　レギウスが私の答えを気にしているとは思えないけれど、返事はきちんとしなくてはいけない。

「ええ、もちろん。歓迎するわ」

約束をしていたわけじゃない。だけど、ダイエットのことで話もある。あの、何とも言えない変な味のおかゆをお好み焼きにしてみたから、是非試食してもらおう。

そこで母は急用を思い出したと言い、弟はそんな母に引きずられていってしまった。何だろう、突然。忙しいなら私も手伝うと言ったのに、なぜか断られる。変なの。

仕方がないので余った私が、彼を応接室に案内することになった。ソファに腰かける時、レギウスの飛竜騎士の青い制服に、つい目が引き寄せられる。スカイブルーは空の色。空に溶け込むから、飛竜の視界の邪魔にならないのだとか。その分地上ではすごく目立つので、我が国男子の憧れの職業ともなっている。

「ああ、これ？　ごめん、仕事の後だったから。どう思う？」

「どう思うって、もちろん素敵よ。そんなこと、言われ慣れているくせに」

私がからかうと、彼は少し照れたように微笑んだ。そういうところは私のよく知る昔のままのレギウスで、何だかホッとする。

彼は決して自分を大きく見せようとしないし、偉そうにしない。仲良く遊んだ昔を思い出し、懐かしさで胸がじんわりと温かくなった。

彼は顔の前で手を組みながら、灰青色の瞳で私をじっと観察する。

何、どうしたの？　かなり見られているような。今日もおかゆをお好み焼きにしたから、口の周りがソースで汚れているのだろうか。慌てて口元を拭うけれど、特にそれらしきものはついていない。

「フィリア、立って回ってみて」

ああ、何だ。体形チェックね。言われた通り、彼の前で一回転する。この一週間で、私はだいぶ身体が軽くなっていた。これは、食事を改良しておかゆをマシにしたのと、侍女のマーゴによるスパルタ筋トレの成果に違いない。

「少し痩せてきたね」

「やっぱりわかる？　動けるようになったから、散歩も長めにするようにしているの」

見ただけで体形の変化がわかるとは、さすがは師匠だ。私も自慢げに言ってしまったが、よく考えてみれば別にたいしたことはない。けれどレギウスは、そんな私を元気づけてくれる。

「大丈夫。この調子だとすぐに痩せるな」

「そう思う？　実はそうじゃないかなーって自分でも思っていたりして」

幼なじみに褒められるのは、やはり嬉しい。ほんの少しの変化でも、気づいてもらえただけでやる気が出てくる。

「ねえ、レギウスはどうしてここまで親切にしてくれるの？」

「――大事だから」

「大事な幼なじみが心配ってこと？」

そう聞くと、彼は一瞬何とも言えないような表情をした。その後はいつものように笑うと、私にこう告げる。

「ああ。そう思ってくれていい。じゃあフィリア、そのままあと一週間頑張って」

「うん、わかった！　……ってまさかとは思うけど、食事もあのまま？」

「そうだ。他は変えてもいいが、おかゆは毎日食べること。あの独特の匂いに痩せる成分が含まれているからな」

「それなんだけど。あの穀物さえ使えば、効果は同じなのかしら。ちょっと試食してもらえる？」

私は磨いた料理の腕を、レギウスに披露することにした。さっそく彼を厨房へ誘う。

「ちょっと待ってね。すぐに作るから」

「すごいな。フィリアは料理ができるのか」

「料理ってほどではないけれど。まあ、少しくらいなら」

まだ料理長のもとで修業中の身なので一応謙遜しておく。包丁は以前のようにまともに使えるようになったから、肉を切るのは早い。かまどに慣れておらず火を起こすのに少々時間がかかるので、不安になってレギウスに今日の予定を聞くと、特に予定はないとの答えだった。

独特の匂いの穀物は、調理しやすいよう既にすり潰してある。そのせいで、匂いが少し飛んで食べやすくなっているかも。

鉢の中で材料を混ぜ合わせ、フライパンの中へ。ちょっとは匂いがするけれど、卵や肉をたくさん入れているから平気なはず。仕上げにソースをたっぷりかける。

「どうかしら。食べやすいようにアレンジしてみたんだけど」

できたお好み焼きをお皿にのせ、レギウスの前に出してみる。独特の匂いが少し残るものの、おかゆほどまずくはないと思う。

厨房を挟んで、向かい合わせに座る。慣れている匂いのはずなのに、一瞬顔をしかめたレギウスが、観念したようにお好み焼きを口に入れた。

彼は食べる所作も優雅で、とても綺麗だ。食事の時には育ちの良さが表れるというけれど、本当にそうだ。さすがは侯爵家出身というだけはある。

「うーん。まあまあかな。でも、肉とソースが多すぎるような気がする」

「ええー。完璧だと思ったのに」

「というより、肉とソースの味しかしない。麦を増やしておかゆ用の穀物を減らしているだろう」

わわっ。なぜわかったのかしら。

「……急激に痩せたくないならこのままでいい。フィリアは今でも十分可愛いよ」

穏やかに笑いながら彼が言う。

「絶対嘘！　全然思っていないくせに」

うっかり照れて強い口調になってしまった。私の言葉にレギウスは眉根を寄せた。もしかして、言い当てられて焦っているとか？

わかってはいたけど、残念だ。セルジュもレギウスも、やっぱり細い女性の方が好みなんだろう。兄弟は好みも似るって言うから。

でも、私は覚悟を決めている。太っているせいでからかわれたり、バカにされるのはもう嫌だ。頑張ろう。今度こそ絶対綺麗になってみせる。

「わかったわ、改良してみる。でも、これを食べるのはあと一週間だけね」

それ以上はさすがに耐えられない。おかゆ用の穀物は、量を減らしてお好み焼きにしても食感と匂いが強烈だ。ご飯の時間でもないのに食べてくれたレギウスは、はっきり言って偉いと思う。

「あら？　ソースがついているみたい」

手巾を探したけれどなかったので、彼の口の端についていたソースを指で拭ってあげる。するとレギウスは手首を掴み、私の指を自分の口元に持って行く。

「ちょ、ちょ、ちょっと！」

彼は当然のように指に付いたソースを舐めた。舌の感触がくすぐったい。それに、そんなに色気のある表情をされると、胸の鼓動が否が応にも跳ね上がってしまう。

「な、何をするの？」

「何をって？　出された物を最後まで、美味しくいただいているだけだけど」

ドキドキするなんておかしい。ただ、からかわれているだけよ。それなのにレギウスは、私にとどめの一言を放つ。

「こうして向かい合わせに座っていると、何だか夫婦みたいだな。お料理上手の奥さんを持って、俺は幸せだ」

胸がツキンと痛くなる。もしかしたら彼は、小さな頃に私がねだったおままごとの続きをしているのかもしれない。彼にとっては他愛ない冗談でも、現実ではもうそんなことはあり得ない。私は彼と結婚して夫婦になるどころか、恋愛だってできないのだ。

「遊びの時間は終わりよ。良い子は帰って寝なくちゃね」

　私は感情を読まれないように目を伏せて、それだけ言うので精一杯だった。


　レギウスは、その後もちょくちょく私の様子を見に我が家を訪れた。そのたびに、痩せるために必要ないろんなアドバイスをしてくれる。食べすぎた時は無理をせず、栄養は一日のトータルで考えればいいだとか、運動したら水分だけでなく塩分もしっかりとらなければいけないのだとか。そこは前世と同じで、熱中症にも気をつけなければいけないらしい。

　本格的なダイエットから二週間目となる今日は、外出しようと誘われた。

「フィリア。これから馬で、どこかに行かないか」

「遠乗りってこと？　でも……」

　そういえば、今日のレギウスは黒の乗馬服を着ている。相変わらず何でもよく似合うこと。だけど私は乗馬が苦手だ。前にそう言った時、レギウスは乗馬にはコツがあるし一緒に練習しようと言ってくれた。でもいきなりの遠乗りは、初心者には無理だと思うんだけど。

「もちろん乗馬は俺が教える。今日は、二人で一緒に乗ればいい」

「それなら大丈夫かな」

「良かった。じゃあ、すぐに出ようか」

「待って、父の許可を取らないと」

「公爵には話を通してある。気分転換になっていいのではないか、と言ってくださった」

「早っ。相変わらず手回しがいいわね」

「言っただろう？　飛竜騎士は迅速な行動が第一だと」

「そうだったわね」

私は笑顔で応じた。冗談とも取れるレギウスの言葉が、頼もしく思えてしまう。こんなにも優しい彼のことを再会するまでほとんど忘れていたなんて。

以前の私は、そんなにもセルジュに夢中になっていたのだろうか。あの傲慢で独りよがりで我儘で勝手で態度がでかくて失礼で――他にも言い出せばキリがないほど頭にくる彼に。過去の自分は、本当に考えなしで恥ずかしい。当時に戻れるならもれなく往復ビンタで、自分の目を覚ましてあげたいところだ。

気がつけば、レギウスが私を覗き込んでいた。高い鼻梁に煌めく瞳、形のよい唇……って、近いと思うの。間近にある整った顔はすごい破壊力だ。慌てた私は、頭に浮かんだ疑問をそのまま聞いてみることにする。

「ふ、二人乗りで大丈夫？　もっと運動して軽くなってからでもいいのよ。私の重みで馬が潰れたら可哀想だわ」

「まさか。俺の愛馬は男二人を平気で乗せる。フィリアなんか余裕だ」

「そうかしら」

体重が少し落ちたとはいえ、以前に比べたら、という程度だ。まだまだマリリアには程遠く、普通の体形にすらなっていない。ようやくぽっちゃり、といったところかな。

だから、成人男性と同じか少し重いくらいかも。

いいや。無理そうだったら体調が悪いとか何とか口実を作って辞退しよう。彼もきっと気まぐれで誘ってくれたんだろうし。

ところが彼の言葉通り、大きな黒馬はがっしりしていた。これなら男二人でも、何なら三人でも余裕で乗せられそうだ。安定感もあるし、私が乗っても大丈夫。

思わず頬が緩む。そんな私を見て、彼がくすりと笑う。

レギウスはそのまま私の腰を持つと、軽々と馬に抱え上げた。腕の力がすごいと思う。あまりの早さに、恥ずかしいと思う暇もなかったくらいだから。彼は続いてひらりと私の後ろに飛び乗ると、前に屈んで手綱を握る。その拍子に彼の顔が私の髪に触れ、少しだけくすぐったい気分になった。

ちなみに、今の体勢は横座りの私を彼が後ろから抱え込んでいる格好だ。いつもより簡素なドレスとはいえ、さすがに馬の背を跨ぐことはできない。こんなことなら乗馬服を作っておけばよかった。今日の遠乗りが楽しかったら、改めて考えてみよう。

「フィリア、俺にしっかり掴まって」

言われるまでもない。馬の背から振り落とされたくない私は、安全バーのように彼の腕をしっかり掴む。レギウスの腕は思ったよりも太い。細くて華奢だった以前が嘘のようだ。鍛えていたらこんな風になるんだと、感心して思わず腕を撫でてしまう。

「フィリア、ごめん。それ、くすぐったいから」

「あ……ごめんなさい。つい」

いけない、このままではセクハラだ。訴えられたら勝ち目がない。私はしっかり座り直すと、大丈夫だというように頷（うなず）いた。

「久々なら遠くまでは行かない方がいいな。行き先は任せてくれ」

「ええ。お願いね」

レギウスは大きな馬をゆっくり進めた。乗馬は久しぶりなので、本当はちょっと怖い。苦手意識があるのは、馬上でのバランスの取り方が下手なせいだとわかってはいる。だけど、揺れるたびにびくびくしてしまい、とうとう落ちないようにと、彼に腰に片手を回されてしまった。

「え？　あの……」

「大丈夫。俺に身体を預けてリラックスすればいい」

それって余計にリラックスできないんじゃあ……

既（すで）に思いの外（ほか）身体が密着している。ごめんね、太ってて。お腹の肉が当たって嫌な思いをさせていないといいけれど。小さな頃の私なら、自信を持って寄りかかれたのかもしれない。あ、でもダメか。当時はレギウスも華奢（きゃしゃ）だったし……

レギウスの灰青色（はいあおいろ）の瞳は以前と同じで変わらない。こちらに笑いかける顔にも面影（おもかげ）がある。だけど、私を支える腕は太く、手綱（たづな）を握る手は大きかった。厚い胸や肩も頼りがいがあるし、手綱捌き（たづなさば）きには迷いが見られない。

久々に会った彼は、騎士として立派に成長していた。急激に大人になったレギウスに置いて行かれたようで寂しく感じる。まあ、私も横に成長したし、お互い様なのかな、なんて。現在は痩せるために努力をしているとはいえ、まだ志半ばだ。

「私も大人になったんだし、成長するのは当然か」

「どうした、フィリア。無理ならもう少し遅くするから言ってくれ」

独り言が聞こえたのか、レギウスが話しかけてきた。彼の低くて優しい声が私の耳をくすぐる。

五年の歳月は短いようで長かった。一人の華奢な少年が、たくましい青年に変貌を遂げるくらいには。レギウスの目に、今の私はどう映っているのだろう？　ふとそんなことが気になって思わず苦笑する。

「平気よ。どこに連れて行ってくれるのか楽しみだわ」

明るく言う私に、レギウスはもう一度『任せろ』と保証してくれた。

出発したばかりの時は、転げ落ちたらどうしようと硬くなり、お腹の肉にレギウスの手がめりこんだら申し訳ないとか、私が近くにいると暑いかもなど、余計なことをたくさん考えて緊張していた。だけど、馬のゆっくりしたリズムに慣れたせいか、ガチガチだった身体も心も徐々にほぐれていく。

落ちたらその時だ。レギウスはしっかり支えてくれているんだし、それでダメなら仕方がない。ぽちゃっとしたお肉のクッションが利いているから、大した怪我はしないだろう。

肩の力が抜けてリラックスしてきたせいか、自然な姿勢で座っていることができた。おかげで周囲を見回す余裕も出てくる。

馬上から眺める景色がこんなに美しいなんて、もう何年も忘れていた。心地よい風に吹かれ、草や土の匂いを嗅ぎ、空を身近に感じることも。

「出かけるのって楽しいわね」

「そうか。お気に召したのなら、これからも外出しよう」

レギウスが笑みを含んだ声でそう言ってくれたから、何だか嬉しくなってしまう。

小さな私は、外で遊ぶことが好きだった。緑豊かな土地で幼なじみ達にくっついて回ることを、心から楽しんでいて。公爵令嬢らしからぬ有様で、草地に寝転がり雲を見ていた記憶もある。それなのに、いつからかあまり外に出なくなったのはなぜだろう。

セルジュが私の中心で、彼に合わせた生活を送り始めたから？　夕方以降しかうちに来ない彼を待って、遅くに出かけるのが癖(くせ)になっていたからなのかしら。

セルジュは乗馬よりもパーティーを、豊かな自然よりも街の賑(にぎ)わいを愛する人だった。そんな彼と婚約してからの私は、嗜好(しこう)を合わせようと無理をして、いろんなものを失っていたように思う。朝から遠くに出掛けることや、太陽の光を浴びて散策すること。田舎(いなか)の領地でのんびりした生活を楽しむことを。

いえ、人のせいにしてはダメね。単に私が読書の面白さに目覚めて、だんだん出不精(でぶしょう)になっただけかもしれない。セルジュのことはもういいわ。せっかくだから、今日を楽しもう。

レギウスが案内してくれたのは、王都郊外にあるシロツメクサの丘だった。緑の絨毯(じゅうたん)を敷いたような斜面に白い花が点々と咲いている。

「素敵！　街のすぐそばにこんな場所があったなんて」

「フィリアは四つ葉を探すのが好きだったろう？　花よりも葉の方に興味を示していたよな」

彼が言っているのは、私達が田舎（いなか）の領地で遊んでいた幼い頃のことだと思う。ぼんやりした記憶によると、私は花で冠（かんむり）を作るより、四つ葉を探すことの方に熱中していたはずだ。

四つ葉のクローバーを探していたのは、幸運を呼ぶという花言葉を知っていて、大切な人にあげたいと思ったから。

この世界で一般的ではないその知識は、今なら前世の記憶のせいだとわかる。まだ思い出していなかった当時は、無意識のうちに幸運を探していたんだと思う。大好きな人に幸せが訪れるように、との願いをこめて。

その人ってセルジュのことかしら。だとしたら趣味が悪い。四つ葉が見つからなくて、本当に良かった。

小さな頃のことをはっきり覚えているレギウスに対して、あまり思い出せない私。一歳しか違わないのに、私の記憶はあいまいだ。頭の出来のせいじゃないと思いたいけど……あまり自信がないような。

ただ、あの頃の私達は仲が良かった気が。セルジュとレギウス、私の三人でいつも遊んでいた覚えがある。大人になった私がセルジュと別れ、一生普通の結婚ができなくなるとも知らずに。

悲しい思いを振り払うように、私は頭を横に振る。優しかったセルジュを思い出したところで、つらくなるだけだ。幸せを願った人の手で不幸の底に叩き落されるなんて思いもしなかった。あの頃の私が知ったら、信じられなくて泣き出してしまったことだろう。

先に馬から下りたレギウスが、何も言わずに私を下ろしてくれる。彼は手綱を近くの木に繋いだ。

緑の丘に立つと、私はさっそく葉に触れる。四つ葉がないかと屈んで周囲に目を凝らす私に、傍らのレギウスが優しく話しかけてくれた。

「探すと思った。いいよ、手伝おう」

彼は私の隣に屈むと袖をまくった。現れた腕は筋肉質で、やはりしっかりしている。気になるが、じろじろ見てはいけない。お触りも禁止。葉っぱに集中することにしよう。

その後は気を散らすこともなく、四つ葉探しに専念できた。そんな私の熱意に触れたのか、レギウスも手伝いの範疇を超えて真剣に見つけようとしてくれる。

いい大人が二人揃って何をしているのかと思えば、単なる四つ葉のクローバー探し。傍から見れば変な光景だけど、無心で葉っぱに埋もれていると童心に返ったような気がする。いつ見つかるかとワクワクしながら探す過程も楽しいものだ。もしかしてと思ったそれが、やっぱり三つ葉でがっかりしたり、やったと思って持ち上げたら、違う植物で不満を漏らしたり。

これだけ群生していればすぐ見つかるかと思ったのに、気がつけば長い時間が過ぎていた。こっちの世界の四つ葉は、かなりレアな存在らしい。

諦めかけた時に、それは偶然目に留まった。一……二……三……四、ちゃんと四枚ある！

「あった！　ほら見て、これ。四つ葉よ」

嬉しくなってレギウスのもとへ走って見せに行く。彼もまだ、私と同じように一生懸命探してくれていた。

「ああ本当だ。見つかってよかったな」

そう言って、彼は嬉しそうに笑ってくれた。爽やかな笑みは、自然の中がよく似合う。

「これ、もらってくれる？　四つ葉を持っている人には幸せが訪れるって言い伝えがあるから」

私は見つけた四つ葉のクローバーを、連れて来てくれたお礼代わりにレギウスに渡した。

「知っている。ありがとう、大切にするよ」

レギウスの目に嬉しそうな光が宿る。ただの葉っぱを、彼は喜んでくれている。私は知らなかったけど、もしかするとこの世界でも、四つ葉は幸運の象徴とされているのかも。

見つかって良かったと思う。お礼にもならないけれど。彼がありがとうと言ってくれたから、それだけで嬉しい。

優しいレギウス。もしかしたら彼は、食べ慣れない料理と不慣れなトレーニングに苦しむ私を、励まそうとしてくれたのかもしれない。ダイエットにくじけそうな私を、気分転換が必要だと外に連れ出してくれたのだろう。

気を遣わせてごめんね、私はきっと大丈夫。貴方が応援してくれる限り、途中で投げ出したりなんかしないから。必ず痩せて綺麗になるんだから。

セルジュよ、首を洗って待ってなさい！

――レギウスの期待に応えよう。

それからの私はというと、約束の一週間を超えても、変な匂いの穀物を食べ続けていた。もちろん苦手なままだし、できれば遠慮したいけど。これが痩せる近道なら、我慢するしかないと自分を納得させている。

とはいえ、毎食こうだとさすがに飽きるので、レシピの研究も進めていた。この前はとうとう、この穀物でピザを作ることに成功したのだ。相変わらず匂いは残るけど、石窯でパリッと焼き上げたことで食感はマシになった。こっちの世界ではカロリーの低いチーズのおかげで、味も匂いもだいぶごまかせる。

「細くなる前にお料理の腕が上がりそうだわ」

以前は料理長と二人でレシピを研究していたけれど、この頃は一人でも食材の違いがわかるようになってきた。そのため、葡萄酒を使った牛肉の煮込み料理など、この世界で太りにくい食事を次々と生み出している。卵白をふんだんに使ったシフォンケーキもその一つ。見た目より卵を使っていないから、カロリーをグッと抑えられるのだ。

さっぱりしたソースにもだいぶ慣れ、この頃は酸味や薄味が美味しいとさえ感じている。また、胃が小さくなったためか、食事の量が少しでも満腹感を覚えるようになってきた。間食はもちろんしていないし、身体だって動かしている。

ダイエットを始める前の私は、読書と食べることが大好きだった。家でゴロゴロしながら本を読み、お菓子を食べるのが至福のひと時。けれど、レギウスと出掛けて昔の自分を思い出してからは、外に出る方が楽しい。

陽の光の温かさを知り、鳥のさえずりを聞く。昆虫達の羽音に耳を澄ませ、草木や花の香りに季節を感じる。庭にある噴水の水飛沫を綺麗だと思ったり、夕日を見て感傷的な気持ちに浸ってみたり——自然は綺麗で美しい。外の世界は、鮮やかな色彩やたくさんの命が溢れていると思う。

全て、家の中にいては体験できなかったこと。そのため、無理なく遠くまで歩ける散歩が、私の一番の趣味となった。

屋敷の周りをぐるっと歩くだけでも、結構な距離がある。最近は早歩きができるようになったので、時々走っても息が上がらない。何よりすごいと思ったのは、筋肉痛にならなくなったこと。無理して身体を動かしても、当日も翌日も何ともないのだ。夜もぐっすり眠れるようになったから、朝は早く起きられるし、規則正しい生活を送っている。

そんな感じで頑張った結果、体形がだいぶ変わってきた。以前のドレスは全部緩いし、手を広げても甲にえくぼは出来ない。毎日歩くようになったせいで足首らしきものが出現し、お腹や太ももの肉も少なくなってきた。そうそう、埋もれていた鎖骨もかすかに見えるようになったんだよね。

食事と運動の効果できちんと汗をかけるようになり、代謝も良くなった。睡眠時間が長くなったから、肌の調子もいいみたい。吹き出物もすっかり消えて肌はすべすべ。一番変わったのは顔で、顎と首の境目がくっきりわかるどころか、全体的に一回り小さくなった。以前より目鼻立ちがはっきりしたために、目が大きく見え、私の鼻も人並みに高かったのだと知る。

「これも全てレギウスのおかげね」

姿見に映った自分の顔をちょんちょんとつつく。今日もレギウスは我が家に来て、乗馬を教えてくれることになっている。楽しかった前回の乗馬以降、また始めようと思って乗馬服も新調してみた。レギウスが時々馬の乗り方を教えてくれるから、だいぶコツを掴めてきたようだ。

本物の王国騎士が乗馬を指導してくれるなんて、なんと贅沢（ぜいたく）なことだろう。馬術のコーチについて習っても、短期間でこうは上達しなかったはず。それぐらいレギウスは教えるのが上手で、私をやる気にさせるのが上手い。

やってきたレギウスは、黒の乗馬服に黒いブーツを合わせていた。何度見てもかっこいい。

私は自分の格好を見下ろした。緑色の乗馬服からは三段腹はもう見えない。前よりだいぶ痩（や）せたから、それなりにさまになっていると思う。

「フィリア、可愛らしいね」

「ありがとう、貴方も素敵よ。忙しいはずなのに毎日いいの？」

可愛いと言われても、そんな社交辞令を本気にするほど私は子供ではない。それを言うなら彼の方こそスタイルがいいから、何を着ても似合う。背も高いし、日本にいたらモデルか俳優にスカウトされていたはずだ。

「大丈夫。休暇中だと言っただろう」

「そうなんだけど……」

彼はせっかくの休みに私ばかり構っている。このまま甘えていていいのかしら？

休暇は本来、社交界に顔を出したり自分の楽しみに使ったりするもの。王国騎士は令嬢達の憧れの的だし、人気がある。騎士の中でも飛竜騎士の位を得ることはこの国最高の栄誉だ。パーティーに出れば引っ張りだこで、貴婦人達が目の色を変える。だから、夜会や舞踏会の招待状も山ほど来ているはずなのに。

「フィリアは俺といるだけじゃ物足りない？」

「いいえ、まさか」

そんなことあるわけがない。みんなの憧れの飛竜騎士を、独り占めできているのだ。感謝こそすれ、不満なんてあろうはずがない。

「良かった。ああそうだ、今日はこれを渡そうと思って」

彼は言いながら箱を取り出した。白く丸い箱には金色のリボンがかかっている。

「開けてもいいの？」

「もちろん、プレゼントだ。たまにはいいだろう？」

「プレゼントってそんな！」

「前にもらったクローバーのお礼だ」

私は慌てて箱を開けた。四つ葉のクローバーのお礼としては、高すぎるものが入っているような予感がしたから。

「緑色の薔薇（ばら）？　珍しいわね」

中に入っていたのは緑色の薔薇（ばら）の髪飾りだった。大輪の緑の薔薇（ばら）にパールと白い羽が添えてある。

「そうだな。フィリアの瞳の色に似ている」

何だろう。今ふと何かを、思い出しかけたような……って待って。

「いえ、たまたま見つけたクローバーのお礼にしては、釣り合わないから」

釣り合わないどころか海老で鯛を、いえ、ミミズで鯨を釣り上げてしまったくらいの勢いだ。

「こんな高価なもの、もらうわけにはいかないわ」

「気にするな。飛竜騎士の給金は高いんだ。それにフィリアに断られたら、誰にあげればいい？」

レギウスは言いながら、ウィンクする。だからといってせっかく自分の力で稼いだものを、私に使うのでは申し訳ない。それに髪飾りは贅沢品だから、修道院には持って行けないのだ。いくら飛竜騎士の稼ぎがいいとしても、少しの期間しか使わないものに散財するのはもったいないと思う。

「ねえ、レギウス……」

「フィリア、反論はなしだ。言っただろう？　飛竜騎士は迅速な行動が第一だと」

爽やかな笑顔だ。レギウスがあまりにも嬉しそうなので、これ以上何かを言うのはやめておく。プレゼントしてくれた本人がいいと言うのなら、今回はありがたくいただくことにしよう。

「ありがとう。大切にするわ」

「ああ。そのうち、つけた姿を見せてくれ」

ダイエットに付き合ってくれたことなど、本当はこちらがお礼をしなくてはいけないのに。だから お返しに、今度は私が彼に何か贈り物をしよう。

「じゃあ、レギウスの欲しい物は？　思いつく物、何かない？」

彼がふいに目を細める。寂しそうなその表情に、なぜか胸が苦しくなった。

「俺が欲しいのは昔から一つだけ。どうすれば手に入るのか、考えているところだ」

声が沈んでいる。手に入れる方法を考え中ってことは、売り物ではないのかしら。それとも非常に高価で、全く手が届かないっていう意味なの？

詳しく聞こうとレギウスの腕に手を伸ばす。けれど同じタイミングで彼が髪をかき上げたので、行き場のない手が宙に浮く。ごまかすようにそれを握ると、私は自分の胸に当ててみた。彼の顔を見上げて問いかけるように首を傾げる。だけど、この話は終わりだとでもいうように曖昧に微笑まれてしまう。

「さあ、乗馬の練習をしようか。この時間だと馬場を回るくらいかな」

「そうね。復習もしておきたいし、それで十分だわ」

私は彼の指導のもと、早駆けのおさらいをすることにした。

「だいぶ痩せてきたから、今日からはあのおかゆも穀物も食べなくていいだろう」

乗馬の時にレギウスにそう言われ、夕食から普通のパンに戻すことになった。焼きたてのパンは非常に美味しくて、満足している。

ただ、せっかくだからダイエット食はこのまま完成させたい。

炭水化物がＯＫということなので、実はある考えがずっと頭から離れなかった。

それは、そう『ラーメン』だ。一人暮らしだった前世では、最もお世話になっていた料理と言っても過言ではない。時々妙に懐かしく食べたくなるのだ。

西洋風のこの世界に、残念なことにラーメンはない。

翌日から私は、ダイエット用のラーメン作りに取りかかることにした。

スープの方は、ラーメン店を開きたい人を特集したテレビのドキュメント番組の見よう見まね。確か、大鍋に鶏肉や玉ねぎ、生姜や長ネギなどを入れてぐつぐつ煮込んでいたはず。こっちでは野菜の方がカロリーが高いから、野菜を少なくお肉を多めにしようと思い豚肉も加えてみた。味付けはもちろん塩で。醤油や味噌もあれば幅が広がるけれど、それらの調味料は未だかつてこの世界で見たことがない。

大鍋をかき混ぜニタニタしている私を見て、料理人達が変な顔をしている。魔女がいる世界でなくて良かった。いたら確実にそう思われていたことだろう。

「大丈夫よ。失敗したらスープとして夕食にそのまま出せばいいんだし」

家族には申し訳ないけど、私の野望の犠牲になってもらおう。それからは何日も続けて、食事にスープを出すこととなった。

ラーメンのスープ作りと並行して、麺も自分で手作りする。小麦粉に水と塩、卵を加えてこねる。分量がわからないし、ボソボソだったり途中でブチブチ切れたりするからかなり苦労した。けれど試行錯誤を繰り返すうち、いい方法を思いついたのだ。

「いける。この調子ならいけるかもしれない」

生地を麺の長さに切るため、包丁片手にニタリと笑う。

ラーメンのスープ独特の匂いに腰が引けていた料理人達も、次第にいろいろアドバイスしてくれるようになった。肉の臭みを消すために香草を入れたらいいとか、粒コショウを試してみたらどうかとか。おかげで味が引き締まり、格段においしくなった。ダイエット用ラーメンの完成は、すぐそこまで来ている。

レギウスは引き続き乗馬を教えてくれているし、時々は散歩にまで付き合ってくれる。そんな私達を両親は温かく見守るだけだ。使用人達も皆口が堅いから、二人でいても噂にはならない。まあ、幼なじみ同士で友達みたいなものだから、噂されるようなことはまったくないんだけど。

レギウスとは気を遣わずに話せるから、私はすごく楽しい。彼と一緒だと前向きになれる。今日も庭の花を眺め歩きながら、彼と話をした。

「……で、そいつは飛竜が口から火を吐き出すと信じていたから、後ろに下がった。その結果、今度は尾の餌食になったというわけ。あっさり捕らえることができたよ」

「まぬけな盗賊もいたものね。でも、私も本物の飛竜を見たことがないから、いつか見てみたいわ」

レギウスは飛竜のことや任務で訪れた土地のことを、面白おかしく話してくれる。語りもうまく、情景が目に浮かぶようで、思わず噴き出してしまう。彼が語る色鮮やかな世界は、私の憧れ。貴族の女性に自由はないし、家に縛られるとわかっている。もうすぐ修道院に入る私はなおさら自由がない。だからこそ、生き生きした彼の話は興味深くて面白い。

また、別の日には噴水脇のベンチに座って、私の方から痩せるためのメニューが完成間近だと語った。レギウスは私の話をじっくり聞いて、いつだって元気づけて励ましてくれる。

「そうか、頑張っているみたいだな。短期間で驚くほど痩せたから、効果もあるんだろう」

そうなのだ。あの美味しくない――はっきり言って不味いおかゆ用穀物とダイエット用ラーメンの効果はすごい。偏らないように調理法を工夫して食べていたおかげか、近頃ぐんぐん痩せたのだ。

「ありがとう。それでね、慌てて仕立屋を呼び寄せて新しいドレスを作ってもらったの。それに靴も。痩せたら靴までぶかぶかになるなんて知らなかった」

「あのおかゆを食べ続けられたんだ。君は痩せて当然だよ」

「だって、料理長の言い方のせいで、私は貴方が毎日あれを口にしているって、勘違いしたんだもの。飛竜騎士が、急に体重を落とす時だけ食べるものって知ってたら、たぶん続かなかったと思う。というより、最初から拒否していたわ」

そうなのだ。以前料理長が『レギウス様も、実際に召し上がっていらっしゃる』と言ったせいで、私は飛竜騎士の毎日の食事に、このおかゆが出ていると思い込んでいた。

「一週間どころか二週間を過ぎても食べていたから、意外に好きなのかと思ったよ。騎士団にも時々いるんだ。あの味が忘れられないって変わり者が」

「変わり者ですって？　ひどいわ」

時には木陰に寝ころぶ彼と語らい笑い合うこの穏やかな時間を、私は楽しむようになっていた。レギウスの隣だと肩ひじを張らなくていいし、素の自分でいられる。五年の空白も、あっという間に埋まっていくようだ。

近頃の私は、セルジュへ仕返しするというよりも、レギウスに頑張っていると認められたくて努力をしていると言っていい。運動は毎日欠かさないし、食事制限が終了してからも食べすぎないように気をつけている。乳製品が身体にいいと聞けば、さっそく試す。太りにくく肌にいい山羊のミルクを飲み、ヨーグルトに似た発酵食品も食べている。あのおかゆに比べれば、独特のくせや匂いなんてもはや気にならない。

美容の面でも気をつけていて、入浴時間を長めにし、香油などで全身をマッサージすることも覚えた。私は薔薇の香りが大好きなので、香料を湯に入れたり上がってからも薔薇のオイルのパックをする。私の女子力、ただいま急激に上昇中だ。

前世を思い出してからの私は、まず何でも自分で行うようにしている。だから最近の悩みごとは、マーゴをはじめとした侍女達が私の世話を焼きたがって待ち構えていることだ。この前も自分で着替えてお化粧をしようとしていたら、『お仕事させてください』とついに泣きつかれてしまった。仕方がないので妥協案として、身支度は彼女達にお願いすることにしている。

ダイエットに行き詰まった時には、レギウスが気分転換と称して私を外に連れ出してくれる。最近は、それも楽しみの一つだ。次はどこに連れて行ってもらえるかと考えるだけで、ダイエットにも張り合いが出る。

私はいつしか、彼の訪れを心待ちにするようになっていた。

今日は遠乗りの約束をしている。レギウスが来るのは大抵朝だから、早起きがすっかり身に着いた。最近は寝覚めもいい。顔を洗ったら仕度をお願いしよう。

「今日もお願いね。お任せコースで」

「お嬢様は肌が白いから、そのままでいいでしょう。後はお任せください」

マーゴはお化粧も得意だ。まずは薄紅(うすべに)をブラシで頬にさっと撫(な)でつけ、次に緑の瞳が目立つように目元を強調してくれた。仕上げに筆で桜色を唇にのせる。

この頃は姿見の前に立つのが楽しくなってきた。お化粧をしたりおしゃれをするのは当たり前。何を着てもちゃんと似合って見えるし、どの色も自分に合うと感じられる。自画自賛(じがじさん)のような気もするけれど、以前に比べたら服がすんなり入るだけで奇跡だ。

緑の乗馬服を着込んだ私は、玄関ホールで彼の迎えを待っている。今日はどこへ行くのだろう。彼と一緒ならどこでも楽しいから、期待に胸が膨(ふく)らんでいく。

間もなくレギウスが到着した。黒い乗馬服をスマートに着こなす彼は、立派で素敵だ。

「フィリア、綺麗だ。早くから待ってくれていたとは光栄だな」

「違うわ。貴方を待っていたんじゃなくって、乗馬を楽しみにしていたの。だって、私には腕のいい騎士様がついているんだから」

わざと膨(ふく)れて答えると、レギウスはその言葉に満足したのか、嬉しそうに声を立てて笑った。

「言ってくれるな？　じゃあ、今日のところは競争せずに手加減をしてあげよう」

その後も軽口を交(か)わしながら、揃(そろ)って厩舎(きゅうしゃ)へ向かう。天気はあいにくの曇(くも)り空だけど、吹く風は爽やかだ。きっと、素晴らしい一日になるだろう。

レギウスが根気強く教えてくれたので、私の乗馬技術はだいぶ上達した。一人でも遠くまで危なげなく乗りこなすことができるようになったのだ。まあ、我が家で一番おとなしい馬に乗っているという理由も大きいけれど。

「ご希望は？　どこか行きたいところはあるかな」

優しく尋ねてきた彼に、日頃思っていることを口にする。

「どこへでも。貴方が選ぶ所なら、間違いないもの」

「じゃあ、俺の部屋？」

「あのねえ、そういう冗談はいいから」

セルジュのいる侯爵家に、現段階で行きたいわけがない。彼の腕に絡みついていた女性達のように細くなるまであと少し。ここまで来たら徹底的に美しくなろうと思う。

「冗談……か。そうだな、それならどこがいいかな」

「じゃあ、この前言っていた郊外の森は？」

「わかった。それならすぐに出発しよう」

数日前、レギウスは以前遊んでいた森によく似た場所を発見したと言っていた。おそらくうちの田舎（いなか）の領地――屋敷の裏手にあった森のことだと思う。

小さな頃はよくそこで、私とセルジュ、レギウスの三人で遊んでいた。親から『子供達だけで遠くに行ってはいけない。怖いお化けが出るぞ』と脅（おど）かされていた上、幼い頃の私は本当にお化けが出ると信じていたので、きちんと言いつけを守って遠くへは行かなかったのだ。

春には甘酸っぱい野苺（のいちご）が生（な）るし、夏には青葉が瑞々（みずみず）しい香りを運んでくる。秋には椎（しい）の実やどんぐりがたくさん拾えて、冬は……そういえば行ったことがない。家や庭で遊ぶことに飽きていた私達は、特に森の入り口を探検することを好んでいたように思う。

けれどいつからか、私は森どころか外で遊ぶこともやめてしまった。

それはどうして？　あんなに好きだったはずなのに――

故郷に似た森を見れば、何か思い出すかもしれない。まあ単に、外出するのが面倒くさくなっただけかもしれないけれど。

「どう？　ここ。似ているだろう」

レギウスが連れて来てくれたのは、郊外に出て田園地帯を過ぎた所にある静かな森だった。人があまり来ないためか、奥からは鳥の鳴き声がたくさん聞こえてくる。

「本当だ。下生え（したば）の草の感じも似ている気がするわ。もう何年も戻っていないけれど、覚えているものね」

セルジュが王都で過ごす方を好んだため、私はなかなか田舎（いなか）へ帰っていない。当然、森とは随分ご無沙汰だ。

それぞれの馬を手近な木に繋（つな）ぐ。人に慣れて大人しい馬はすんなり言うことを聞いてくれた。賢い馬は大好きだ。やっぱり私が乗馬できているのって、この子のおかげかも。

森に入ってすぐの所で、大きく息を吸い込む。胸いっぱいに湿った土の香りと草や木々の匂いが広がった。神聖な雰囲気の森は空気も澄んでいる。マイナスイオンに身体が癒（いや）され、心も洗われるようだ。

「懐かしい。あんまり思い出せないけど、なんだか昔に戻ったみたい」

私が言うと、レギウスもさっきの私と同じように目を閉じた。顔を上げて深呼吸をしている。

こんな機会は滅多にない。こちらを見ていない今、ちょっと観察してみよう。

レギウスは背が高い。けれど、ひょろひょろかといえば決してそんなことはない。身体は引きしまってたくましく、胸板も厚くしっかりしている。筋肉質で余分な肉がないのだ。彫りの深い横顔に高い鼻、くっきりした顎のラインは彫刻のようだ。襟足が肩にかかる長さの鳶色の髪は、意外に硬そうで癖がある。整えないとすぐ撥ねるのだと、本人がこぼしていた。今は見えないけれど、閉じた瞼の下の灰青色の瞳も、神秘的で美しい。

本当に、男の子って変わるものね。昔のレギウスは華奢だったから、どちらかと言えば私やセルジュより柔らかい印象だったのに……

「もういい？　フィリア」

「ふえ？　ええ……」

しまった。じっと見ていたのがバレていたみたい。失礼なヤツだと思われなかったかしら。

見られることに慣れているのか、レギウスは特に気にしていないようだ。鳶色の髪をかき上げて整えると、せっかくだから奥まで歩こうと誘ってきた。

「でも、あんまり奥に行くと危険なんじゃ……」

「それは子供の頃のことだろう？　今は大人なんだし大丈夫。それに、こうして俺も側にいる」

そう答えると、彼はしっかり手を繋いできた。私が迷わないようにという判断かな。大きな手に私の手がすっぽり包まれ、それだけですごく安心できる気がした。

そうよね？　彼もいるんだし、奥に行っても平気なはず。

足元の落ち葉を踏みしめ森を散策する。鳥だけでなく、リスやイタチらしき小さな生き物が前を横切っていく。風が吹くたびカサカサ鳴る木の葉も、突然飛び立つ鳥の羽音もなんだか懐かしいような。

レギウスは私の歩幅に合わせてゆっくり歩いてくれるので、こちらも疲れない。小さな頃は誰かの背中を、必死に追いかけていた気がしたのだけれど。

「今の時期は野苺がないから残念ね」

「そうだな。君は昔から食いしん坊だったから。赤い実があると喜んでいたな」

「ええ？　そうだった？　そういえば、誰かと一緒に森に摘みにいった覚えがあるわ」

ぼんやりした記憶だけど、私は森で泣きながら誰かを追いかけていた。言いつけを破って奥にどんどん進んで行く少年を、必死に連れ戻そうとして。

『待って、奥に行ってはいけないと言われているでしょう？』

『弱虫。これくらいどうってことないだろ？　奥に行けばもっとたくさんあるのに』

そう答える少年の顔にはうっすらと霧がかかっているようで、造形も表情もよくわからない。

『でも、こんなに遠くに来たらお父様とお母様に怒られちゃう』

『だから何？　野苺をたくさん摘みたいって言ったのはフィリアの方だろ』

先に行く少年に遅れまいと、私は一生懸命後をついて行く。小さな腕に野苺の入ったかごを抱えて。

『待って。もう少しゆっくり歩いて』

『ほら、早く来いよ。ぐずぐずしてたら日が暮れるぞ』

気づけば苺を摘むことよりも、置いて行かれないために必死に歩いていた。

あれはいつのことだろう？　あの時も今日のように曇り空で、森の中はもっと暗かった気がする。

私と一緒にいたのは、誰？

レギウスが問いかけるような視線を向けてきたので、尋ねてみることにした。

「昔、森の奥へ野苺を摘みに行った記憶があるんだけど。あの時一緒にいたのって、レギウス？」

「残念ながらそれは俺じゃない。兄の方だ」

「――そう。セルジュだったのね。そういえば私、あの後から森に入っていないかも」

「怖い思いをしたからだろう」

「そうなのかしら。そのことは、あまりよく覚えていないみたい」

どうやって家に戻ったのかも思い出せない。無事に帰れたってことは、あのままセルジュの足について行けたということか。すごいな、私。

次に思い出したのは、ベッドに寝かされている時のこと。高熱で苦しむ私の手を取った少年が『頑張って』と声をかけてくれている。もしかして、森に行った後で疲れて倒れてしまったの？

ぼんやりとしか思い出せないけれど、セルジュであろう少年は必死だった。かなり心配してくれている。彼はきっと、自分のせいだと思ったのだろう。森の中を連れ回してしまったせいで、私が熱を出したと責任を感じてしまったのかも。

その証拠に、セルジュはずっとお見舞いに来てくれた。『薔薇姫と黄金の騎士』の物語を読んでほしいとねだる私の言うことを、笑って聞いてくれたから。

ベッド脇に腰かけた彼が、私の大好きな本を読んでくれる。窓から射し込む光が金色の髪に当たって、すごく綺麗だった。自分が彼に恋した日のことだけは、はっきり覚えているから間違いない。その時の、彼の言葉もずっと耳に残っている。

『マリリアが好きだな』

マリリアとは、『薔薇姫と黄金の騎士』に登場するヒロインの名前だ。金色の髪と白い肌の、優しくたおやかな王女。その美しさは物語の中で、薔薇の花に例えられていた。

マリリアが好きだと言ったあの頃のセルジュは、本当に優しかったのに――

「セルジュ、どうして……」

優しく思いやり深かった彼が、あんな風にひどい人になってしまうなんて。何が彼を豹変させたのだろう。

気がつけば、考え込む私の顔をレギウスがじっと見ていた。もしかして、歩みを止めてしまっていただろうか。

「ごめんなさい。過去の記憶に浸っていたみたい」

私ったら、せっかくレギウスと一緒にいるのに、感傷的な気分になってしまうなんて。今のセルジュは昔の彼とは全然違う。あの頃のいい所を全てどこかに置き忘れてしまったセルジュに仕返しするため、私は綺麗になると決めたんじゃない。痩せてきたけどまだまだ足りない。本の中のマリリアはかなり細身でその上美女だ。

「頑張るわ。本番はここからよ」

繋いでいない方の手でこぶしを握る。闘志を燃やす私に比べて、レギウスは何かを思い悩んでいるようだ。まさか、私が急にガッツポーズで盛り上がったから、おかしくなったと心配しているの？　大丈夫、気合を入れ直しただけだから。

暗い森の中でもレギウスと一緒なら安心できる。繋いだ手は温かい。森の空気を吸い、木々のざわめきや鳥の声を聞く。ウォーキングも兼ねたこの幸せなひと時を私は楽しんでいた。野苺なんてなくっても、こうして一緒にいるだけで満足だ。

連れて来てくれたお礼を言うため、私はレギウスに向き直る。そのまま彼のもう片方の手も握り、感謝の思いを表す。

「連れて来てくれて本当にありがとう。楽しかったわ」

――それに、打倒、セルジュの目標を再確認することができたから。

彼は一瞬目を細めると、真剣な表情をした。

「克服できたならそれでいい。でも、フィリア。君はそんなにも――」

何かを言いかけ口を閉じる。灰青色の瞳が曇りを帯びたようにも見える。

克服って何のことだろう。何を言おうとしたのかしら。私は今度こそ言葉の続きを聞こうと見上げるけれど、レギウスは悲しそうに微笑むだけ。なんだかすごく胸が痛い。つらそうな表情を和らげてあげたくて、私は彼の眉間に手を伸ばす。ふいにその手を握られて、あっと思う間もなく手のひらにキスをされてしまう。

瞼を伏せる彼があまりにも綺麗で、驚くよりも先に目を奪われた。後からじわじわ驚きと恥ずかしさが込み上げて、頬が熱くなってくる。胸の鼓動も、心なしかさっきより激しい。

ねえ、レギウス。どういうつもり？　これだとまるで恋人同士みたいよ？

「雨が降るといけない。そろそろ戻ろうか」

途端、一切の表情を消し去った彼が、私の手を放した後で空を見て呟く。今の出来事は、彼にとってたいしたことではなかったのかも。そう思い知って、なぜだか少しがっかりしてしまった。

本格的なダイエットを始めてから、一ヶ月が経過し、ようやく、ダイエット用ラーメンをはじめとしたダイエット食が完成した。何度も苦労して作り直したので、味には自信がある。今日はその完成記念試食会。もちろんレギウスも招待している。

今日のレギウスは、金糸の入った濃紺の上衣に白いトラウザーズを合わせた、少し改まった恰好だ。薄緑色のドレスで出迎えた私に、彼は露を含んだ赤い薔薇の花束まで用意してくれていた。休暇も残り少ないのに呼び立てて、さらにはお土産までもらってしまって申し訳ない。けれど私は、彼の率直な意見が一番聞きたいのだ。彼はダメな時はダメだとはっきり言ってくれるので、すごく助かる。今日もまた、批評をお願いするとしよう。

今回は厨房ではなくダイニングに料理を並べた。どれもみな私の自信作だ。特にラーメンからは、肉でしっかり出汁をとったスープのいい香りが漂っている。

麺も茹でたてだから、絶対美味しいと思うわよ。これで満腹感が味わえて、太りにくいなんてかなりお得だ。

「姉様、ちゃんと毒味はした？」

弟は今日も失礼だ。料理長にも味見をしてもらったから、大丈夫だって言ってるのに。

「まあまあ。フィリアが頑張ったんだ。私は喜んでいただくよ」

そう言いながら、少しだけ顔色が青い父。母は約束があるからと、なぜか急に外出してしまった。

私の料理の腕は、家族にはあまり信用されていないみたい。

その中で、レギウスだけが落ち着いている。前回のお好み焼きで慣れたのか、躊躇せずにフォークでラーメンを口に運んだ。

「フィリア、これ……」

レギウスが絶句している。何かしら。まさかまた、口に合わなかった？　私は感想を聞こうと彼に近づく。

「今まで食べたことがないが、美味しい。何ていう料理なんだ？」

やった！　『美味しい』の褒め言葉、いただきました。そう言ってくれてすごく嬉しい。

実は、麺の中に例の穀物を練り込んである。粘着性があるのでつなぎとして有能だし、気づかないうちに痩せる成分を摂取できる。どういうわけかラーメンのスープとも相性がいいようで、嫌な匂いもほとんどしない。

「ラーメンって言うの。なかなかいけるでしょう」

「らあめん？　聞いたことのない食べ物だ。不思議な味だが食べやすい」

味は塩一択だけど、ダイエットに関係ない人は、チャーシューの代わりに炙ったキノコのスライスを添えるといい。脂の旨味が広がって、ぐんと美味しくなる。つくづくこの世界はへんてこだ。前世とは真逆で、麺やスープよりキノコの方がカロリーが高いのだから。

レギウスの感想を聞いた後でようやく安心したのか、父と弟が次々と食べ出した。特に成長期の弟は、お代わりまで欲しがった。別にいいわよ？　でも、さっきの毒味という発言は、これできちんと撤回してね。

他にも薄焼きピザやサーモンのクリームパスタ、牛肉の煮込み料理やシフォンケーキなど、およそダイエット食とは思えない料理を味わってもらう。すぐにお腹が膨れるから、少しずつしか食べられないけれど、こちらの世界でのダイエット法としてはこれで合っている。

料理長のもとで修業してみてわかったのだが、肉や魚料理には旨味を出すために必ず野菜が混ぜられていた。だからその行程を省いて他の食材で味をつければ、カロリーがぐんと抑えられる。そうして完成したのが今日の料理。まだまだ改良の余地はあるけれど、みんなの顔を見る限り、どうやら満足してもらえたようだ。

「どれも美味しかったよ。フィリアはすごいな」

口を拭いながら優しく褒めてくれるレギウス。そうそう、これよこれ。こういう賛辞が欲しかったの。彼は、私をいい気分にしてくれる。

「ああ。さすがは私の娘だ。料理の才能があるとは知らなかったな」

父も一緒になって褒めてくれた。あんなに恐る恐る食べていた人の言葉とは思えない。

「あんな食べ物があるなんて。姉様、らあめんまた作って」

弟は特にラーメンが気に入ったようだ。気持ちはすごくわかる。ここに焼き餃子があれば、もう言うことないんだけど。あ、そうか。餃子も小麦粉と肉の組み合わせだし、今度是非挑戦してみよう。

「お前がこれだけ痩せられたんだ。この料理は世に広めてもいいかもしれん」

貴族院の議長である父は、穏やかに見えてかなりのやり手だ。父がそう言うなら、本心だろう。私の考えたダイエットメニュー。広まれば、未来には行列のできるラーメン店がたくさんできるようになるかもしれない。

食事も終わり、一人でにやにやしている私にレギウスが声をかけてきた。

「フィリア。せっかくだから、食後の運動をしようか」

彼の誘いを受け、私達は大広間でダンスをすることになった。

「私、上手に踊れないけれど……というより、すごく下手だわ。それでもいい？」

はっきりいって私はダンスが大の苦手だ。ステップを覚えても音楽についていけないから、どこかぎこちなくなって、焦ってしまう。婚約中、セルジュにがっかりされるのが嫌で一生懸命練習したのに、どうしてもダメだった。今思えばそのせいで、セルジュは一緒に踊ってくれなかったのかも。

それとも、太った私に足を踏まれるのが我慢ならなかったのだろうか。舞踏会好きのセルジュは、滑るように優雅に踊ることができる。誘われるままいろんな貴婦人達と踊っていたからか、ある時期を境に、彼のダンスの腕前はぐんぐん上達していった。

「大丈夫。リードは任せてくれ」

レギウスがそう言ってくれるなら頑張ろう。舞踏会好きのセルジュに仕返しするためには、ダンスも必須かもしれない。いくら痩せてマリリアに似せられたとしても、全く踊れないんじゃ誘惑できない。ここは一つ、レベルアップを図るため、レギウスに教えてもらうことにしよう。

「あの、もしよかったら、私にダンスを教えてくれる？」

「ああ。君のためなら喜んで」

レギウスったら、すぐそういうことを言う。甘い台詞を臆面もなくサラッと吐くあたり、もしかしたらセルジュより女性の扱いは上手かもしれない。

そんな私の考えなど露知らず、彼は、丁寧にダンスを教えてくれる。

「始めはワルツでいい？　音楽なしの簡単なステップから練習しよう」

「ええ、お願い」

薄緑色のドレスを着た私が、濃紺の上着のレギウスと向かい合う。互いに礼をした後で、彼の手に自分の手を重ねる。大丈夫だよ、というように微笑む目は温かく励まされているみたいで安心できた。大きく息を吸い込み、私は最初の一歩を踏み出す。

あれ？　あれれ？　何だろう、とっても踊りやすいような。

「その調子だ、フィリア。なかなかいい」

ワルツのステップを踏むだけで、レギウスが褒めてくれる。ダンスは、貴族にとって欠かせない教養の一つだ。私も一応基礎はできているから、簡単なステップなら間違えない。いえ、間違えないどころか今の私はかなり順調だ。

レギウスのリードが巧みなおかげで、すごく踊りやすい。気がつけば、大広間を滑るように移動できている。

「貴方もすごい。次にどう動くのか読まれているみたい」

「気がつかなかった？　実はそうなんだ」

「もう、レギウスったら」

冗談を言い、笑いながらステップを踏んでいるせいか緊張も全くしなかった。羽が生えたように身体が軽い。少し動くだけで汗をかき、息まで上がっていた前とは大違いだ。

ダイエットの効果はすごかった。痩せたことで身も心も軽くなり、苦手だったダンスまで楽しくなってしまうのだから。

これならいける。練習すれば、将来ダンサーにだってなれるかもしれない！

なーんて、それはさすがに冗談だ。本当は自分でもわかっている。楽しいのは練習相手がレギウスだからだと。彼はすごく上手だし、相手のことを考えて動いてくれるので踊りやすい。よろけそうな時にはすかさず手を出して支えてくれるし、ステップを踏み間違えても平気だよ、と片目を瞑って許してくれる。独りよがりなセルジュとは大違い。

セルジュは、私の方が彼に合わせるのは当然だという踊り方だった。自分のペースを乱されるのが大嫌いで、私にもそれを要求してくる。ステップを間違えて睨まれるのが怖くて、私はいつもびくびくしていた。緊張しすぎて身体が硬くなっていたのも、ダンスが下手な一因だったと今ならわかる。

だから、リラックスして踊れる今はすごく楽しい。自分がこんなに軽やかにステップが踏めるなんて、想像したこともなかった。軽くなったし毎日運動していることで、運動神経も良くなったのかもしれない。

レッスンに集中していたため、気づけば夜を回っていた。踊り続けていたので、かなり練習できたはず。

「ありがとう。今日のワルツは今までで、一番楽しかったわ」

「俺もだ。そう言ってもらえるのは光栄だけど、これで終わると思っていないよな」

「違うの？」

「ダンスは続けないと意味がない。たくさん練習して、身体に覚え込ませないと」

「もしかして、これからも？」

「当たり前だ。さっき教えると約束したばかりだろう？」

「うう」

レギウス、まさかの体育会系？　頭じゃなくて身体で覚えろだなんて――

彼に恋する令嬢なら、喜んで彼の腕に飛び込むのだろう。また、結婚相手を探す女性だったら、もろ手を上げて歓迎するのかもしれない。でも、私はもう誰との恋も望めない。まあ、彼にとって私はただの幼なじみ、良くて妹のような存在だ。面倒をかけるだけで何も返せない、ダメな妹だけど。

これからどんなに練習しても、社交の場でレギウスと踊る日は来ない。一度婚約を破棄している私は、社交界に戻ることはできないから。それがこの国のルールであり、女性側の立場が圧倒的に不利とされる理由だ。

だからこそ彼は、食後の運動にかこつけて踊ろうと誘ってくれたのだろう。皆には内緒で私にダンスを教えてくれるのも、同情からかもしれない。

それでもいい。彼と一緒にいられる時間をもう少しだけ楽しみたい。修道院の中で、大変だったけど素敵な時間もあったのだと、後から笑って思い出せるように。――彼のダンス特訓が意外に厳しく、スパルタ指導の予感がしても。

「わ、わかったわ。じゃあよろしくね」

「ああ。せっかくだから毎日続けよう」

「ええっ、毎日!?」

「フィリア、一緒に頑張ろうな」

なぜだろう？　レギウスの爽やかな笑みが、ちらっとトップアスリートを鍛える鬼コーチの笑みに見えてしまった。

翌日もその翌日も、レギウスは約束通り我が家にやって来た。ダンスを始めて一週間後の今日は、急な仕事の帰りにそのまま寄ってくれたみたい。

私はちょうど、ラーメンスープに入れる香草を摘むため庭に出ていたところだった。多めに摘んで乾燥させれば長持ちするかな、なんて考えながら。すると、遠くの方からバサバサという大きな音が聞こえたかと思うと、空が不意に暗くなり強い風が吹く。不思議に思って見上げれば、巨大な鳥のようなものが上空で旋回しているのが見えた。あれは――飛竜？　おまけにその背には誰かが乗っているみたい。

噴水の奥、大きな樫の木の向こうには、ガーデンパーティー用の緑の芝が広がっている。飛竜はどうやらその辺りを目指しているようだ。私は持っていたカゴをその場に置くと、子供のように走って追いかけた。実際に飛竜を見るのは初めてで、興奮してしまう。あんなに大きいなんて！ある程度の風圧や衝撃は覚悟していたのだけれど、飛竜は滑るように優雅に舞い降りた。人と一体化しているようなその動きに胸がドキドキしてしまう。近づくにつれ、乗っていた人物の姿がはっきりしてくる。レギウスだ！

レギウスは大きな飛竜の背から、軽々と飛び降りた。彼はそのままよくやったと言うように、銀色の飛竜の頭を軽く叩いている。全長六メートルはあろうかという飛竜が、借りてきた猫のようにおとなしい。大きな目を細めて嬉しそうにしている。信頼し合っているのが伝わってくるその姿に、思わず胸がキュッとなった。

「レ……」

名前を呼ぼうとして踏み留まった。いきなり他人の声がしたら、飛竜を驚かせてしまうのではないだろうか？

「やあ、フィリア。ごめん、勝手にここへ下ろしてもらった。おいで」

タイミングよく、レギウスの方から私に声をかけてくれた。銀色の飾りのついたスカイブルーの制服が、今日も目に眩(まぶ)しい。私は頷(うなず)きながら、恐る恐る彼に近づく。ドラゴンは物語の中でしか見たことがないから、側(そば)で見てみたい。けれど初対面だし、威嚇(いかく)されたり噛みつかれたりしないだろうかと思うと、少し怖い気もした。

「大丈夫だ。プラムはすごくおとなしい」

「プラム？」

レギウスの背中に隠れながら、私は飛竜に目を向ける。

「ああ。彼女は果物のプラムが大好きだから、そう名付けたんだ」

彼女、ということは女の子なのね？　レギウスは、自分の飛竜を誇らしげに私に紹介してくれた。

飛竜の身体は銀色で、瞳は赤い。瞳孔(どうこう)は人と同じように黒いけれど、昼の日光のせいか猫のように縦に細くなっている。鱗(うろこ)はトカゲやワニと同じような感触なのかしら？　触りたくてうずうずしてしまう。もちろんそのどちらも、本物を触ったことなんてないけれど。

そう言うとレギウスは私の手を握って、そのまま飛竜の首の部分に導(みちび)いた。

「いいよ、フィリア。さあ、ここなら安全だ」

「こんにちは、プラム。私はフィリア。よろしくね」

人の言葉を解するのだろう。プラムは私をチラリと見た。まあ、興味がなさそうに、すぐに視線を逸(そ)らされてしまったけれど。触った鱗(うろこ)はもう少し柔らかいのかと思っていたら、ガチガチに硬

かった。しかもその一つ一つが、とても大きく輝いている。

「すごいわね」

「そうだろう？　俺の自慢の相棒だ」

プラムが、彼の言葉に同意するように急に鼻息を噴き出した。驚いた私は、とっさに彼にしがみつく。急に寄りかかった私を、レギウスは笑って支えてくれた。

「ハハハ。プラムは賢いんだ。フィリアに見せられて良かった。いつか本物を見たいと前に言っていただろう？」

「ええ。覚えていてくれたのね、ありがとう」

飛竜ももちろんだけど、飛竜に跨り空を駆けるレギウスがとても素敵でかっこよかった。この国で飛竜騎士が最も尊敬される職業なのもわかる気がする。弟に言えば、『だろう？　白馬の騎士より飛竜騎士の方が断然かっこいいんだ』と、またもや力説されてしまいそう。今度ばかりは私も、弟の言葉を否定しない。

飛竜を外に待機させ、屋敷に入った彼はさっそく私を大広間へと引きずっていく。

「ちょ、ちょっと。そんなに急がなくても逃げないわ」

「忘れないうちに復習だ。フィリアの侍女も『お嬢様は慣れてくるとさぼる癖があります』とぼやいていたぞ？」

「あらら……」

まったくマーゴったら。悔しいけど、よくわかっているじゃない。優秀な侍女は私の行動を予測し、先に手を回していたようだ。

最近は、ワルツだけでなくガボットやメヌエットなど、ちょっと難易度の高い曲も練習している。ダンスに前向きな私に喜んだのか、父が楽団まで手配してきたのには驚いた。二人だけのレッスンだというのに楽団の人数は多く、しかもどんな曲でも自由自在に演奏してくれるから、何だかちょっともったいない気もする。

せっかくだから、家族みんなで参加すればいいと誘ってみたのに、全員に断られ、私とレギウスの練習中は誰も近づかないようになってしまった。この前弟だけはこっそり様子を見に来たけれど、すぐ家庭教師に連れ戻されてしまったようだ。公爵家の後継ぎは、思ったよりも大変らしい。そこだけは、自分が男性でなくてよかったとホッとしている。

休憩の後、珍しくレギウスが私の意見を聞いてきた。

「フィリア、ゆっくりした曲も練習してみようか。いい？」

「別に構わないわよ」

彼の教え方が上手なので、習った私は既に速いステップにもついていけている。だから当然、ゆっくりした動きならかえって楽だ。それなのに、わざわざ断りを入れるなんて変なの。

あ、そうか。もしかして、楽団の方にいつも同じ曲ばかり頼んで悪いと思ったのかもしれない。

「そう。じゃあお願いしよう」

曲名を告げに行ったレギウスは、戻って来ると私に深く礼をした。

「踊っていただけますか？」

「もちろん。喜んで」

ワルツの調べが流れてくる。今までとは曲調の違う、物悲しい曲だ。ゆっくりのテンポだからか、いつもより彼との距離が近い。スカイブルーの飛竜騎士の制服の彼に、ラベンダー色の動きやすいドレスを着た私がピッタリ寄り添う。飛竜に乗る彼の姿が脳裏に浮かび、変にドキドキしてしまう。腰に回されたレギウスの手も、意識しだすとすごく気になってくる。

「ずっとこうして踊りたかったと言ったら、君はどう思う？」

レギウスが私の耳元で優しく囁(ささや)く。その甘く掠(かす)れた声に鼓動(こどう)がさらに飛び跳(は)ねた。灰青色(はいあおいろ)の瞳でまっすぐ見つめられると、何だか吸い込まれてしまいそう。彼の瞳は空の青。身に纏(まと)う制服よりもずっと綺麗な色だ。先に目を逸(そ)らしたのは私。ステップを間違えないかと、急に心配になったからで、決して彼の魅力に溺(おぼ)れたわけではない……たぶん。

それより、ええっと……何だっけ。レギウスがゆっくりした曲を踊りたいと言ったことを、私がどう思うかって？

考えた末、私はようやく質問の意味を理解した。レギウスは飛竜騎士の仕事が忙しくて、ずっと踊る暇がなかったって言ってるのよね？　だから我が家で踊り溜(だ)めをしておこうと思って、飛竜に乗って駆(か)けつけた。それくらい彼自身も張り切っているってことだろうか。

レギウスがそんなにダンスが好きだとは、意外な気がするけれど、それならぜひたくさん踊ってほしい。

もしかして、バルトーク家はみんな舞踏会好きなの？　あまり似ていないとはいえ、彼もセルジュの弟だし、血が騒ぐのかしら。いいわ、出来る限り付き合うから。運動にもなるし、楽団の持ち曲もまだまだありそうね。

「いいと思うわ」

私の答えを聞いたレギウスが、にっこり微笑む。何だろう、この凄まじい色気は。私以外がパートナーだったら、今頃倒れていたかもしれない。

でも、飛竜騎士であるレギウスが、どうしてこんなに上手く踊れるのだろう。舞踏会や夜会でここ数年、彼の姿を見かけたことはないというのに。何度か踊って確信したけれど、彼の腕前はパーティー好きのセルジュよりもはるかに上だ。

気になって聞いてみると彼は次の休憩でその理由を教えてくれた。

「俺も最初から飛竜騎士だったわけじゃない。見習いから始まり、一時は近衛騎士団にも所属していた。近衛騎士の仕事は王家や賓客の警護が主だが、請われれば舞踏の相手も務めなければいけない。さんざん特訓したから、今でも身体が勝手に動く」

「そうなの？　王国騎士って強いだけじゃダメなのね」

「強さはもちろん必要だが、教養やマナーも身に付けていて当然とされている。特に俺のライバルは負けず嫌いだったから、つい張り合ってしまった」

「ライバル？」

「ああ。エイルークはかなり優秀な騎士だ」

「そう。……変ね、何だかその名に聞き覚えがあるのだけれど」

「だろうな。彼はこの国の第二王子だから」

「すごい！」

第二王子のエイルーク様は、柔らかな金色の髪と紫色の瞳といった端整な容貌をしている。王位継承権第二位の地位にあり、人望に厚く頭脳明晰。何をしても優れているという噂だ。

リグロム王国では、王家に生まれた男子は必ず騎士の修業をさせられる。第二王子も例に漏れず、数年前まで近衛騎士団に所属していたと聞く。でも、まさかエイルーク様とレギウスがライバル同士だったなんて……

「今でも気軽に呼びつけるから、困ったもんだ」

苦笑するレギウスは、そう言いながらも嬉しそうだ。きっとエイルーク様とは今でも仲がいいのだろう。

「私も何年か前、お城の舞踏会でお見かけしたわ。じゃあもしかして、貴方もあの場に？」

「ああ。君はその時もラベンダー色のドレスを着ていたな」

「ええっ。それなら、声をかけてくれればよかったのに」

もしもその時彼に会っていたら、私はびっくりしたはずだ。騎士になると言い、家を出たレギウス。彼がとんとん拍子に出世して、そんなに早く近衛騎士になっていたとは知らなかった。だからあの時もエイルーク様と一緒だったなんて考えもしなかった。

「兄と一緒にいたし、楽しそうにしていたから。君が笑っているなら邪魔をしないよう、声をかけない方がいいと判断した」

「水くさいわね。幼なじみなんだし、気を遣わなくて良かったのに」

「その通りだ。あの時声をかけていれば、違っていたのかもしれないな」

最後の言葉の意味はいまいちわからなかったけれど、レギウスは当時を懐かしむように目を細めた。近衛騎士時代を思い出しているのだろうか。

「さあ、話は終わりだ。練習を続けよう」

「うわー……」

あまりの切り替えの早さに、思わず淑女らしからぬ声が出る。そんな私を見て、レギウスは声を立てて笑っていた。


本格的なダイエットを始めて一ヶ月半という割に、今の私はもう太っていない。それどころか、正しい食生活と運動と厳しいダンスの特訓の成果か、実はかなりほっそりしてきている。

「こんなに早く痩せられるなんて。日本とこの世界では、ダイエットのペースも違うのね」

私にとってはすごくありがたいことだ。あの変な匂いと食感の穀物の効果が一番大きいのだろう。それに、ラーメンも。料理長にレシピを渡したことで、ラーメンは今では我が家の定番メニューとなっている。

また、レギウスに練習に付き合ってもらったおかげで、ダンスもすごく上達した。自分で言うくらいだから、相当だと思ってほしい。でもまあ、あくまで相手が彼だからで、パートナーが違えばもしかして……やめた、恐ろしいことは考えないようにしよう。

レギウスは失敗しても怒らないし、上手くできたら一緒になって喜んでくれる。私が褒めると頑張るタイプだとわかっているから、前向きな言葉を並べてくれるのだ。褒めたら図に乗る……というか成長するのは、もはや私の特技と言えるかもしれない。

動く時間が増えたせいで、長く踊っても疲れない身体になった。体力もかなりついたと思う。最近は嫌がらずにコルセットを着用しているおかげで、腰はほっそり胸はふっくら。ダンスレッスンの思わぬ効果で、足だけでなく足首も細くなってきた。

自画自賛かもしれないけれど、現在のスタイルは人よりいい方だと思う。華奢……とまではいかなくても、代わりにメリハリのある身体つきだ。肌の調子も絶好調だから、姿見の前に立つのがますます楽しくなってきた。毎朝くるっと一回転して体形チェックをするのは、今や習慣というより趣味に近い。今日もクリーム色のドレスを着た自分を見ては笑いが込み上げてしまう。

「ふふっ。このスタイルならきっといけるわ」

私の目標は、セルジュの好きなマリリアだ。『薔薇姫と黄金の騎士』に出てくるヒロインそっくりになれば、彼を夢中にさせた挙句、振ってぎゃふんと言わせることができる。

マリリアは『薔薇姫』と言われるだけあって可憐で儚い印象だ。以前の私では儚いというより図太い、という感じだったけれど、見た目だけなら結構近づいてきたと思う。

美女かどうかは自信がないけれど、ほっそりした分、黙っていればか弱そうに見えるかも。正直、手応えは結構感じているのだ。

「マリリアのような、女性らしい仕草の研究をしてみましょう」

仕返しに関係なく、優しい女性としての立ち居振る舞いを磨かなければいけない。思えば、記憶を取り戻す前の私は、我儘で傲慢な貴族令嬢そのもの。自分一人では何もできないくせに偉そうに威張り、人に美味しいものを作らせては満足していた。仕度は全て使用人任せで、自分は部屋でのんびりゴロゴロ。初めて厨房に入った日に、料理長が慌てて飛んできたのはそのせいだ。

今も変わらず、屋敷のみんなは私に優しい。婚約を解消し、社交界から爪弾きにされても特に寂しさを感じないのは彼らのおかげだから、すごく感謝している。

態度を控えめに、仕草を女らしく可愛くすれば、偉そうには見えないのではないかしら？　可憐なマリリアの真似をして、優しくたおやかな女性になろうと思う。

「ええっと、なになに？　問いかける時は『不思議そうに首を傾げて』。こうかしら？」

姿見の前で本を片手に試行錯誤。首を何回も繰り返し傾けベストポジションを探る。

「もう少し、角度が浅い方がいいかも。右に傾けるより左に傾けた方が可愛く見えるわね」

自分の決め顔と、いいと思う角度をしっかり覚えておく。分度器があれば測りたいところだ。

「まあまあってところね。じゃあ次、『儚い微笑み』。あらいやだ、いきなり難易度高い。こんな感じでいいかしら」

姿見を見ながら微妙に笑う。ウヒッとでも言ったような表情になったので、何かが違う気がする。

「引きつった笑みに見える？　それならこうかしら」

今度は目を細めてみる。口角を上げることも忘れずに。

「うーん。これだと、儚いというよりいやらしい微笑みだわ。おかしいわね、文章で書いてあるものを表現するのって、思っていたより難しいわ」

姿見の前で何度も挑戦してみる。悲しそうな顔をしながら唇で弧を描いたところで、ようやく納得のいく『儚い微笑み』ができた。忘れないように繰り返し練習してみよう。

「口がつりそう。表情筋を使わずに練習できる仕草って、何かないかしら？」

パラパラと本のページをめくってみる。顔以外の項目に目を留める。

「あった！　でもこれって……。『上品に気絶する』ってどうすればいいの？」

首を捻って考える。まあいいか、実践あるのみ。まずはベッドに倒れ込もう。

「あぁっ」

声を出しながら、おでこに手を当てる。勢いが良すぎたようだ。倒れる時に、ドスンと大きな音が出てしまう。

「物足りないわ。よろめく仕草も必要ね。それに掛け声はいらないかも」

右手をおでこに当て、左手はだらんと下げる。声を出し、足をもつれるようにして。

「やったわ。できたかもしれない」

もう一度同じ動作を繰り返す。片手はおでこ、唇を震わせ、足はもつれるように。三段階のトリプル攻撃だ。

「決まったわ！　これなら完璧……」

「ブハッ」

言いかけたところで声がしたので、恐る恐る部屋の扉に目を向ける。そこにはなんと、口とお腹に手を当てて必死に笑いを噛み殺しているレギウスの姿があった。

「レ、レレレギウス！」

見、見られた⁉　顔がかあっと熱くなる。

「ごめん、面白すぎて我慢ができなかった。アハハハハ」

ごめんと言いながら、彼は大笑いしている。見られていたなんて恥ずかしい。

「いったいどこから……」

全部だったらいたたまれない。穴があったら入りたい。ついでに土を被せて隠してほしい。

『『上品に気絶する』辺りからかな？　ちゃんとノックはしたんだけど、君は集中していて気がつかなかったみたいだな」

腕を組んで扉にもたれかかる彼は、なおも笑っている。私としては納得のいく出来栄えだったのに、何がそんなにおかしかったのかな。

「どの辺がいけなかったの？　上手にできたと思ったのに」

「リア、お願いだ。これ以上笑わせないでくれ」

降参というように両手を挙げたレギウスの目には、うっすら涙まで浮かんでいる。笑いすぎて脳に酸素がいかなくなったからか、子供の頃の愛称で私を呼んだ。

「もう、ひどいわ。人が真剣に練習しているのに」

「練習？　いったい何のために。リアは今のままでいい。弱々しいより健康的な女性の方が俺は好きだ」

「なっ」

なんてことを言い出すんだろう。好きって――

彼は何気なく口にしたのだとわかっている。でも、優しい口調でそんなことを言われたら、何だかむずむずしてしまう。気絶の練習を見られた後だから、余計に照れてしまうのかな。

顔がますます熱くなり、胸も変にドキドキしてきた。おかしい。こんなのいつもの私じゃない。

――目を細め、楽しそうに笑う彼の様子をもっと見ていたいと感じるなんて。

笑いの発作がようやく治まってきたのか、レギウスが続けた。

「それに練習なんてしなくても、品の良さや心の美しさは自然と態度ににじみ出る。君のように」

レギウスったら、突然どうしちゃったの？　まるで、今のままの私で十分だってそう聞こえるわ。

私はマリリアになりたいのだから、レギウスの過剰な褒め言葉は必要のないものだ。

わかっているのにどうしていいかわからない。胸の奥がむず痒いようなこんな変な気持ちは初めてで、焦った私は、強い口調でレギウスに言い返してしまう。

「お世辞は要らないわ。私は上品になりたいの。私が振り向かせたいのは、セルジュなんだから！」

仕返しをするために。私に夢中になるよう仕向けた後で正体を明かし、手ひどく振ってやるのだ。

でも、私の言葉を聞いた途端、レギウスの顔から笑みが消えた。部屋に沈黙が広がり、息苦しいほどだ。どうして何も言ってくれないの？　私は何を言えばいい？

真顔に戻ったレギウスは、『そう』と一言だけ呟くと、その日はなぜかすぐに帰ってしまった。

第三章　気づいた想い

レギウスと再会してから二ヶ月近くが経とうという日。私はベッドの上でゴロゴロしながら、眠れぬ夜を過ごしている。

それというのも、上品な気絶の練習を見られた翌日から、レギウスの足が遠のいてしまったからだ。彼はいつも朝か、遅くても昼過ぎには我が家に到着するのに、いくら待っても現れず、今日も夜まで待ったがやはり来なかった。

今までは三日と空けずに来てくれたので、さすがに何日も顔を見られないと気になる。体調を崩しているのではと心配したり、休暇を楽しんでいるのだろうかと安心したり。でも、仕事に戻ったという話は聞かないし、舞踏会で羽を伸ばしているという噂も聞いていない。

「どうしたのかしら？」

ここ何日かは玄関ホールを通るたび、鳶色(とびいろ)の頭が見えないかと探す癖(くせ)がついてしまった。男の人の笑い声が聞こえると、ドキリとして振り返る。似たような背格好の人を見ると、期待してつい足を止めてしまう。

「来てくれるのが当たり前だと思っていたなんて、私も図々(ずうずう)しいわね」

肩を竦(すく)め自嘲気味に呟く。それでも、私の方からうちに来て、と頼むことはできない。

レギウスはただ、親切心から協力を申し出てくれただけ。幼なじみの私が困っていたので、体重を落とすために手を貸してくれた。これ以上引き留めてしまうのは、我儘というものだ。

それに痩せるという当初の目的は既に達成しているから。彼が丁寧に教えてくれたおかげで、乗馬もできるようになったしダンスも上手く踊れるようになった。彼の役目は、本当はもうとっくに終わっている。

「そろそろ自由にしてあげなくちゃね」

レギウスにしたって、休暇の残りを私と過ごすより、自分のために使う方がいいだろう。独身の彼は飛竜騎士だし見た目もいいから、パーティーへの招待なんて引きも切らないはず。

「レギウスなら、どのご令嬢とでもお似合いね。なんたってエスコートは紳士的で、ダンスのリードも軽やか。それに何より褒め上手なんですもの」

けれど、令嬢達に囲まれる彼を想像しただけで、胸が苦しくなる。

「どうしたのかしら。さんざん親切にしてもらったのに、まだ足りないと思うなんて。心が狭いっていけないわね」

優しい彼の良縁を純粋に願えないなんて、やっぱり私は我儘だ。よし、今度は私が彼を応援することにしよう。仲のいい幼なじみのレギウスには、誰よりも幸せになってほしいから。

仕返しが終われば、修道院へ行く私。たとえ遠く離れても彼が幸福に暮らしていると考えると、頑張れそうな気がする。

「それとも、この前のあれが原因なのかしら？」

レギウスが急に来なくなったのは、私のせいなのかもしれない。せっかく褒めてくれたのに、彼の言葉を真っ向から否定してしまったから。

レギウスにしてみれば、いつものように優しい言葉をかけただけ。それなのに、過剰に反応した私は、強い口調で言い返した。恩知らずもいいところだ。

我慢強いレギウスも、とうとう堪忍袋の緒が切れてしまったのだろう。怒って私を見限り、もう公爵家には行かないと決めたのかもしれない。

「来てくれたなら、謝れるのに……」

レギウスに会いたい。会ってきちんと謝罪をして、今までのお礼を言おう。それから、できることなら、最後は笑顔でさよならしたい。

「こんな考えは贅沢すぎるかしら。私が侯爵家へ会いに行く方がいいのかな？」

だけど、侯爵家に出向く勇気はない。だってそこには、セルジュもいる。

セルジュに会うのは全ての準備を終えた後だ。以前とは別人のように美しくなったと自分で確信が持ててから。

以前より身体は細くなった。でも、痩せただけで綺麗と言えるかどうかは、正直言って自信が持てない。

「こればかりは好みの問題だし、何とも言えないわね」

綺麗の基準は人によって違う。セルジュの基準もレギウスみたいに低いとありがたいんだけど。

レギウス——そのままでいいと言ってくれたのは、もちろんお世辞だったのよね。私ったら大げさに反応して、あんな言い方をすることはなかったのに。

考えが同じところをぐるぐる回る。突然顔を見なくなったせいで、余計にレギウスのことを考えてしまう。

「はあ……」

この頃は食欲が落ち、前ほど食べることに関心がない。代わりにため息をつくことが多くなった。痩せてすっかり細くなった私は、体形だけなら本の挿絵に出てくるマリリアみたいだ。

「レギウスは、このままずっと来ないつもりなのかしら」

彼に会えないならうちにいても仕方がない。こうして家に籠ってただ待つのは、なぜだかとてもつらかった。


うじうじしたってしょうがない。そう思った私は、翌日友人のカトリーヌを訪ねることにした。

「まあ、もしかしてフィリア？　その姿、いったいどうしちゃったの！」

屋敷に招き入れてくれたカトリーヌが、私と会うなり目を丸くする。そうか。レギウスと一緒に本格的なダイエットを始めてからは、なかなか会いに来られなかったものね。

暗い気分の私とは違い、彼女は相変わらず生き生きしていて元気そう。

「そんなに細くなるなんて。まさか病気？　それとも極悪非道な元婚約者を失って、悲しんでいるせいじゃないでしょうね？」

「病気じゃないわ。それにしても、極悪非道って……」

彼女にかかれば浮気者のセルジュも形無しだ。カトリーヌの歯に衣着せぬ物言いがおかしくて、思わず笑ってしまう。

「ほら、それ！　貴女ってそんなに儚く笑う人だった？　急に痩せたことといい、弱々しい印象といい、まるで別人みたいよ」

別人？　それは本当かしら。もしそうなら、セルジュに仕返ししたい私にとっては最高の褒め言葉だ。

「そう？　今の私じゃ変かしら」

儚く笑えるのは、ヒロインのマリリアのおかげだ。レギウスに大笑いされた後も、練習を続けた甲斐があった。楽しそうに笑った本人は、うちに寄りつかなくなってしまったけれど。

「はあ……」

「フィリアったら、何だか急に大人びたみたい。まるで恋でもしているみたいよ。あの男と別れたことを知らなければ、よりが戻ったのかと思うくらい」

「セルジュに恋？　いえ、さすがにそれはもう無理ね」

そんな恐ろしいこと、考えるだけでも嫌だ。彼への愛情は私の中に全く残っていない。あるのは恨みと仕返ししたい気持ちだけ。

「よかった。ちゃんといつもの貴女だわ。でも、本当に別れたの？　あの男はまだ貴女と婚約中だと思っているみたいよ」

「嘘……」

カトリーヌの言葉に、思わず固まってしまう。セルジュったら、何をどうしたらそんな考えに？

「嘘なものですか。『婚約破棄は気の迷いだ。彼女の目が覚めるまで待ち続ける――』って、この前も。相変わらず、隣の女性とベタベタしながら言っていたわよ」

「嫌だわ。ちゃんと侯爵家にも申し入れて受け入れられたのに」

確かに婚約破棄は一方的なものだったけど、その後、家同士の話し合いで双方合意のもと、婚約解消に至ったはずだ。それなのにそんなことを言いふらしているなんて、彼はどういうつもりなんだろう。

私の方から婚約を破棄したことが、彼のプライドを傷つけたからだろうか？　屈辱を感じて認めたくないのかも。彼のプライドを少しはへし折れたのだと思えば嬉しいけれど、だからといって未だに婚約中だと言い続けるのはどうかと思う。

「ねえ、その言葉を聞いたのはいつ？　隣にいたのは、どんな感じの方かしら」

私が聞くと、カトリーヌはうろたえた。

「あら嫌だ。貴女まさか本当に、彼とよりを戻すつもりなの？」

「違うわ。修道院に行く方がましだという考えは変わってないもの。だけど今、彼がどんな人と付き合っているのか、知っておいてもいいかと思って」

本当は、セルジュの好みを聞き出すのが目的だ。私に夢中にさせてこっぴどく振るなら、彼と親しい女性の様子を知っておかなければならない。

少年の頃のセルジュは、マリリアが好きだと言っていた。でも考えたら、よく彼の側に集まっていたのは、セクシーな悪女タイプと可愛い小悪魔タイプの女性達。どっちの方がより好みなのか、調べないといけない。今の好みが事前にわかれば、準備もできる。

「ええっと。私が見たのは確か、胸元がパックリ開いた赤いドレスを着た派手な女性だったわ。以前もそんな感じの人といちゃついていたように思うけど」

「まあ」

そこで請求書のことが頭に浮かぶ。そうか、あれに記載されていたのも赤いドレスだ。運命の夜会で私に偉そうに話しかけてきた、派手な女性が着ていたものに違いない。

それならセルジュは、好みをセクシー路線に変更したってことなのね。少年時代とは異なり、艶やかな女性の方が今の好みのよう。彼にはお似合いだ。なんたってセルジュは、派手好きだから。いけない、それならマリリアの真似をしている場合ではなかったわ。可憐じゃなくて妖艶ね？今度は色っぽい仕草の研究をしなくちゃ。

「ありがとう、教えてくれて」

「フィリア。くれぐれも言っておくけれど、あの男だけはダメよ」

「大丈夫よ。そんな気はまったくないから」

絶対にセルジュとよりなんか戻さない。頼まれたってお断りだ。私は仕返ししたいだけで、綺麗になった姿を見せて後悔させたら、あんな男に用はない。不安そうなカトリーヌに、もう一度大丈夫よ、と告げて私は笑った。

もっと楽しい話はないかしら。話が途切れたところで、私は彼女の近況を聞いてみることにする。

「それで、この前話してくれたお見合いの話はどうなったの。まだ相手をいろいろ薦められている？」

　カトリーヌの表情がパアッと明るくなった。どうやらご両親が持ってきた縁談の中に、気になる殿方がいたようだ。順調に話が進み、今はその人と交際を続けているとのこと。

「侯爵家の次男なんだけど、とっても優しいし気が利く方なの。上手くいけば、いずれうちの家督を継いでもらうわ」

　頬を薔薇色に染め、嬉しそうに話すカトリーヌ。しかし彼女の言葉に、私の心臓は大きく飛び跳ねた。侯爵家で次男と聞き、私は真っ先に鳶色の髪を思い浮かべたからだ。

　優しいし気が利く？　だったらそれって――

「貴女の相手って、まさかレギウス？」

　指先が急に冷たくなったように感じる。レギウスの足が遠のいたのはそのため？　カトリーヌと愛を育んでいたから、うちに来る暇がなくなったの？

　親友と幼なじみが結婚するなら、こんなに喜ばしいことはない。昨日、レギウスを応援すると決めたばかりだ。それなのに私は、彼女の答えを聞くのが怖い。

「どうしたのフィリア、泣きそうな顔をして。それにレギウス様って？　私がお付き合いをしているのは、マルカート家のオーギュスト様よ？」

　まったく別の人だった。そうだ、一口に侯爵家といっても、この国にはたくさんいる。セルジュやレギウスのバルトーク家とすぐに結びつけるなんて、どうかしていた。

カトリーヌの相手がレギウスでないと知り、なぜかホッとしてしまう。自分は修道院に行くことを決めているくせに、幼なじみをギリギリまで側に引き留めておきたいと願うとは、私はやはり心が狭い。

その後は、彼女と交際相手との微笑ましいエピソードを聞きながら、お茶の時間を楽しんだ。好きな人のことを話すたび、カトリーヌの瞳は輝く。可愛い顔を赤らめるから、こちらまで恋をしているような気分になってしまう。

恋物語は大好き。自分に関係がなくても幸せな気分になれるから。

恋を知り、女性として好きな人から愛されている親友。愛される喜びで輝き美しくなっていく彼女を、羨ましくないと言えば嘘になる。だけど、心から応援したいという気持ちも本物だ。カトリーヌには私のようなつらい目に遭ってほしくない。

聞いた限りでは、カトリーヌの相手は優しく穏やかな人物のようだ。惚気まくっているから、話を半分差し引いたとしても大事にされているのだろう。仲の良い友人をこんな風にときめかせる彼に、私もいつか会ってみたい。

でも、それはかなり難しいわね。痩せて別人のようになったからといって、私が別人になったわけではないのだ。傷物と噂される私に会ってもいいと考える男性は、なかなかいないはず。社交界には戻れないのだと、今一度肝に銘じておかなければ。

今後もし私が舞踏会に参加すれば、はしたないと言われて遠巻きにされるだろう。

「おかしいわね。フィリアもてっきり、私と同じように恋をしていると思ったのに」

私は笑って首を横に振る。カトリーヌは自分が幸せな恋をしているから、周りもそうだと勘違いしているのだろう。恋愛フィルターがかかって浮かれているのはわかるけど、婚約を解消した私までそんな目で見ないでほしい。恋はとっくに諦めている。私の最初で最後の恋は、全て幻だったのだ。

とはいうものの、彼女のおかげで久々に気分転換ができた。親友の彼自慢は、聞いているだけでこっちの方が照れてしまうけれど、幸せのおすそ分けをしてもらったようで心がほっこりする。

屋敷に戻った私は、さっそく部屋で妖艶な仕草の研究をすることにした。セクシー路線は儚い仕草より相当ハードルが高い。

前世では一応社会人だったわけだし、セクシーなら任せてと言いたいけれど、残念ながら無理みたい。色っぽい仕草はテレビや映画で見たことがあるだけだから、いっそその仕草を真似しようと思う。イメージは映画に出てくる外国の美人女優だ。

「こう、かしら。それともこう？」

後頭部と腰に手を当て、姿見の前でくねくねしてみる。

「何か違うわね。頭痛と腰痛持ちのおばあさんみたい」

セクシーを甘く見ていました。美人女優と私とでは、そもそも恋愛の経験値が違う。

「何かいい方法はないかしら？」

映画のワンシーンを思い返してみる。当たり前だが、女優が色っぽい仕草をするのは、その場に相手がいる時だ。男性を伏し目がちに見上げて、唇を色っぽくつき出して——

「相手役、ねえ」

セルジュの顔を思い浮かべようとするけれど、何だかぼんやりしている。

「ええっと。彼はどんな顔だったかしら？」

セルジュを思い出そうとしているのに、意識せず別の人の顔が頭に浮かぶ。鳶色の髪の彼を思い出すだけで優しい気持ちになり、頬が少し緩んでしまう。

相手を見上げて唇をつき出すことがセクシーだというなら、レギウスと会っている時の私はいつもこんな表情だった。だって、彼の背が高いから、話すには見上げないといけないし、彼が冗談を言った後の私は、時々文句を言っては口を尖らせていた。

「全然よろめいてくれなかったじゃない。セクシー、早くも失敗ね」

そんな冗談を言う私に、おかしいと笑い返してくれる人はもう隣にいない。愉快そうに輝く灰青色の瞳と、口元にこぶしを当てて笑う彼の仕草をもう見ることができないと思うと、何だか気が滅入る。

レギウスにこんなに依存していたなんて、自分でもびっくりしてしまう。これなら、彼が私から離れていったのもわかるような気がする。優しさを勘違いして頼られてばかりだと困るって、本当はそう思っていたのかもしれない。

「いけない、集中集中」

色っぽい仕草の研究は、難航しそうだ。

本格的なダイエットを始めてから二ヶ月以上が経った。

姿見の前で毎日練習していたせいか、それなりに色っぽくはなってきたと思う。歩く時は内またで腰をわざと振るように。相手にくっつき、しんどそう……じゃなかった、気だるそうに振る舞うことも忘れない。

笑う時は喉の奥でくくくと笑う。個人的には明るく笑う方が好きなんだけど、それだとまったく妖艶には見えないんだから、仕方がない。

セルジュは派手な色が好きなので、赤いドレスを新しく仕立てることにした。例の、王都で一、二を争う仕立て屋に頼むことにする。その際請求書の件は、うちとは関係ないとようやくわかってもらえたようで、かえって同情されてしまった。

急いでもらう代わりに礼金をたっぷり弾んだから、とても綺麗に仕上げてくれた。丁寧な縫製と想像以上の出来栄えに、私は大変満足している。

今は出来上がったばかりのドレスを着て、サイズを確認しているところ。

マーゴと別の侍女が二人がかりでコルセットを締めてくれたので、胸の部分は言うまでもなく盛り上がり、腰は折れそうに細い。いつもより深いドレスの胸元が気になるけれど、これが今の流行だというなら我慢しよう。なにせセクシー路線に転向したのだ。胸の一つや二つ、照れて恥ずかしがっている場合ではない。

用意したオフショルダーのドレスは、むき出しの肩と腰から下に広がる何層もの生地が特徴だ。足下にいくにつれ徐々に広がり、レースの部分が歩くたびに揺れる。袖は短くデコルテ——首筋から胸元部分を惜しげもなく晒しているから、くっきりした鎖骨や盛り上がった胸がばっちり見える。腰は金糸の入った銀色のリボンで細さを強調し、足も銀色の靴を履いている。私にしてはあざとすぎるデザインだし、人より肌が白い分悪目立ちしている気がする。

セルジュに絡みついていた真っ赤なドレスの女性。彼女のように胸や背中の生地をもっと開けて色気を強調するのはさすがに無理だ。マーゴはいけると言ってくれるけれど、これ以上は恥ずかしいので勘弁してもらいたい。あとは、にじみ出る私自身の色気でカバーしよう。

ちょうどその時、部屋にノックの音が響いた。執事が私を呼びに来たようだ。

「お嬢様。レギウス様がいらしたので、応接室でお待たせしておりますが」

「レギウスですって？　半月ぶりじゃない！」

着替え直す時間がもったいないので、そのまま彼に会いに行くことにした。スカートを摘み、階段を駆け下りる。セクシー？　そんなもの、今は関係ない。応接室が何だか遠く感じられ、気ばかり焦る。

「様子を見に来てくれたのかしら」

怒っている相手を今も気にかけてくれているなんて、やはり彼は優しい。ありがとうレギウス。ダンスの練習をやめてからもちゃんと運動は続けていたし、食べ物にも気をつけている。私、前よりもっと細くなったのよ。

応接室のドアを開けると、彼は再会したばかりの時のように立って私を出迎えた。どこか他人行儀なその態度に、なぜか胸が痛む。

「レギウス、久しぶりね。あの……この前は、その……ごめんなさい」

顔を見るなり、私はすぐに謝罪した。会えたら一番に謝ろうと決めていたのだ。けれど、他に考えていたたくさんの言葉は、この肝心な時に出てこない。

彼は私をじっと見ている。いつもの体形チェックにしては長いような。黙ったままのレギウスは今、何を考えているのだろう。

「いいんだ。それよりフィリア、そのドレスは兄のため？」

あ、なんだ。私じゃなくてドレスを見ていたのね？　赤は着たことがなかったから、珍しいのかもしれない。それとも実は、私に全然似合っていないとか？

「ええ。変かしら」

レギウスは即答せず、目を一瞬伏せて灰青色の瞳を隠した。再び目を開いた彼は、低く掠れた声を出す。

「君は十分綺麗だ。これなら兄も後悔し、惚れ直すだろう」

やった！　ダイエットを手伝ってくれた彼が、綺麗だと言ってくれた。それがこんなに嬉しいなんて……

今度こそ憎まれ口をきかず、素直に賛辞を受け入れよう。褒められた嬉しさのあまり、私は興奮してレギウスに飛びついた。

「ありがとう。全て貴方のおかげよ！」

デブだブスだとバカにされ、泣き寝入りをしたまま修道院に行かなくてよかった。細く美しくなったおかげで、今の私は自分に自信が持てる。

あの時、レギウスが修道院行きを止めてくれなかったら——

私は自分を卑下したまま、嫌な記憶を思い出しては壁の向こうで泣いていただろう。浮気男の犠牲になった憐れな自分を悲しんで。そんなことにならずに済んで、本当に良かった。

突然抱きつかれたせいで、彼は驚いたようだ。強張る様子が伝わってくる。

「あ……ごめんなさい。びっくりさせてしまったわね」

彼の首に回した手を下ろす。淑女としてはしたなかったわ。それに派手な恰好をしてたこと、すっかり忘れていた。

とっさに腰を支えてくれたから、盛り上がった胸のふくらみが、ちょうどレギウスに当たっている。急に恥ずかしくなった私は、慌てて彼の胸に手を置いて離れようとする。

ところが、レギウスは腕に力を込めるとさらに私を抱き寄せた。片手が後頭部に回され、私の髪には彼の唇が当たる。慣れない距離に驚いて、私は身じろぎしてしまう。

もちろん嫌ではないけれど、レギウスのこんな反応は予想もしていなかった。彼の胸に顔を埋めている私には、その表情は窺えない。今、何を思いどう感じているのか、彼の心の内を知ることができればいいのに。

ねえ、レギウス。貴方は今どんな顔をしているの？　ここまでよく頑張ったと喜んでくれている？　それとも近づく別れに、少しは寂しいと感じてくれているのかな。

「ああ、驚いた。だが、痩せて綺麗になったのは君が頑張ったからだ。誰のためでも——」

誰のため？　レギウスも変なことを言う。もちろんセルジュに仕返しするためだ。そうして気持ちよく修道院に入るため。そういう意味なら、自分のためでもあるのかな。

私のダイエットは貴方抜きでは成し得なかった。貴方が協力すると言ってくれなかったら、早々に挫折していたと思う。前世とは効果が真逆の食材に舌鼓を打ちながら、今もきっと大きな身体を持て余すことになっていた。挙句、痩せない理由を人のせいにしていたかもしれない。

だからレギウス、貴方にはすごく感謝をしている。

背中に手を添え、ありがとうの気持ちを込めて抱き返す。レギウスの身体は温かく、清涼な香りがして、いつでも安心できるから。

離れてしまうのがもったいないような気もしたけれど、いつまでもこうして甘えているわけにはいかない。ダイエットも終わったことだし、そろそろレギウスを解放しなければ。

兄をよく知る彼がお墨付きをくれたなら、セルジュに近づいてもバカにされることはないはず。いよいよ仕返しを実行する時が来たようだ。

温もりから強引に身体を引き剥がすが、今度は彼も止めなかった。私は顔を上げて、最後のお願いをする。

「レギウス、近いうちにお宅にお邪魔してもいい？」

灰青色の瞳で私の真意を探るように見た彼は、やがて納得したというように頷いた。

「セルジュに会いに行くんだろう？　明日は在宅するよう言っておく」

さすがはレギウスだ。私の言いたいことをすぐにわかってくれるとは。侯爵家に行って、セルジュに私を、別人として紹介してもらわなければ。

「ありがとう。じゃあ明日、お宅に伺うわ。セルジュをびっくりさせたいから、私の正体は内緒にしておいてね」

「正体を内緒に？　どういうことだ」

「あのね、痩せた私を見て彼がどんな反応をするのかを、まず確かめたくて――」

元婚約者に仕返しするための、手順はこうだ。

侯爵家を訪れた私を、レギウスの友人のマリリアとしてセルジュに紹介してもらう。二人きりになったところで私の溢れんばかりの色気で彼を悩殺。そうしてセルジュが私に夢中になった時点で正体をバラし、こっぴどく振ってやるのだ。

セルジュを驚かせるだけでなく、後でレギウスが共犯だったと責められないよう、私の正体はあくまで秘密にしておかないといけない。

私個人の仕返しに、これ以上レギウスを巻き込むわけにはいかない。後は兄と引き合わせてもらうだけで十分だ。結局、それ以上の私の目的は、明かさないことにした。

翌日は、これでもかというくらいに身支度を整えた。コルセットは昨日にも増してぎゅうぎゅうに締め上げているし、赤いドレスはしっかりサイズを確認しただけあって身体にぴったりフィットしている。顔もいつもの薄化粧とは違い、色っぽく見えるようしっかり作り込む。

妖艶な雰囲気を醸し出せるように、緑色の目の周りにはくっきりしたシャドウを、チークで陰影をつけて頬骨（ほおぼね）が高く見えるようにした。口紅ははっきりした赤の上に薄く蜂蜜を塗（ぬ）ってつやつやに。目立つ桃色の髪は一つにまとめて結い上げ、金色のウィッグで隠してみた。その上に銀色の髪粉をたっぷり振りかける。動くたびにキラキラ輝いて、美しく見える……という代物（しろもの）。

仕上げに、緑色の薔薇（ばら）の髪飾りも付けた。これは、レギウスからの贈り物。あれ以来、時々取り出しては眺めていたので、お守り代わりだ。赤いドレスと緑の髪飾りでクリスマスカラーと言うなかれ。セルジュの前で怖気づいたり自信がなくなったりしないよう、これだけはどうしても身につけておきたい。

仕度を整えてくれたマーゴにお礼を言い、改めて姿見の前に立つ。昨日はざっとサイズを確認しただけだったので、じっくり見るのは実はこれが初めてだ。

「これが、私——？」

思わず驚きの声が漏（も）れる。そこに、ブタだとバカにされたフィリアはもういない。長い金髪に大きな緑の瞳、濡（ぬ）れたような赤い唇の、赤いドレスを纏（まと）った細身の女性がいた。

いつもと違う髪の色と濃い化粧で、本来の私より大人めいて色っぽく見える。これならセルジュも、すぐに私だとは気づかないだろう。

「お嬢様に派手な化粧は似合いません。まったくもう、癖（くせ）にならないでくださいね」

マーゴはそう言うけれど、それがセルジュの好みなのだから仕方がない。本当は私も厚化粧は嫌いなのよね。

胸元を強調している割には、ドレスは思ったよりも似合っていた。もっと下品な姿を想像していたのに、意外とそうでもない。デザイナーの腕がいいのか、もしくは私の実力か。ごめんなさい、調子に乗ったわ。でも、昨日レギウスも『十分綺麗だ』と言ってくれたから、そうひどくはないと思う。

褒められたことに自信を持って、気持ちを奮い立たせる。気が変わらないうちにと馬車に乗り、セルジュのいるバルトーク侯爵邸へ向かった。王都にある方の屋敷は、ここから馬車で四十分程の距離だ。

「婚約破棄後はいろんなことがあったわね。ここまで痩せるなんて、あの時誰が想像したかしら。まあ、あのひどい味のおかゆだけは、もう二度と口にしたくないけれど」

ダイエットに励んだことも、レギウスと一緒に出掛けたことも、思い返せば楽しい記憶になるに違いない。彼の休暇のほとんどを、私に使わせてしまったことは申し訳ないと思うけれど、レギウスのおかげで私は今、こうして自分の望みを叶えることができる。

「そういえばレギウスの欲しい物は手に入ったのかしら？　結局聞き出せなかったけれど。教えてくれたらお礼に渡したのに」

欲しい物が何であれ、彼の願いが叶えばいいと思う。私の大切な幼なじみには、世界で一番幸せになってもらいたい。

考えごとをしていたせいか、侯爵家まではあっという間だった。出迎えてくれたレギウスは、馬車から降りた私を一目見るなり顔をしかめた。

「フィリア、ようこそ。……変に張り切りすぎだ」

下品、とまでは言われなかった。呆れられているようだけど、追い返されないだけマシかしら？

「そう？　こっちの方が彼はお気に召すかと思って」

結局説明は省略した。それに、セルジュとの対決に集中したいという理由もある。私の答えに、レギウスの口がムッとしたように引き結ばれた。

憮然（ぶぜん）とした表情のレギウスに案内されるまま、侯爵家の長い廊下を歩く。久しぶりに来たので、つい色々な所を眺めてしまう。

「どうしたフィリア、きょろきょろして。ここには何度も来ていたんだろう？」

「ええ、まあ。でも、ほとんどが家の前までだったし」

格式高い大きな舞踏会の時には、婚約者と一緒に行くのが慣例だから、婚約中、何度かセルジュを迎えに来ている。一般的には男性が女性を迎えに行くものだけど、セルジュは起きるのが遅く、いつも時間ギリギリまで自分の屋敷で寝ていることが多い。だから仕方なく、私の方が彼を迎えに行っていたのだ。今考えれば、私は本当に都合がいいだけの婚約者だったわね。

私は侯爵家の図書室に通された。昨夜遅くに帰宅したセルジュが、まだ起きてきていないからというのがその理由。

セルジュったら、もうお昼近くだというのに、相変わらず呑気（のんき）なこと。ダラダラした生活は身体にも、お肌にだって悪いのに。

セルジュの私生活に、はっきり言って興味はない。セルジュが自堕落（じだらく）な日々を送っていることは、周りの噂で知っている。私は仕返しできればそれでいい。

でも、冷静に考えたら誘惑って結構難しいわよね。色っぽく見える仕草を研究してきたとはいえ、実践経験は皆無な私に、本当に成功させられるのかしら。すぐに私だと見破られて、嘲笑われてしまうのでは……

焦った私は適当に選んだ本を読むふりをした。もちろん中身なんて頭に入ってこず、ただ字面を目で追うだけ。その様子を見たレギウスが私に話しかけてくる。

「本が逆さまだ、フィリア。そんなにセルジュに会いたいのか」

「そう、そうね」

決心が鈍らないうちに会いたい。時間が経てば経つほど自信がなくなっていくのだ。

「そうか……」

レギウスが唸るような声を出す。今日に限って機嫌が悪いようだ。昨日突然お邪魔するって言ったことが、やっぱり迷惑だったのかしら。

「一つ言い忘れていたことがある。俺の休暇は今日で終わりだ。明日から仕事に戻る必要がある。残念だけど、もう君の手助けはできない」

急なことに、私は驚いた。でもそうか……それでなのね。貴重な休暇の最終日まで私に付き合わされてしまったせいで、こんなに機嫌が悪いんだ。縛りつけてごめんなさい。頼りにしすぎてごめんなさい。さんざん付き合わせて申し訳ないと思う。だけど、どうか私を嫌わないで――

「ごめんなさい。それと、今までありがとう。私ならもう大丈夫だから」

不安な気持ちを振り払うように、ことさら明るく返事をした。

考えてみればレギウスと会えるのは、今日で最後になるのかも。修道院に行ったら、自由に外には出られない。共に笑い合い、話をするのももう終わり。楽しい思い出をありがとう。レギウスがいなくなるのは寂しいけれど、元気でねって、やはりきちんと挨拶したい。

「レギウス、あの……」

「リア、聞いてくれ」

再度感謝を伝えようとするも、同時に彼が口を開く。灰青色(はいあおいろ)の瞳が、刺すように私を見ている。

不意に彼の手が伸ばされ、長い指が私の髪飾りに触れた。お守り代わりの私の宝物——彼のくれた緑の薔薇(ばら)の髪飾りに。

「緑の薔薇(ばら)の花言葉を知っている？」

私は黙って首を横に振る。けれど、その言葉の意味を最後まで聞くことはできなかった。陽気な声が私達を遮(さえぎ)ったのだ。

「あっれー。誰かと思えば親愛なる弟じゃないか。僕を待ってたのってお前だったのか。で、そちらのご婦人は？」

セルジュの声を聞いたレギウスが、イライラしたように髪をかき上げる。彼は舌打ちしながら、彼から私がよく見えるように身体を横にずらした。セルジュはまだ眠そうで、ボーッとした青い瞳がこちらに向けられている。

「お前の知り合い？　うちに来たことはないよね。こんな美人なら、一度会えば絶対忘れるわけがない」

嘘をつかないで。私は貴方の元婚約者のフィリアよ？　すっかり忘れているじゃない。

レギウスを無視して、私に近づいてくるセルジュ。私の正体にまったく気づいていないようで、貴公子然とした微笑みを浮かべている。

――見た目だけなら貴公子なのに。

ため息をつきたくなる気持ちを、ぐっと堪える。怒りを表に出してはいけない。できるだけ、愛想良くしなければ。

久々に会うセルジュ。ここに来るまで、彼に対する気持ちがまだ残っていたらどうしよう、と考えないでもなかったけれど、どうやらそれは、杞憂に過ぎなかったようだ。もはや怒り以外の感情は一切湧いてこない。

「兄さん、昨日のうちに話があると言っておいただろう。こんなに待たせるなんて失礼だ」

レギウス、貴方の大事な時間を使わせてしまって、本当にごめんなさい。

「まあまあ、そうカッカしなさんなって。それで、僕に用事って？」

弟と話しながら、セルジュはなぜか私をチラチラ窺っている。

もしかして、私の正体もうバレたの？　と身構えたけど、そうではないようだ。相変わらず初対面の人間と会う時用の外面のいい……ではなく、人の好い笑みを浮かべている。

ため息をついたレギウスは、私の手から本を受け取った。それをローテーブルに置くと、今度は私の腰に手を添えて前に出るよう促してくる。

「友人のマリリアだ。兄さんに会いたいと言うから、うちに招待した」

「初めまして。マリリアです。お会いできて光栄ですわ」

セルジュは私の手を取ると、当然のように甲に口づけてきた。

「初めまして、美しい人。マリリアと呼んでも？」

私は笑みを顔に貼り付けて、どうにか頷いた。

「ありがとう、マリリア。どこで僕を知ったのかな？　その時声をかけてくれていたら、こんなにお待たせしなかったのに。弟も気が利かなくてごめん。今度から君は特別扱いだ」

よくもまあすらすらと、全身が痒くなるような台詞を言えるものだこと。自分が遅れたことまで、レギウスのせいにしている。それに、婚約中は一度もかけてくれなかった甘い言葉を、今聞くハメになるなんて。人生って皮肉なものね。

レギウスは顔を背けて、密かに舌打ちしているようだ。彼の気持ちもわかるけど、誘惑しようと企む私が、ここで彼に賛同するわけにはいかない。

「あらまあ、お上手ですこと。そう言っていただけて嬉しいですわ」

セルジュの顔を見て、私はニッコリ微笑む。練習してきた色気は上手に出せたと思う。

彼は私の手を握ったまま放してくれない。これが二ヶ月前のぽちゃぽちゃした手だったら、簡単に放していたでしょうに。私は気づかれないよう、自分の手をゆっくり引き抜いた。

「本当に、なんて綺麗なんだ。弟にこんなに美しい知り合いがいたなんて……」

歯の浮くような褒め言葉も、大げさすぎて恥ずかしい。かあっと頬が熱くなる。

でも、その様子を見たセルジュは、私が照れていると勘違いしたらしい。自信たっぷりの笑みを一層深める。

「照れないで、美しい人。君は本当に素敵だ」

彼ってこんな人だった？　記憶よりへらへらしていてかっこ悪い。でもこの調子なら、いずれ私に夢中にさせることも可能かもしれない。

「ふふふ、そんな。セルジュ様こそ素敵です」

色っぽく色っぽく。必殺の伏(ふ)し目を発動し、唇を尖(とが)らせながら囁(ささや)いてみる。これくらいのサービストークは必要だろう。けれど仕草に気合(きあい)を入れすぎたせいで台詞(せりふ)がちょっとだけ棒読みになってしまった。

目の端(はし)に、本を棚に戻しながらこちらの様子を窺(うかが)っているレギウスが映る。彼は険(けわ)しい顔をして、セルジュと私のやり取りを見ていた。

だけど今は、レギウスよりセルジュだ。私を印象付けるため、目の前の彼に意識を集中しよう。もう一度艶(あで)やかに笑ってみせると、さらに近寄ってきたセルジュが私の顔を覗(のぞ)き込もうとしていた。

「澄んだ緑の瞳、雪のように白い肌。品もあって笑顔も完璧だ。ねえ、君。今までどこに隠れていたの？」

「どこにってそんな……」

貴方のすぐ側(そば)にいましたよ？　五年間、ずっと放置されていましたけれど。

「ねえ聞いて。会ったばかりでおかしいと思うかもしれない。でも、君とは初めて会った気がしないんだ。こんな気持ちになるなんて、不思議だね」

その言葉に心臓が止まりそうになった。もちろんときめいたわけじゃなく、その反対。正体がバレたのかと、激しくうろたえてしまう。

「恋に落ちたみたいだ。マリリア、君をもっとよく知りたい」

よかった。まだマリリアと呼んでるってことは、気づいたわけじゃないみたい。それならこの状況は、セルジュに口説かれてるってことでいいのかしら？　思ったよりも速い展開で驚きなんだけど。会ったばかりでこれだけ関心を持たれているなら、誘惑するのも容易いかも。せっかく練習したんだから、演技ももう少し頑張ってみようかしら。

「奇遇ですわね。私も同じことを考えていましたの」

嘘でーすっ！　て言いたい気持ちを、ぐっと堪える。近すぎる距離をなんとかしたくて、引きつった笑顔で後ろに下がった。そんな私に気がつかず、セルジュは当たり前のように私の腰に手を添える。そのまま自分の方に引き寄せて、再び距離を縮めようとした。

うわっ、待って。嫌！

とっさにギュッと目を閉じる。どうしよう。セルジュにくっつかれると、気持ちが悪い。婚約中はこんなことはなかったのに、そう感じるのは、最近会っていなかったから？　それとも婚約破棄をして、男性はもう懲り懲りだと思っていた私が、無意識に男性恐怖症になっちゃったとか。

でも、変ね。レギウスに触られて嫌だと感じたことはない。馬に乗ったり手を繋いだり、ダンスの練習もしたけれど、そのどれもが楽しくて、離れてほしいと考えたことは今までに一度もなかった。彼はいつでも優しく私に触れて、大切に扱ってくれた。

本音を言えば、セルジュとこうしているより、レギウスと話している方が楽しい。セルジュに口説かれるより、レギウスに褒められる方がはるかに嬉しい。セルジュの側にいるよりも、本当はレギウスの近くにいたい――

気づいた想いに愕然としてしまう。こんな時に、私は何を考えているのだろう。

「ゴホン、ゴホン」

その瞬間、私の耳にレギウスのわざとらしい咳払いが飛び込んできた。

これでセルジュから離れられるとホッとした私。その横に並んだレギウスは、私の腰を持つセルジュの手にチラリと目を向けると、顔を歪めた。次いで、私だけに聞こえるようにそっと耳打ちする。

「リア、君に光の幸いがあらんことを」

「――え？」

一瞬、懐かしいような不思議な感情が胸に込み上げた。その言葉、どこかで聞いた覚えがある。意味を聞き返す間もなく、レギウスは私達を残してあっという間に部屋を出て行った。

そうだ、今の状況は私が望んでいたこと。レギウスは私の希望通りにしてくれただけなのに、彼がいなくなったことで急に胸が苦しくなる。

図書室には私とセルジュの二人きり。けれど使用人は脇にちゃんと待機しているので、さすがのセルジュも、滅多なことはできないはずだ。

そう思うのに緊張は治まらない。セルジュを誘惑しようとしたくせに、いざ近づかれると拒否反応を示してしまう。口説かれて迫られても何の感動もないどころか寒気を覚え、気分も悪くなってきた。

「よかった。やっと二人きりになれたね」

セルジュにむき出しの両肩を掴まれる。耳元で響くねっとりとした声に、思わずぞわっと鳥肌が立った。

「セ、セルジュ様？」

「さあ、美しいマリリア。存分に愛を語ろう」

自分では魅力的な声だと思っているのだろう、いかにも自信たっぷりだ。

「愛？　たった今お会いしたばかりですのに？」

「愛に時間は関係ない。君もそう思わないかい？」

「私にはよくわかりませんわ」

素直な感想を口にする。かつてセルジュを愛し愛されていたと思っていたけれど、現実は全く違った。前世でも愛した人に裏切られている。――愛っていったい何だろう？　少なくとも今ここに、そんなものがないことだけははっきりしている。

「つれない人だ。僕を焦らして楽しい？」

焦らしてません。もう無理なので、今日は撤退します。適当に笑ってごまかしていると、セルジュは私を長椅子に導いてきた。なんだ、とりあえず座って話をしようということね？

そうよね。だって、見ず知らずの私にいきなり愛を囁くなんておかしいもの。まずは会話の中から家柄や人柄を知ろうというつもりなのね。

ところがセルジュは、当然のように私の隣に座ると、身体をぴったり寄せてきた。くっつかれるのが嫌な私は、三人掛けのソファの端まで移動する。

「急に恥ずかしがるなんてどうしたの、マリリア？　ここには二人きりだし、遠慮することはない。それにしても、君の肌は雪のように真っ白だね。なんて綺麗なんだろう」

セルジュはそう言うと、長椅子の背もたれに手を乗せながら、反対の手で触ってこようとする。すかさず避けた私は、ガードするように自分の身体に腕を回した。

　さらに限界まで後ずさる私に、あろうことか使用人達は、気を利かせたのか図書室から出て行こうとしている。待って、置いて行かないで！

うろたえる私を見て、セルジュはおかしそうに喉の奥で笑い出す。

「ああ、そうか。世間体を気にしているの？　大丈夫。確かに僕は婚約しているけど、相手には欠片も愛情を抱いてない。公爵家だからって威張っている連中になんかね」

「えっ」

　相手？　公爵家ってまさか、私のこと？　……カトリーヌが教えてくれた通り、セルジュはまだ私との婚約が続いている気でいるのかしら。

　驚く私に、セルジュが問いかける。

「何だ、弟から聞いていたんじゃなかったのか。僕には婚約者がいる。だがそれが、どうかしたか？　……あいつもたまには気が利くな。君のように洗練された人を連れて来るなんて。で、弟とはどこまでいった？」

「――はい？」

遠乗りで郊外まで行きましたけど、それが何か。というより、こんなにあからさまに避けているのに、どうしてぐいぐい迫ってくるの？

「まあいい。僕は別に気にしないよ。君ほど美しい人なら、恋人もたくさんいるだろう」

いえ、たくさんどころか一人もいませんが。

近づくセルジュをよく見れば、目の下にはうっすらクマができていた。滑（なめ）らかだった肌が荒れているのも、連日の享楽的（きょうらくてき）な生活のせいだろうか。かつては澄んで綺麗だと思っていた青い瞳は、よく見れば濁（にご）っているし、光に煌（きら）めく金髪も、髪油か何かを塗（ぬ）って艶（つや）を出しているだけのようだ。

本当に私は見る目がない。なんでこんな人を素敵だと思っていたんだろう？

セルジュが顔を赤らめ、うっとりした表情で私を見ている。望み通りの状況なのに、全然嬉しくない。それどころか一刻（いっこく）も早く彼から逃（のが）れたいというのが、正直なところ。

迫る彼を手で制すが、彼はその手を取ると指先に口づけてきた。どうしよう、はっきり言って気持ちが悪い。

「ふう、そんなに保証が欲しい？　仕方がないな、弟の友人なら身分も低いだろうしね」

何を言うの？　私は公爵の娘だし、そもそもレギウスの方が貴方より余程人望がある。さすがに怒りが湧（わ）いてきた私だけれど、次の彼の台詞（せりふ）に固まった。

「そうだな……じゃあ、君とは一度で終わりにはしないよ。結婚後も、僕の愛人として囲ってあげるから大丈夫。これでいい？」

驚きのあまり言葉が出ない。そんなことを言われて大丈夫だと思える女性がどこにいるの？　私が責めるような目を向けたせいか、セルジュは苦笑しながら弁解してきた。

「残念ながら、正妻の地位はあげられない。侯爵として上手くやっていくためには、ブスでデブな公爵令嬢と結婚しなくてはいけないからね。まあ、彼女はただの金づるだから、君が気にすることはない」

今度は怒りで声が詰まる。本人を前にして、いったい何を言っているの⁉

でもこれで、私のことをさんざんバカにしていた彼が婚約を継続しようとした理由がわかった。我が家はこの国の中でも飛びぬけて裕福だ。父も気前のいい方だから、たとえ気に入らない相手でも、持参金は弾むと約束していたのかもしれない。

セルジュは最初から、私を好きでも何でもなかった。彼が好きなのは、私と結婚することで手に入るお金だけ。そのために、私の想いを利用した。それを、親しい相手だけならまだしも、初対面だと思っているはずの私にまで簡単に話してしまうとは。

強い怒りが込み上げてくる。

――こんな価値のない男のために一生を犠牲にしようとしていたなんて、私はいったい何をしていたの？　婚約こそ解消したものの、今もまた身体を張って、仕返しなんてくだらないことをしようと計画している。

やめたわ！　バカバカしい。こんな男に、仕返しなんてするだけ無駄ね。

そう決めた今、彼にもう用はない。とりあえず、この場をどうにか切り抜けないと。

「それは残念ですわ。こんなに素敵な方を独り占めできないなんて……」

心にもない発言だけど、セルジュを褒めちぎって油断させれば、途中で逃げ出すことができるかも。手を引っ込めて立ち上がる。このまま走って逃げたいけれど、それはさすがに無理みたい。

「拗ねているの？　君には敵わないな。まあ、気持ちもわかるけどね？　確かに、僕と親密になりたいご婦人方はいっぱいいる。この瞬間も行列を作って待っているくらいだ。それというのも……」

セルジュは、大げさな身振り手振りで得意げに自慢話を始めた。全く面白くないけれど、勝手に喋らせておいた方が良さそうだ。

時々頷く私に気を良くしたのか、セルジュは今度は知り合いの貴族達を片っ端からあげつらっていく。

彼の話の中には、もちろん我が家のことも含まれていた。

「凡庸なくせに、公爵だってだけで貴族院の議長をやれるなんて。そんな人が義父になるとは、笑ってしまうよ。まあ、あの親にしてあの娘ありだ。娘があれじゃあ、どうせ嫁にもらってやるという僕に対して強くは言えないだろうし」

彼の口から次々と滑り出る侮辱の言葉に、怒りを通り越して哀しみすら覚えてきた。

ずっと見ないフリをしてきたが、セルジュはいつもこうだった。自分勝手でいい加減。人を思いやる気持ちがない。一緒に舞踏会に行っても、平気で私を置き去りにして――

脳裏に突然、幼い頃の光景が甦った。野苺を摘みにどんどん森の奥へ進んで行く少年を、追いかけた記憶。

＊＊＊＊＊

『待って！』

暗い森の中で、私はセルジュの背中を必死に追いかけた。けれど、歩幅の全く違う私の足では当然追いつけるはずもない。

金髪をなびかせたセルジュは、歩みを止めるどころか走ってどこかへ行ってしまった。子供のお守りは、もう飽きたとでも言うように。

そうして私は置き去りにされた。一人ぼっちでどうしていいのかわからずに、大きな木の根元にうずくまる。奥へ行ってはいけないという親達の言いつけを守らなかったのはセルジュなのに、追いかけた私の方が迷ってしまうなんて。

迷ったら、勝手に動き回ってはいけないと教えられている。迎えが来るまで、ここでこうして待っていよう。きっと誰かがすぐに来てくれるはずだ。

曇（くも）っていた空はさらにどんよりと暗くなり、大粒の雨が降り出した。春に入ったばかりで肌寒かったせいもあり、私は震えながら助けを待つ。

『大丈夫、セルジュは私が森にいることを知っているもの。きっと探しに来てくれるわ』

さっきまで私と一緒にいたのだ。後で怒られるといっても、さすがに私を放ってはおかないだろう。

けれど、いくら待っても誰も来ない。木の根元にいるだけでは降る雨を避けようもなく、気がついた時にはぐっしょり濡れて、身体の芯まで冷え切ってぶるぶる震えていた。

『どうしよう。まさかセルジュもどこかで迷っているの？　二人ともいなくなったら、大人達を悲しませてしまう』

あんなに森の奥に入ってはいけないと言われていたのに。

『お化けが出たらどうしよう？』

急に怖くなり、私はとうとう泣き出した。このまま帰れずにお化けに食べられてしまったら？　もう一人の幼なじみとも永遠に会えなくなってしまう。

『一緒に来たのが、ギィなら良かったのに……』

ギィ――つまりレギウスと会ったばかりの頃、彼の名前が上手く発音できなかった私は、レギーをさらに縮めてギィと言っていた。本人も面白がってくれたので、調子に乗った私はそれ以降も彼をギィと呼んでいる。それならお返しとばかりに、彼も私のことを、リアとあだ名で呼んでいた。

優しい彼なら、私を置いて行ったりしない。一緒に野苺を探してくれただろうし、そもそもきちんと言いつけを守るから、こんな森の奥まで入ろうなんて言い出さなかっただろう。

『セルジュは野放しなのに、ギィは親戚の家で行儀作法の勉強をさせられるなんて。おじ様もおば様も、彼だけに厳しすぎるわ』

ギィのことを考えると、少しだけ怖さが紛れた。私と彼はよく気が合って、親友みたいに話ができる。

今日野苺を摘みに行こうとしたのは彼のため。今日か明日には戻ってくるというから、自慢の野苺を一緒に食べようと考えて。その時はまさか、こんなことになるとは思わなかった。

びしょびしょの髪を結んでいるお気に入りのリボンは、ギィがくれたもの。緑色のこのリボンは、もう使えないだろう。私の瞳と同じ色だからって、贈ってもらったのに――

両肩を抱き、ガタガタ震えながら大好きなギィのことを考える。このままお化けに食べられちゃったら、ギィにはもう会えなくなるの？

と、その時、遠くの方で誰かの必死な声がした。

『……フィリアー、リアー、どこだー!? リアー、いたら返事をしてくれー！』

少し高いあの声は……ギィだ！ 立ち上がり、必死に叫ぶ。

『ここよー、私はここにいるわー！』

大声を出したつもりだったのに、思ったほど声が出ない。それどころか、少し咳き込んでしまう。

少年の声が徐々に遠ざかっていく。聞こえなかったのかとがっかりした私は、その場に崩れ落ちた――

気がついた時には細い背中に抱えられていた。レギウスと私は同じくらいの体形なのに、彼は一生懸命歩みを進めている。

『……ギィ？』

『良かった、リア。気がついたんだね。もう少しで家に着くから』

後ろを振り向いたレギウスが、私を見るなりくしゃっと顔を歪めた。雨に濡れたせいで彼の髪は、今は茶色に見える。白い額に貼りつく髪、歯を食いしばり泣き出しそうなのを堪えているその顔が、私は心配だった。

『ギィ、貴方濡れてるわ』

『リアの方がぐっしょりだ。帰ったら、すぐ身体を温めないとね』

『ええ……』

それっきり、私は意識を失ってしまった。気づいた時には自分の家のベッドで、高熱を出して唸っていて――

レギウスが私を助けてくれていた！　セルジュに置き去りにされた私を探し、必死に家に連れ帰っていたのだ。それなのに、私はそのことを忘れた。こんなに大事なことを。

高熱のため記憶が曖昧になったのか、今まで思い出すことさえなかった。だからってすっかり忘れてしまうなんて、私はなんて恩知らずなんだろう。

ギィはそれ以来、我が家に寄りつかなくなった。彼は全然悪くないのに、助けに時間がかかったことで自分を責めていたのかもしれない。私は彼が来るのを、楽しみに待っていたのに――

私が外遊びをやめてしまったのは、きっとそのためだ。ギィがいつ訪ねて来てもいいように、部屋で彼を待つようになったから。

一目会って、助けてくれてありがとうって伝えたかった。一緒に外へ行き、また四つ葉を探してみたかったのに。前のように楽しく、二人でいられればそれでいい。森の奥はもう懲り懲りだけど、入り口までなら怖くないし、ギィがいるなら安心できる。

もしかして、ギィが――レギウスがこの前遠乗りに誘ってくれたのは、私が森を怖がっていないか確かめるため？　それとも、当時の記憶を思い出させようとしてくれたのかしら。

昔からずっと、私は彼に助けてもらっていた。それなのに、私は当時の記憶を覚えていない。恩人のことを忘れた私は、レギウスの目にどんな風に映っていたのだろうか。

＊＊＊＊

「……だってさ。ねえ、マリリア聞いている？」

しまった。考えごとをしていたせいで、セルジュが何を言っているのかまったく聞いていなかった。まあいいか、彼のことだ。どうせたいしたことは言っていないわね。

「ええ、もちろん」

「そう。じゃあ、いいんだね？」

彼はソファから立ち上がると、あっと思う間もなく私を抱き竦めてきた。そのまま私の頬に両手を添えると、顔を傾け近づけてくる――って、この体勢もしかしてキスしようとしている？

「あ、痛たたた……」

私はとっさにお腹に手を当て、その場にしゃがみ込んだ。セルジュにキスされるくらいなら、トイレに逃げ込む方がいい。

そのまま眉根を寄せて上を向くと、何度も拒絶されたせいか、ムッとした顔のセルジュが私を見下ろしていた。

「ごめんなさい。貴方がとっても魅力的だったから、緊張してしまったみたい。こんな時にお腹が痛くなるなんて、恥ずかしいわ」

自分でもわざとらしいと思うけど、背に腹は代えられない。他に上手く逃げるための口実も思いつかないし、一時休息という体で退室しよう。

「それはいけないな。そんなに楽しみにしていたなら、もっと早く来てくれればよかったのに」

「そうね、ごめんなさい。ちょっと、外の空気を吸ってきますわ」

「わかった。待っているから行っておいで」

そう言うと、彼は微笑む。自分では魅力的だと思っているらしい、自信ありげな笑い方だ。

かつてあれだけ素敵だと思っていた微笑みも、もう薄っぺらいものにしか見えない。笑みだけでなくセルジュの全てが色褪せて見える。

図書室の扉を開けた私は、急いで部屋の外に出た。本好きの私が、貴重な本がたくさんある部屋を出てホッとする日が来るなんて、考えたこともなかった。

そのまま建物の外に出ようと、とりあえず、近場の応接室へ避難する。外に面した扉を開けてテラスに出ると、侯爵家の緑の庭が目に入ってきた。

久しぶりに空はよく晴れている。吹く風は冷たいけれど心地いい。手入れされた草木は整然と並び、所々に花も咲いている。少し肌寒いけれど、日差しの中は暖かそうだ。向こうに見える噴水が水飛沫をあげ、太陽の光を反射してキラキラ輝いている。

気持ちのいい午後だけど、落ち着いている場合じゃない。ここから早く脱出しなくちゃ。

テラスから庭に続く階段を下り始めたその時、噴水の向こうから歩いて来た人物が私の目に映った。

背の高い彼は、私のよく知る素敵な人で、一緒にいるだけで楽しい人。私が最も信頼を寄せている彼は――えっ⁉　髪が金色だ！

一瞬混乱した私だったが、太陽の光が彼の鳶色(とびいろ)の髪を透かして、金色に見せているのに気づく。

突然、全てがわかった。

私はどうして思い違いをしていたのだろう。

昔、私に付き添って隣で本を読んでくれたのは、セルジュではなくレギウスだ！

頭の中の霧が晴れていくように、当時の記憶を思い出した。野苺(のいちご)摘みの帰りに風邪を引き、高熱で寝込んでいた時のことを。

意識が戻った時、お気に入りのピンクの寝間着に着替えさせられた私は、自分の家のベッドで寝ていた。隣には、濃い金髪の少年がいる。彼は私の手を握り、『頑張って』と声をかけ続けてくれていた。

そんな彼の姿に、私は微笑む。貴方も着替えたんだね。でも、自分の家に帰らなくてもいいの？

そう言いたいのに、声が出ない。そんな私を見て、貴方は安心させるように穏やかに微笑む。

次に目を開けた時も、貴方はそこにいた。心配そうな顔をした私の父と一緒に。

『リア、苦しい？　何かできることはない？』

『それならお願い、そこにある本を読んで。私、その話が一番好きなの』

『読むのはいいけど、君はちゃんと目を閉じていないとダメだよ。早く治って元気にならなくちゃ』

そう言うと貴方は、枕元で私のために本を読んでくれた。よく通る優しい声で、すらすらと。その声は今よりも高く、現在のセルジュの声質に近い。

髪も今のような鳶色（とびいろ）ではなく、茶色に近い濃い金髪だった。きっと年齢と共に、色が濃くなったのだろう。

私の熱が下がった頃から、レギウスの足は遠のいてしまった。代わりに現れたセルジュが『君の看病は大変だった』と私に告げる。

それからいくら待っても、レギウスは屋敷に来なかった。哀しむ私にセルジュはさらに嘘を吹き込む。

『弟は君のことなんてどうでも良くなったみたいだね。別れも告げずに全寮制の学校へ行ってしまうなんて』

私の喪失感を埋めるように優しく振る舞い始めたセルジュは私をリアと呼び、ピンクのリボンをくれた。

『思った通り、リアにはピンクが似合うね』

そう言われた時、私はついに、本を読んでくれた少年がレギウスではなく、セルジュだと思い込んでしまったのだ。

少年がレギウスだったという決め手は、彼の放った言葉の中にある。

レギウスは、私の好きな『薔薇姫と黄金の騎士』の一節を覚えてくれていたのだ。

さっきレギウスが、図書室を出る前に私に囁いた言葉。懐かしいと思ったのも当たり前だ。

『光の幸いがあらんことを』という台詞は、物語のヒーローがマリリアに捧げた言葉。身分の壁に引き裂かれ遠く離れることになっても、黄金の騎士は愛する王女の幸せを願う。

幼い私が恋をしたのは、近くにいたいと望んでいたのは、レギウスの方だった！

「ギィ……」

胸に両手を当て、噴水の側に立つ彼を一心に見つめる。

私は今もギィが好き――

――よく考えれば、わかるはずのことだった。

協力すると言われて嬉しかったのはなぜ？　ダイエットやダンスのレッスンも楽しんで続けられた。灰青色の瞳で優しく微笑みかけられると、いつでも胸が高鳴る。私は彼に褒められたくて、認められたくて努力していたのだと思う。

最初は確かにセルジュに仕返しするためだった。でも途中から、セルジュのことなどどうでもよくなっていて。

乗馬もダンスレッスンも、本当はレギウスと一緒に過ごすための口実だ。教えてほしいと頼めば、彼は断らないと知っていたから。

彼から訪ねて来ないのなら、私が行けばよかった。一日中待ち焦がれるくらいなら、馬車に飛び乗って、顔を見に行けば良かったのだ。明日からまた、会えなくなると知る前に――

いつしか私の目には涙が浮かんでいた。眼前の愛しい人の姿がぼやける。

私はバカだ。仕返しなどと考えずに、与えられたレギウスとの時間をもっと楽しめば良かった。こんなに近くにいて、こんなに優しくしてもらっていたのに、とうとう最後まで自分の想いに気づくことができなかったなんて。

「ギィ……」

溢れるほどの想いを込めて、もう一度名前を呟いてみる。

間違えなければ、私は最初から貴方の側にいられたのだろうか。好きだと口にし続けて、いつか振り向いてもらえる日が来たのだろうか。

夢見るだけなら自由だ。セルジュでなく、レギウスが私の相手だったなら、と。

彼とだったら、私は絶対に婚約破棄などしなかった。

休みの日には朝早く起き、一緒に出掛けていただろう。もちろん家の中にいても楽しいし、話すだけでも面白い。招待された舞踏会では、二人揃って仲良くワルツを踊る。息ピッタリな様子に、会場中が息を呑んだかもしれない。日頃から練習している私達なら、きっと何曲踊っても疲れないだろう。

両親は喜び、友人達には祝福される。弟も彼に懐いているから、私よりも先に彼に抱きつくかもしれない。私は笑って弟を見ながら、『次は負けないわ』なんて張り合ってみたり。

「婚約したのが貴方だったら……」

今さらどうにもならないけれど、そう思わずにはいられない。もしもセルジュと婚約する前に戻れるなら、私は引き換えに何を差し出しても構わないのに。なりふり構わず貴方に向かっていれば、いつかは私の想いを受け入れてくれたのだろうか——

テラスで物思いにふける私に気がついたのか、レギウスが向こう側から走り寄って来る。

「どうした、リア。兄と上手くいかなかったのか？」

浮かぶ涙を見たのか、彼は心配そうに尋ねてきた。本当に貴方は、いつだって優しいのね。それが私への好意から来るものだと勘違いしそうになるくらい。

私は黙って首を横に振る。

『違う、セルジュなんてどうでもいい。私が好きなのは、レギウス、貴方なの』

そう言えたなら、どんなにいいか。

だけど、私にそんな資格はない。未来ある飛竜騎士に傷物の女は似合わないのだから。

口を開けば想いが溢(あふ)れ出してしまいそうで、私はだんまりを決め込んだ。

「リア、お願いだ。泣かないで」

レギウスは困った様子で、涙を流し続ける私を、小さな頃と同じように優しく抱き締めてくれていた。

その後私は具合が悪いと言って馬車に乗り、家に戻った。セルジュを放置してしまったけど、もう仕返しもしないと決めたことだし、気にしないようにしよう。

落ち着いたところで、さっそく侍女のマーゴに話をしてみる。

「あのね、マーゴ。聞いてもらいたいことがあるの。誰にも言わないって約束してくれる？」

「もちろんです。何かあったのですか」

「私、レギウスのことが好きみたい」

本人には言えないから、マーゴにだけ打ち明ける。ただしすごく恥ずかしいので、両手で自分の顔を覆いながら。指の隙間から恐る恐る反応を窺うと……あれ？　全然動じていない。それどころか、肩を竦めてため息までついている。

「今さらですか。わかっていないのはお嬢様と、ずっとお側にいたあの方だけでしょうね」

「え？」

「まったくお嬢様もじれったい。好きなら好きとおっしゃればよろしいのに」

「そんなこと、言えるわけがないわ。考えてもみて？　私はセルジュとの婚約を解消したのよ」

「それが何か問題でも？」

マーゴはこともなげに言う。そうか、彼女は平民の出だから、貴族ほど形式にこだわらないのね。この国の貴族社会では、婚約を破棄または解消すれば、女性側は純潔であるとみなされなくなり、社交界から弾き出される。その時点でほぼ、まともな相手との縁談は望めない。

けれど貴族階級以外なら、そんなに堅苦しい規則はない。誰と何度お付き合いしてもいいし、結婚も離婚も比較的自由だ。

「そうか！　私が平民になればいいのね」

「違います。そのようなことを私がお嬢様にお勧めするとでも？　旦那様に叱られてしまいます」

「えっと、じゃあどういうこと？」

「先ほど既に申し上げました」

「好きなら好きって言えばいい？　だからそれは……そうか、そういうことね！」

たとえ結ばれないのだとしても、好きだと告白するだけなら問題ないはず。そう気づいて、途端に心が軽くなった。

思いやりのある優しいレギウスなら、私が好きだと言っても手ひどく拒絶したりはしないだろう。きっと困ったように、ただこう言うだけだ。

『ありがとう、気持ちは嬉しい。でも、ごめん』

それでもいい。想いを伝えるだけなら私にだってできる。だけどレギウスは、セルジュの何倍も素敵で立派な人だ。その彼に告白するためには、私ももっと成長しないといけない。

セルジュに仕返ししようとしていた私は、今まで外側を磨くことしか考えていなかった。マナーや教養は二の次で、どちらかというと後回し。

国内の情勢に疎く、地理や歴史にも弱いため、レギウスの語る楽しい話と、それが起こった場所がいまいち結びつかない。混乱する私に、彼はいつも噛み砕いた説明をしてくれたのだ。

彼のパートナーである飛竜の生態についても、私は詳しくは知らない。飛竜騎士が普段どんな生活をして、どんな仕事をしているのか。彼の話を聞くだけで、自分から興味を持って尋ねることをしなかったからだ。

そんな私に告白されても、レギウスだって困るだろう。彼が好きなのは確か――

『弱々しいより健康的な女性の方が俺は好きだ』

それからこうも言っていたっけ。

『練習なんてしなくても、品の良さや心の美しさは自然と態度ににじみ出る。君のように』

最後の『君のように』は明らかにお世辞だから真に受けないとして。でも、頭が悪く、元婚約者に仕返しを計画する暗い女より、明るく純粋な心の持ち主の方が好きってことだと思う。

「彼は外面よりも内面の美しい女性が好きなのね。綺麗になるって、痩せるだけじゃダメなんだわ。体形よりも精神を鍛えなきゃ」

改めて尊敬してしまう。私の好きな人は、なんて素晴らしい考えを持っているんだろう。

「決めた！　私、これからはレギウスに告白するために、今よりもっと綺麗になるわ。当たって見事に砕けてみせる！」

「砕けるのはどうかと思いますが……。でも、それでこそお嬢様です」


それからというもの、私は外側よりも内側を磨くことを心掛けた。新たな目標ができたおかげで気が紛れたけれど、それでも庭に出ると、どうしてもレギウスのことを考えてしまう。

朝露を含んだ薔薇、植え込みの陰にひっそりと咲くコスモス。その花を綺麗だと言った私に、彼は笑顔で頷いてくれた。噴水の横のベンチに座り、偶然できた虹を二人で眺めたこともあったっけ。大きな樫の木陰に寝転ぶ貴方を、私は『子供みたい』と笑う――

庭を歩くたび、一緒に訪れた場所に来るたび、その時に話した彼の言葉や表情が浮かんでは消えていく。

『……で、そいつは飛竜が口から火を吐き出すと信じていたから、後ろに下がった。その結果、今度は尾の餌食になったというわけ。あっさり捕らえることができたよ』

『そうか、頑張っているみたいだな。短期間で驚くほど痩せたから、効果もあるんだろう』

『一週間どころか二週間を過ぎても食べていたから、意外に好きなのかと思ったよ。騎士団にも時々いるんだ。あの味が忘れられないって変わり者が』

『変わり者ですって？　ひどいわ』

わざとムッとした私に、レギウスが声を立てて笑う。

彼の隣にいた私は、いつも笑っていた。

あんなに近くにいたのに、どうして好きだと気がつかなかったのだろう。与えられた時間が、なぜ当たり前だと思っていたのかしら。考えれば考えるほど、レギウスに大事にしてもらっていたことがわかる。彼の軽口も笑顔も困った様子も、全てが懐かしくて恋しい。

レギウス。私は今、貴方に会いたい。

思わず空を見上げる。目を凝らしたところで彼の姿が見えるわけではないけれど、最近は外に出るたび空を見るのが癖になってしまった。今この瞬間に、大好きな人が通るかもしれない。その一瞬を見逃したら、すごく悔しい思いをする。

貴方は今、どこにいて何をしているの？　少しは私のことも思い出してくれている？　世話の焼ける幼なじみだと笑い飛ばしてくれてもいい。忘れられてしまうより、私は貴方の記憶に残りたいの。

——ねえ、レギウス。私は今、貴方にふさわしい女性になるため努力をしている。外見を磨くより、内面を磨く方がはるかに難しいわね。色んなことを学んでいくうちに、世の中のことももっと知りたくなったわ。女性に教養は必要ないとされるこの国で、私の考え方が受け入れられにくいのはわかっている。でも両親は、密かに応援してくれているみたい。まるで、側で見守ってくれた貴方のようね。

——まだまだ知りたいことがあるし、学びたいことだってたくさんある。だから私は、修道院には行かないと決めたのよ。一生独身だからといって、それが全てではないと気づいたから。神にお仕えする人生も立派だと思うけれど、本も自由に読めない環境は私に合わないみたい。どこかに小さな住まいを借りるか、田舎に戻ってつましく静かに暮らすつもり。

暇ができたら時々は、私に会いに来てくれる？

——綺麗になるのは貴方のため。他の誰でもない大好きな貴方に、綺麗な私を覚えておいてほしいから。

ダイエットのお礼に加え、大好きなレギウスに贈り物がしたくて、私は今、手巾に飛竜の刺繍を施している。裁縫はあまり得意ではないけれど、少しずつ練習していけば、このいびつな蛇もいつか飛竜に見えるようになるかもしれない。

気づけば、一年の終わりを迎えようとしていた。

第四章　仕返しも愛も惜しみなく

新年を祝う舞踏会は、この国の三大公爵家が持ち回りで開催する。今年は我が家の番なので、両親をはじめ、弟や使用人達もかなり張り切っている。貴族はもちろん王族の方々も参加されるから、準備には細心の注意が必要だ。そのためここ最近はかなり忙しく、私も裏方として駆り出されていた。

「招待状って書くのが大変だわ。サインだけでいいのかと思ったら、一人一人にメッセージを書いておいてくれって父が言うの。それなら自分で書けばいいのにね」

現在は書斎に籠り、出席者のリストとにらめっこしている。招待する人数も多いので、招待状の山がなかなか減らない。

「お嬢様は昔から、字だけはお綺麗ですからね」

「マーゴ、それって褒めているの？」

「もちろんです。今は字だけではなく、全てがお綺麗だっていう意味ですよ」

「そう？　それなら嬉しいけれど」

何だか上手くごまかされたような感じだ。おまけに褒めてはくれても代わってはもらえない。私はため息をつくとペンを置き、凝った肩をほぐそうと大きく伸びをした。

「んーっ。身体を動かせないのも、なかなかつらいわね」

以前の私なら、肉体労働よりこういった裏方の仕事を好んで引き受けていたはずだ。でも今は、会場のチェックや発注する品物の確認、宿泊客用の部屋の見回りなど、身体を動かす仕事がしたい。けれどそちらは両親の担当だ。中途半端に手を出して邪魔するくらいなら、このままここで書き物に没頭していた方がいいだろう。

弟は次期公爵として、こんな時でも家庭教師と勉強している。一般教養だけでなく最近では領地の経営を学んでいるみたい。十六歳の成人前にいろいろ詰め込んでおかないといけないから、かなり大変だ。私も自分磨きはいったん休み。代わりにこうしてお手伝いをしているというわけ。

「さてと、続きを書くとしますか」

招待状の山に目を向ける。大抵は季節の挨拶と『お待ちしております』の一言を。知り合いには、『是非お会いしたい』という意味の言葉を書き添える。けれど会場で会うことはできないので、友人とは事前に別室で会うか、私の部屋にこっそり招くしかない。

この国の貴族制度は女性に厳しい。婚約を解消した私は、たとえ自宅が会場でも舞踏会には参加できないのだ。もし構わずに出席したら、『純潔を失っても相手を探している。みっともない』と揶揄されたり、注目の的になったりしてしまう。変な噂で家族の顔を潰さないためにも、当日は部屋でおとなしくしていることにしよう。

「私に会いたいと言ってくれるお友達が来たら、部屋に案内してね」

「もちろんです、お嬢様」

しっかりしたマーゴになら安心して対応を任せられる。

うちで開かれる舞踏会に参加できないなんて本当は悲しい。でも、カトリーヌや他の女友達に会えたなら、少しは気も晴れるだろう。

繊細なガラスのペン先をインク壺に浸してメッセージを書き綴る。その作業を何度も繰り返さないといけないから、ちょっと面倒くさいけど、だんだん楽しくなってきた。日本での年賀状出しの作業を思い出したせいかもしれない。

「あら、これって……」

レギウスの名前を見つけた途端に胸が高鳴る。宛名を見ただけで胸がときめくって、相当重症かも。彼は既に新しい任地へ向かったらしい。王都よりはるか南の国境沿いで、のどかな街だそうだ。

「第二王子の推薦で、新たな任務を得たという話だったわね。そんなに忙しい彼が、出席できるとは思えないけれど……」

ため息交じりの声が出る。会いたいという気持ちは、日に日に大きく膨らんでいた。

レギウスに関することなら、どんなに小さなことでも知りたいと思う。後から知ったことだが、彼が第二王子と懇意で信頼も厚いという話は、令嬢達の間ではかなり有名なのだとか。私が世間知らずだっただけ。今回の彼の異動先も、たまたま飛竜騎士の話題が出た時に、カトリーヌが教えてくれたのだ。

『飛竜騎士のレギウス様、第二王子の推薦で国境警備に向かったんですって』

彼女の言葉に、私は耳を澄ませた。

『第三部隊が新設されて、そこに引き抜かれたらしいわ。あそこはちょうど年頃の娘がいる辺境伯領の近くでしょう？　結婚相手として目星を付けられているんじゃないかって、専らの噂よ』

その後のことはあまり記憶にないが、心臓がドクンと嫌な音を立てたことだけは鮮明に覚えている。

休暇明けのレギウスが、そんなに遠くに行ってしまっていたとは知らなかった。彼からは、仕事に戻るとだけしか聞かされていなかったのだ。出世したのはもちろん嬉しいけれど、それを私に話すほどではないと判断されたのは、すごく悲しい。

レギウスが向こうで婚約したと、嬉しそうに報告してきたらどうしよう。いえ、報告すらされずに、後で風の噂に聞くことになったら？　私はまだ、自分の本当の気持ちを彼に伝えていないのに。

考えごとを中断し、再びペンを執る。今の素直な気持ちを招待状にしたためることにした。

――お忙しいとは存じておりますが、お越しいただけたら嬉しいです。

それからこうも書いておく。

――舞踏会の後で、お話ししたいことがあります。

無理強いするつもりはない。ここ最近の勉強のおかげで、飛竜騎士がどんなに立派で大変な職業なのかが、もうわかっていたから。けれど、会えないと思うと無性に会いたくなるのが、複雑な乙女心というものだ。

もしも来てくれたなら、前より綺麗になった私を見てほしい。外見だけでなく内面も、彼に釣り合うように努力をしたから。乗馬やダンスの復習も続けているし、体形だって維持できている。教養やマナーを習得しようと、あれから家庭教師をつけてもらい学んでいるのだ。

他にも、この世界の発展に役立てばと、ダイエット料理をさらに改良してみた。作りやすい簡単なレシピができたから、いずれ本にして世に広めようと思う。

「貴方は今の私を見て、綺麗だと思ってくれるかな」

こんな感情は、セルジュと婚約していた時には全く抱かなかった。私に対する愛情はない、と言い切ったセルジュに負けず劣らず、私も、彼のことをそれほど好きではなかったみたい。

間違った婚約が望まない結果を生み出した。セルジュだけを責めるのは、おかしかったのかもと、この頃よく考える。

「どうしよう。勉強したおかげで、心まで広くなったわ」

今では過去を笑い飛ばす余裕も出てきている。それも全てはレギウス——貴方のおかげ。

考えながらも黙々と作業していたので、招待状もかなり減った。今日中には終わるだろう。

「さあ、お嬢様。お茶にしましょう」

ようやく休憩時間になったのか、マーゴがお茶を淹れてくれる。

「ありがとう。手も痛くなってきたし、ちょうど休みたいと思っていたの」

「わかっております。お任せください」

そう言って笑う彼女にも、ダイエットではずいぶんお世話になった。私の侍女がマーゴで良かった。

マーゴも私の態度に何かを感じたのか、手巾を片手に大げさに泣きまねを始める。

「お嬢様が修道院行きを諦めてくださって良かったです。旦那様も奥様も坊ちゃまも、みんな不安に思われていましたから。お話を聞いて胸を撫で下ろしていらっしゃいましたよ」

　彼女はその後で、私達使用人も皆喜んでいる、とつけ加えてくれた。

「ありがとう。私もみんなが大好きよ」

　屋敷の皆の心遣いがありがたい。面倒をかけるだけのダメな私だけれど。

　そう、私は修道院に入るのをやめた、と宣言したのだ。意外なことに、反対するどころか、驚く人すらいなかった。

　婚約破棄をしたばかりの頃の私は、セルジュへの仕返しが済んだらやはり修道院に行くものと、頑なになっていた。そんな私の考えを変えたきっかけは、やっぱりレギウスで。

　彼を好きだと自覚し、彼にふさわしくあろうと自分を磨くうち、神に仕えるだけが全てではないと気がついたのだ。そのことを家族に伝えると、思った以上に歓迎された。こんなに喜んでもらえるのなら、やはり行かなくて良かったと思う。

　とはいえ、今後も王都にあるこの屋敷で過ごすわけではない。結婚できない娘がいつまでも居座っていれば、これから結婚相手を探す弟や両親に迷惑がかかるからだ。

　この大掛かりな舞踏会が終わったら、田舎の領地に引き上げようと思う。緑の多い公爵領の管理を手伝いながら、今後の身の振り方を考える予定だ。一生は長いのだから、焦る必要はない。私はそこで、自分にできる新たな道をゆっくり探そうと思う。

　ただ、王都を去る前に、レギウスに告白する機会が欲しい。彼に好きだと伝えれば、今度こそ本当に気持ちの整理もつくはず。きっと振られてしまうけど、友人として時々田舎(いなか)に顔を出してほしいとお願いしてみるつもりだった。

「一緒になれないことはわかっているの。……当分は、森を見るたびにレギウスのことを思い出してしまうわね」

懐かしい森の近くで暮らしていれば、いつかは貴方のことも思い出にできるだろうか。側(そば)にいられないとしても、楽しかった記憶を辿れば、少しは心が慰(なぐさ)められるのかしら。

万が一レギウスが想いを受け入れてくれた場合のことも、実は想像してみたことがある。

仮に婚約できたとしても、彼は私のせいで悪意ある噂の的になってしまうだろう。

『兄のお下がりでいいのか？　侯爵家を継げない次男だからって舐(な)められすぎだ』

『傷物の女を妻にするなんて、お前も変わっているな』

『飛竜騎士ならもっといい相手を選べただろう？』

そう言われ続けたら、レギウスだってそのうち私をうっとうしく感じる日が来るかもしれない。

何より嫌なのは、彼が悪く言われることだ。好きな人が私のせいで困る姿は絶対に見たくない。

けれどこれは、レギウスが、ＯＫしてくれたらの話。現実はそうならないと、きちんと理解している。

好きだと告げるだけ。想いを押しつける気など、もちろんないから。私と離れて寂しいと、少しでも思ってもらえたならそれでいい。

賢明な侍女は何も言わなかった。私の考えをわかってくれているのだろう。

田舎の領地には、できればマーゴにも一緒に来てもらいたい。けれど、若い彼女に『田舎に一緒に来て』とお願いするのは残酷だ。王都の方が人も多いから、素敵な人と出会う機会もたくさん訪れる。

今後どうするつもりなのかそれとなく聞くと、驚きの答えが返ってきた。

「もちろんご一緒いたしますよ？　私がお側を離れて、お嬢様がお一人で暮らしていけるとは思えませんので。それに、息子も喜びます。田舎の方が思い切り走り回れていいと、むしろ今から楽しみにしているようで」

「む、むむ、息子〜〜!?」

「ええ。お伝えしていませんでした？　もうすぐ六歳になるんです。やんちゃで可愛いですよ」

「ごめんなさい。知らなかったわ」

言われてみれば、彼女は住み込みではなく通いで働いてくれている。街に家を借りていると聞いたことがあったけど、まさかそこで、旦那様とお子さんと一緒に生活していようとは。

「それならやっぱり、王都の方が何かと便利よね」

「正直に申し上げて、以前のお嬢様なら悩んでいたかもしれません。けれど、近頃の一生懸命で頑張り屋のお嬢様から離れる気は、まったくありません」

そう言ってくれるのは嬉しいけれど、領地はここから遠いのだ。

「マーゴが息子さんと田舎に行ったら、旦那様が困るでしょう。王都でお仕事もあるだろうし」

「いいえ。私が働く代わりに主人が家のことを引き受けてくれているので、家族揃って引越しできます。主人の作るローストポークは絶品なんですよ。それに公爵家のお給金は、三人で生活するには十分な額ですから」

なんてこと！　お手本にすべきキャリアウーマンが、こんなに近くにいたなんて。どうりでテキパキしていたはず。でも、だったらマーゴはいったいいくつなの？

「ねえ、マーゴって実はいくつ？」

「二十五ですよ。お嬢様より六つ上です」

美人だし童顔だから同い年くらいかと思っていたのに、実はベテランさんだったのね？　楽しそうに笑う彼女に私が少しだけ恨めしげな視線を向けたのは、言うまでもない。

翌々日。直接舞踏会の招待状を渡すため、私はカトリーヌに会いに伯爵家へ行くことにした。彼女は私を見るなり喜んで、自分の部屋に招いてくれる。私はそこで、修道院行きをやめたことを真っ先に彼女に伝えた。

「良かったわ、貴女が思い直してくれて。だって、あんな最低男のために残りの人生を捨てるなんて、バカバカしいもの」

カトリーヌは相変わらずセルジュに対して辛辣だ。

でも、一つ訂正してほしい。修道院での生活だって、人生捨てると言われるほどではないと思う。そもそも、未婚の女性が独身を貫くためとはいえ、修道院に入らないといけないという規則はないのだ。そこはほら、私の趣味というかイメージというか。当初、男性はもう懲り懲りだと考えていた私が、清廉で敬虔な修道女生活に勝手に憧れを抱いていただけだから。

「修道院のせいでは……」

「もちろんわかっているわ。それよりフィリア、彼の新しい噂、聞いた？」

一瞬ドキリとしてしまう。彼ってまさかレギウス？　彼がとうとう結婚するの？

聞きたいようで聞きたくない。急に息苦しくなって冷や汗も出てきたようだ。今の私は、何かにつけてすぐにレギウスと結びつけてしまう。

けれど、カトリーヌの言う彼とは、セルジュの方だった。またもや悪い噂が持ち上がっているそうで、今度は女性絡みではなくて、金銭トラブル。はっきり言ってセルジュのことなんてどうでもいいし、興味もない。もう名前も聞きたくないというのが本音だ。

けれどカトリーヌは違うようで、新たに仕入れた噂を私に聞かせようと待ち構えていたようだ。可愛い顔してゴシップ好きな彼女は、結婚したら、貴族の奥様方のトップに君臨するに違いない。

「いろんな所に借金して大変みたいよ。とうとう侯爵家にも取り立て屋が来て、大騒ぎになったのですって。お父様の侯爵もさすがにお怒りらしいわ」

「侯爵家に？」

私は思わず聞き返す。厳格な侯爵がどんな反応をしたのか、聞くだけでも恐ろしい。レギウスも兄の愚行に心を痛めているのではと心配になる。

「フィリアったら、やっぱりあの男が気になるの？」

セルジュ？　いいえ全然。私が気にしているのはレギウスよ。

「まさか。それよりセルジュの借金って？」

元婚約者に興味はないけれど、借金のことは気になる。以前うちに請求に来た、彼と彼の浮気相手の衣装代もどうなったのかしら。

「賭け事よ。借金がどんどん膨らんで、どうやら返済にも困っているみたい」

「賭け事ねえ」

最近街では、ギャンブルが流行っているという話を聞いた。前世で言う、トランプに似たカードを使い、のめり込んでしまった人は、土地や屋敷まで担保にして遊ぶらしい。裕福な貴族をカモにする性質の悪い輩もいると、父が嘆いていたのでよく覚えている。

「それでね、お金がなくなったせいで愛人にも逃げられてるんですって。あんなに大勢取り巻きがいたのに、みーんな離れていったそうよ」

カトリーヌが肩を竦めながら言う。さすがは情報通だ。

ふと気づく。そうか、だから一ヶ月前、侯爵家でセルジュにぐいぐい迫られたのか。きっとあの時既に愛人に逃げられていて、代わりを探していたんだろう。そこへのこのこ出向いた私が好意を示してきたものだから、喜んだに違いない。色っぽいタイプを装った私は、遊ぶには絶好の相手だと判断されたのだろう。

でも、まさかあの時のセルジュのクマや寝不足がギャンブルのせいだったとはね。

取り立て屋に追い回されるくらいだから、セルジュは相当借りたのだろう。私には借金してまでそんなものに夢中になる気持ちはわからない。

別れて良かったとつくづく思う。私の選択は間違っていなかったみたいね。女好きで賭(か)け事好き、借金がたくさんあるって、ダメ男の典型じゃない。仮にあのまま結婚していたら、私は毎日生きた心地がしなかったはず。

「ああ、でも……」

カトリーヌが突然、顔を曇(くも)らせる。何、まだ悪いことがあるの？

「昨日、私の彼から良くない話を聞いたのよ。あの男ったら早く借金を返そうとして、儲(もう)け話に一枚噛んで大損を出したんですって。おかげでいよいよ首が回らなくなって、必死だそうよ」

セルジュ、カード遊びも商売も失敗するなんて。商才がまったくないんじゃないの？

「彼のお父様は？　侯爵様はどう思われているのかしら」

長男のセルジュばかりを可愛がっていた侯爵も、今回のことで彼の本性に気づいたはず。親の前では猫を被(かぶ)っていたセルジュも、言い訳できずに焦っているかも。

「さあ。そこまでは何とも。フィリア、やっぱり気になっているんじゃないの？」

「いいえ、それはないわね」

首を横に振り全力で否定する。彼の行いは自業自得だ。私が仕返しするまでもなく、勝手に自滅していたのね。同情する気はないけれど、彼が周りの人間をもっと大事にしていたら、今のセルジュに手を差し伸べる人もいたことだろう。

「今頃、借金取りに追われて忙しいでしょうね」

私は淡々(たんたん)と口にして、あることに気づいた。そっか、この前熱心に口説(くど)かれた割に、あれから何の音沙汰もないのはそのためだったのね。

レギウスの友人として紹介してもらった私。私が帰った後、兄弟の間ではどんな会話があったのかしら。レギウスを通して何も言ってこないってことは、もういいのよね？　それとも、レギウスは私が困ると思って、わざとセルジュの誘いを黙っているの？　どうやら彼は、マリアの正体についてセルジュに明かさないでいてくれたようだ。

気掛かりなのはレギウスのこと。まさかとは思うが、兄の素行のせいで彼が飛竜騎士を辞めさせられるような事態になったら大変だ。

彼を想い、私はため息をつく。頭のいい彼なら、心配しなくても自分で何とかできるとわかってはいるけれど。

カトリーヌが物問いたげに私を見ている。不安な気持ちが彼女に伝染してはいけないと、私は話題を変えて新年の予定を聞いてみることにした。

「それで、カトリーヌは我が家の舞踏会にはいらしてくださるのかしら」

「もちろん。オーギュスト様と一緒に参加させていただくつもりよ」

「そう。だったら後で私の部屋にいらしてね。広間には行けないけれど、是非お会いしたいわ」

「ええ。私も紹介するのが楽しみだわ」

ほんのり頬を染めて可愛らしい顔で笑う彼女を、私はまたいいなあと羨んでしまった。

年明けすぐに、我が家で舞踏会が催された。新しい年を祝う大掛かりなものだ。

この国では秋と冬の社交シーズンに、王都に人が集まってくる。幸い王都はこの国でも比較的温暖な地域にあり、雪も滅多に積もらない。だからこそ、人々は冬にパーティーに興じることができるのかもしれなかった。

招待客が次々到着し、大広間に集まる中、私はもちろん部屋で待機。さすがに王家の方がいらしたら挨拶しないといけないけれど、今は政務が忙しいらしく、今回王家からはどなたも参加されないと聞いている。そうなれば、後は親しい人だけ部屋に招けばいいので、案外気が楽だ。

私は部屋の姿見の前に立つ。鏡の中にはピンクのドレスを着たほっそりした女性が映っていた。

「前回とは、まるで違うわね」

舞踏会に出席できない私は、婚約を破棄した時に着ていたピンクのドレスを纏うことにした。といっても、大幅にサイズ直しをしてもらったから、誰かに姿を見られても気づかれないと思う。首回りは下品になり過ぎないように、今風のスクエアカットを採用。ゴテゴテのレースやリボンなどの装飾はほとんど外し、シンプルに仕上げた。裾のフリルだけは取ると足首が見えてしまうため、そのままにしている。

直す手間を考えたら、新しく仕立てた方が早かったのかもしれない。だけど、私は今日でこれまでの甘い自分とはきっぱり別れようと決めている。弱い心は要らない。――情けない自分も。

以前の私は、これから当分ピンクの服を着られないと嘆いていた。ブタだと言われ笑われたことは、今でも最悪な記憶として残っている。

けれど、そんな私でも痩せれば綺麗になれることを、大好きなあの人が教えてくれた。美しさは外見だけでなく、心の在り方だとも。だから私は、今日どうしてもこのドレスを着て、ブタやブスだと言われたことをもう気にしていないと自分に証明したかったのだ。

桃色の髪はアップにして、左右の横髪を少し垂らし、サイドには緑色の薔薇の髪飾りを付けている。レギウスからの贈り物は、私に勇気を与えてくれる。

「緑の薔薇の花言葉の一つが、『希望を持ち得る』だなんてね。今の気分にぴったり」

まさに、これから新たな人生を踏み出そうとしている私を表しているようだ。色も彼の言う通り私の瞳と同じ色。緑色は桃色の髪にもよく映える。

ちなみにもう一つの花言葉は『穏やか』で、贈り主のレギウスの人柄にぴったりだと思った。

彼が図書室で花言葉を聞いてきたのは、これからも頑張って、と私に伝えようとしたから？　それとも、今後は穏やかに生きてほしいという願いを込めてくれたのかしら。どちらにしろ、私はこの髪飾りを目にするたびに、彼のことを思い出すだろう。いつか全てを笑って話せるようになると、希望を持つことも忘れない。

鏡に映った自分に満足する。ナルシストになるつもりはないけれど、これが今の私の精一杯の姿。

不意にノックの音がした。部屋の外から執事が私に声をかけてくる。

「お嬢様、旦那様とお客様がお呼びです。急いでお越しを」

急がなければいけない相手って誰だろう。まさか、レギウス？

走りたいのを我慢して応接室へ向かう途中、招待客の何人かとすれ違う。急いでいたので頭を下げるだけにした。何を言われていたのかも気にならない。それくらい、今の私は気が急いている。

興奮のあまり少しだけ息を弾ませながら、勢いよく応接室の扉を開けた。ところが、私を待っていたのはレギウスではなかった。直接お会いしたのはまだ一回だけという、非常に珍しいお客様だ。

「ごめん、急がせたみたいだね」

そう声をかけられて、私は最高の敬意をもって礼をした。そこにいたのは、この国の第二王子、エイルーク様。金髪に紫の瞳という華やかな容貌をした彼は、王位継承権第二位の地位にあり、相当の切れ者という噂だ。

王家の方はどなたも出席されないと聞いていたけれど、お忙しい合間を縫（ぬ）ってわざわざお越しくださったなら、きちんと挨拶しなければ。

「とんでもございません。お会いできて光栄です、エイルーク様」

呼ばれた理由は何かしら。女性の身で自（みずか）ら婚約を破棄した私の悪評が、王家にまで届いたから？

「公爵もご息女も息災（そくさい）のようで何よりだ。視察の帰りに急に立ち寄って済まない」

「とんでもございません。ありがたいことです」

「恐悦至極（きょうえつしごく）に存じます」

言葉を返す父に続き、私は再び膝（ひざ）を折った。

父は登城（とじょう）する機会が多いので、もちろんエイルーク様とも顔見知りだ。レギウスからも、彼とエイルーク様は近衛（このえ）騎士時代にライバルだったと聞いているので、ほんのちょっぴり身近に感じてしまう。

「それにしても美しいご息女だ。あいつがどうしても出席したがるわけだな」

「出席したがる？　……あ、いえ、大変失礼致しました」

私は慌てて頭を下げ直す。エイルーク様は気にしていないと言うように片手をあげてくださった。

よし、ギリギリセーフ。

いけない、思わず素で聞き返してしまった。あいつというのは、恐らくレギウスのことだろう。

レギウスったら、王子様にも私のことを話したのかしら。

エイルーク様の言葉通りだとしたら、レギウスは今夜参加してくれるのかな。招待状のメッセージに気づいて、私に会いに来てくれる？

嬉しくなって頬が緩む。にこにこしすぎて、だらしなく見えてしまったかもしれない。

「いや、期待させたところ悪いが、彼の参加は難しいかもしれない。ちょっと問題が発生してね。処理を任せてしまったから、済まないが私からは何とも言えない」

「そう……ですか」

浮上したばかりの気持ちが急降下し、ついがっかりした声が出てしまう。仕事を任せた張本人がこうおっしゃるのなら、本当に参加は難しいのだろう。もしかしたら会えるかもと期待していただけに、すごく残念だ。

レギウスは無事なのかしら。問題が発生したというなら、危険な仕事ではないの？　忙しすぎて身体を壊したり、遠い地で無理をしたりしていないといいのだけれど。

心配のあまり急に胸が苦しくなってきたような気がして、両手を当てた。

そんな私を王子様がじっと見つめてきた。

「大丈夫、彼は私が羨むほどに優秀だ。だからこそ送り込んだ……っと、これ以上は機密なので話せない」

エイルーク様の言葉に少しだけホッとする。レギウスを高く評価してくれている彼を信じよう。きっと無事に任務を終えて、元気で帰ってきてくれる。

「フィリア、お前がエイルーク様のお相手を務めてくれないか」

「えっ、私が？　そ、それは――」

急な父の言葉に慌ててしまう。王子の相手を務めるのは、基本的に配偶者や婚約者、恋人などの、親しい間柄の女性と決まっている。もしくは夜会ごとにあらかじめ決められているのが普通だ。

「済まないね。突然参加したせいで相手が決まっていないんだ。それに私も、君のことをくれぐれもよろしくって、頼まれているしね」

誰からかとは、聞かないでおくことにした。エイルーク様に気軽に頼みごとをできる人物なんて、私に思い当たるのはただ一人しかいないから。でも、いくら頼まれたからとはいえ、社交界に顔を出せない私を指名するのはおかしいと思う。父もエイルーク様もレギウスも、いったい何を考えているのだろうか。

「いいかな、公爵」

「ご随意に」

「お父様っ！」

いくら我が家で開催された舞踏会でも、私が参加すれば公爵である父の顔を潰すことになってしまう。エイルーク様も考え直されるべきだ。この国の上下関係は厳しいから、余程のことがない限り、私側から辞退するのは難しい。彼より身分の低い私が、誘われたら断れないことくらいわかっているはずなのに。だけどこれは、その余程の事態よね？

「あの……」

「ありがとう。引き受けてくれて嬉しいよ」

返事をした覚えはまったくないのにそう返されて、唖然とした。この王子、顔は優しげなくせに意志が強そうだ。大丈夫かしら、後から悔やまれても、責任は持てないのだけれど。

エイルーク様と一緒なら、私が舞踏会に参加しても確かに文句は言われない。少なくとも表立って責める人はいないだろう。王家に堂々と楯突けるほど、度胸のある者はこの国にはいない。

だけど——それを理解した上での行動だとしたら、どういう意図があるんだろう。

「準備ができたらおいで？　あまり長く待たせないでほしいな」

エイルーク様が、茶化すように片目を瞑る。これ以上の質問や反論は許さないということか。やれやれ、こんな強引な方とお友達とは、レギウスも結構苦労しているみたいね。

いったん自分の部屋に戻った私は、マーゴに相談して対策を立てることにした。要求を拒絶できるほどの力はないし、かといって、エイルーク様に恥をかかせるわけにもいかない。

作戦会議の結果、私は前回の侯爵家訪問で使用した金色のウィッグを被って舞踏会へ出席することに決めた。これなら、私であって私でない。王子の隣にいても、運が良ければ公爵家のフィリアだとは気づかれなくて済むはずだ。

時間がないので、ドレスは着替えずそのままだ。鮮やかなピンクは金髪にもよく似合う。それにデザイン自体をだいぶ変更しているから、以前私が着ていたものとはわからないはず。

「それにしてもエイルーク様ったら。いったいどういうおつもりで……」

「いよいよお嬢様の美しさが伝わったようですね」

「マーゴ、それ違うから。レギウスに頼まれたんですって」

「そうですか。レギウス様は離れていてもお嬢様のことが心配なんですね。でもお二人のおかげで、お嬢様がまた舞踏会に参加できるなんて夢のようです。腕によりをかけてお仕度しますね」

参加もしないのにピンクのドレスで装ったのは、今までの自分に別れを告げるため。それが、こんなところで早くも役に立つとは思わなかった。マーゴが丁寧に化粧を施してくれたおかげで、肌の白さと緑の瞳がさらに強調される。金色のウィッグにレギウスの髪飾りを付け直したら、準備は完了だ。

エイルーク様は、先ほどの応接室で私を待っていた。始めは私の髪色の変化に驚いたようだけど、面白そうに笑った後は特に何も言わず、他の貴族の男性と同じように、大広間まで優雅にエスコートしてくださった。

大理石の床には白と金色の絨毯が敷かれ、白い柱には意匠を凝らした彫刻が施されている。大きな窓からは公爵家自慢の庭を臨むことができるし、青い空と雲を描いた天井には豪華なシャンデリアがまばゆく輝いている。我が家のセンスも、他家に決して負けてはいない。

会場となった大広間のあちこちには花が飾られている。豪華な料理も用意され、談笑する人々のお腹を満たしているはずだ。私もギリギリまで準備を手伝ったから自信がある。今日の舞踏会には、レガート公爵家の技と誇りの全てが詰まっていると言ってもいい。

私達の登場に、ざわめきが広がった。会場にいる人達が、こちらを見ていろいろ噂しているようだ。独身の第二王子が見知らぬ女性を伴って現れたことで、好奇の眼差しを注いでいるのだろう。

よかった。この分だと王子様の隣にいるのが私だって、バレてはいないみたい。

「残念だ。さっきのピンクの髪の方が可愛いのに」

「申し訳ございません。やはり、あんなことがあった後ですし」

「婚約を破棄したこと？　相手もバカだね。こんなに素敵な人をみすみす逃すなんて」

素敵な人だなんて……。王子様でもお世辞はきちんと学ぶみたい。でも良かった。私が婚約を解消したこと、やはりご存じだったのね。なのにエスコートを申し出てくださるとは、なんて物好きなんだろう。

「ああ、それと。女性側に負担のかかる悪(あ)しき慣習など、気にしない方がいいよ」

その言葉に、私は目を丸くした。国の頂点に立つ王家の方が、不平等な扱いをそんな風に考えていたなんて、なんだかびっくりしてしまう。

婚約を解消した女性が『傷物』とされるのは、法律に拠(よ)ってではなく、この国の貴族の慣習だ。いわば、勝手なしきたり。社交界を追放された未婚女性の中には、何の非もない者も数多くいる。けれど、相手の男性や慣習のせいで、社交界から泣く泣く身を引かなければならないのだ。謂(いわ)れのない中傷で幸せな結婚を諦めなくてはいけないなんて、本当にあんまりだと思う。

「皆がそう考えてくだされればよいのですが……」

「そうだね。悪しき慣習がはびこっているのは、王族である私達の力不足だ。済まなく思う」

「そんな！　もったいないお言葉です」

慌てて頭を下げる。別に彼に苦情を言いたかったわけではない。それどころか、王家の中にも柔軟な考えを持っていらっしゃる方がいると知り、嬉しいというのが正直なところ。そんな方だからこそ、公平で優しいレギウスとも気が合うのだろう。

ちょっと見直したわ、第二王子。もちろん本人にそんなことは言えないけれど。

だけど、考えてみればそうなのかも。婚約を破棄したからと言って、自分を卑下する必要はない。私は何も悪いことをしていないのだ。浮気をしたり人前で私をバカにする婚約者に我慢ができずに見限っただけ。だから私は、自分を恥じずに堂々としていればいい。

レギウス、もしかしたら貴方は、私にこのことを教えたかったの？

「フィリア嬢、相手を頼んでおきながら済まない。知り合いに挨拶しておきたいので、少し外すよ」

「もちろんですわ。どうぞごゆっくり」

私は笑顔で頷いた。エイルーク様は大臣達のいる一団の方へ向かうようだ。

「ありがとう。じゃあ、また後で」

王子が立ち去った後で、私は考える。レギウスは、私のことを彼にどんな風に話したのだろう。手のかかる幼なじみで大変だよ、なんて愚痴られてなければいいけれど。

想いはすぐにレギウスへ向かってしまう。彼とダンスの練習をした大広間。人で溢（あふ）れ返るこの会場が、今はどこか知らない場所のように感じた。

ねえ、レギウス。貴方は今どこにいるの？　今日の私を見て綺麗だと思ってくれる？　それとも張り切り過ぎだと言って、この前のように顔をしかめてしまうのかな。

会えないとわかると、一層会いたい。レギウスのことを考え、彼を想うだけで胸が苦しくツキンと痛む。彼と過ごした時を想うと、切なさで泣きそうになってしまう。

「はあ……こんなんじゃダメよね。せっかくだから、お料理の減り具合でも見に行こうかしら」

今回のメニューには、私の自信作も何点か出しているのだ。さすがにラーメンは断られてしまったが、カロリー控えめのキッシュやタルトなど、食べ応（ごた）えがあって太りにくい料理も並べてある。

会場の隅（すみ）にある料理コーナーに向かおうとした私は、けれどすぐに、多くの男性に囲まれてしまった。

「ごきげんよう、美しい方。ダンスの相手をお探しですか」

「お目にかかるのは初めてですね。魅力的な貴女に是非挨拶をさせてください」

「こんなに綺麗な方がいらっしゃるとは。あまりの美しさに目を奪われてしまいました」

他にも笑顔の紳士が大勢集まってきて、口々に褒（ほ）め言葉を並べ立ててくる。私は社交界にデビューした時にはもうセルジュと婚約していたから、こんな経験は初めてだ。聞き慣れない言葉の数々に、一瞬パニックを起こしかける。どうしよう？　こんな時にどうすればいいのかまでは、さすがに勉強していなかった。

「失礼。ここにいたのか。探したよ」

言いながらグイッと腕を引かれた。レギウスかしら⁉ 周りから舌打ちが聞こえる中、私は喜んでその人を見上げた。しかし顔を見た途端、がっかりしてしまう。

「セルジュ……貴方、どうしてここに？」

そこにいたのは、元婚約者のセルジュだった。でも彼に招待状を送った覚えはない。婚約破棄の一件以来、母はもちろん父も彼のことを嫌っているから、誰も招待していないはず。彼はどうやってここに潜り込んだのだろうか。

「僕の婚約者はこの家の令嬢だからね。言っただろう？ ブスでデブな婚約者がいると」

相変わらずな彼に呆れてしまう。そう言って、無理やり入って来たのだろう。護衛に絶対に入れないよう、きちんとお願いしておけばよかった。そこまで思い至らなかった自分に後悔しても、もう遅い。

それにしても、本人の前で堂々と罵倒するなんて肝が太い。あら、でも待って？ もしかしてセルジュは、まだ私をマリリアだと勘違いしている？ それとなく探ってみようとしたところ、彼が苦々しげに口を開く。

「君が好きなのは僕だろう？ なのに、他の男にも愛想よくするなんて」

いいえ、貴方なんて好きでも何でもないんだけど。よく見ればセルジュは葡萄酒を手にしていた。少し酔っているみたい。

「美貌を武器に男達を次々と夢中にさせてしまうとはね。全く、油断も隙もない」

何だろう、激しく勘違いをされているような。囲まれて困ってはいたけれど、自分から誘ったつもりはない。エイルーク様だって同様だ。しかもセルジュったら、当然のように私の腰に手を回して顔を近づけてくる。けれど、気持ち悪いからやめてーという祈りが通じたのか、突然彼が手を離す。

「残念ながら、王子には相手にされなかったようだね。ああ、だからって僕のところに来られても困るよ。これから婚約者に会わないといけないんだから。まあ、上手くいったら今後も遊び相手にくらいはなってあげてもいいかな」

愛人から遊び相手に格下げらしい。もちろん絶対にお断りだけど。痩せただけで元婚約者の顔もわからなくなるような人とは、友達になるのだって嫌だ。ムッとした私を見てセルジュが笑う。

「怒った顔も綺麗だね。本当は君の側にいたいよ。でもそういうことだから、今日は僕に話しかけないでくれ」

話は終わりとばかりにグラスを掲げたセルジュは、そのままさっさと向こうへ行ってしまった。

誤解されたままなのは不本意だけど、しつこくされずに済んだのは、かえって良かったかも。

それにしても、今のセルジュの姿はいったいどういうことだろう？　たった一ヶ月の間に、彼は悪い方に様変わりしていた。着ていた服はヨレヨレで、くたびれている。乱れた金髪には艶がなく、しばらく櫛も入れられていないようだ。青い目は血走ってギラギラと異様な光を放ち、頬もこけて顔色が悪く、肌も以前見た時よりもっとボロボロになっている。

セルジュにはひどいことをされたし、一時は仕返しをしたいとまで考えた。だけど、ここまでやつれていては、逆に憐れに思えてくる。

もしかして借金のせい？　取り立てが厳しくて、寝る暇もないくらい大変なのかしら。

賭け事にハマり、方々から借金をしたという噂は本当なのかもしれない。その上、儲け話にも手を出して失敗したという。借金だらけで愛人にも次々に逃げられたそうだから、弱っているのだろうか。金の切れ目が縁の切れ目なんて、彼女達も結構薄情なのね。

私に何かできることがないか聞いてみようかしら。さすがに借金は自分で返してほしいけど、婚約を解消したとはいえ、一度は結婚を考えていた人だ。それに、私の大好きなレギウスの兄でもある。

そこまで考えた私は、大広間の端に別の飲み物を取りに行ったセルジュに歩み寄る。けれど、後ろから近づく私に気づいた瞬間、彼はギョッとした表情をした。

「君、なぜ来た。ダメだと言っただろう」

セルジュはなぜか慌てているようだ。もはや焦っていると言った方がいい。彼は周囲をキョロキョロ眺めた後で私から距離を取ると、片手を前に突き出した。

「待て。一緒にいるところを見られるのはまずい。帰ってくれないか」

そうか。セルジュはまだ、私のことをマリリアだと思っているんだもんね。だったら誤解を正そう。仕返しはやめたんだし、正直に私がフィリアだと打ち明ければいい。

「ねえ、セルジュ……」

彼の顔色が変わる。セルジュは私の腕をいきなり掴むと、自分の方に引き寄せた。そのまま顔を近づけ、誰にも聞こえないようにサッと耳打ちする。

「マリリア、僕を追って来た気持ちはわかるけど、醜く太った公爵令嬢に見つかると厄介だ。今日のところは帰ってくれ」

言うなり彼は、私を冷たく突き放す。その後は目を合わせようともせずに、再び辺りを見回していた。セルジュったら。本当に私がわからないの？

「あ、いけない」

髪に手を当てたところで思い出す。そういえば、エイルーク様と踊るからと被っていた金色のウィッグがそのままだったわ。桃色の髪でないと元婚約者のフィリアだってことがわからないのね？

仕方ない、種明かしをしてきちんと説明してあげよう。

ひどい行いをしたセルジュを『ぎゃふん』と言わせようと思っていた私。だけど、それはもうどうでもいいことだ。私がマリリアではなく、本当はフィリアだと知ったら、セルジュは自分を騙したと、怒るだろうか？

けれど、先に私をバカにして、婚約破棄後も我が家のことを悪く言い続けたのはセルジュの方だ。それに比べれば、私の嘘はまだ可愛いものだと思う。仕返しだって結局しなかったんだし。

思えば彼も私も、互いにあまり好きでもない人と婚約し、結婚しようとしていた。セルジュは財産目当てで、私は相手を間違えて。最初から上手くいくはずなんてなかったんだ。結婚する前に過ちに気づけて、本当に良かったと思う。

壁際の私とセルジュ。偽物の金の髪には壁の照明が当たり、輝いていることだろう。でももう、私は自分を偽るつもりはない。自分を恥じる必要はないと気がついてしまったから。

いつだってどこにいたって、私は私。公爵家のフィリア＝レガートとして、これからも正々堂々生きて行く。

薔薇の髪飾りを外し、胸に押し当てる。

――レギウス、私に勇気をちょうだい。私が私らしくいられるように。

大きく深呼吸し、自分を落ち着かせる。彼のことを想うだけで心が温かくなり、強くなれる気がした。よし、私はもう大丈夫！

髪飾りをドレスの中にしまうと、正体を明かすため、セルジュの肩を軽く叩いた。振り向くセルジュの頬に赤味が差し、いら立ちが浮かんだ。すごい顔で睨まれたけど、ここで引き下がるわけにはいかない。今こそ全てをはっきりさせよう。

私は彼を見ながらにっこり笑うと、金色のウィッグを外し近くのテーブルに置く。ついでに髪を留めていたピンを引き抜き、頭を軽く振る。桃色の髪が滑り落ち、肩の下まで広がった。逃げも隠れもしない。さあ、貴方が会いに来たのはこの私。目の前にいる私が、公爵家のフィリア＝レガートよ。

セルジュの目が見開かれる。私を見て固まっているようだ。

ようやくわかってくれたみたいね。体形が変わっても私は私だ。マリリアだって嘘をついたのは悪かったけど、お互い様だと思うわ。

セルジュの顔が青を通り越して白くなっている。そこまでビックリしなくてもいいと思うんだけど。あまりといえばあまりの様子に私は戸惑う。

セルジュがヒュッと息を呑んだ次の瞬間――

「この売女(ばいた)！　ここまで来て、いったい何がしたいんだっ。貴族の集まりに参加して上品なふりをしているが、僕を追いかけ回して篭絡(ろうらく)しようったって、そうはいかない。僕はここの令嬢一筋だ。本気で愛しているんだ！」

突然響いた大きな声に、広間の人々が動きを止める。シンとなったかと思うと、次の瞬間一斉にどよめきが広がった。皆口々にいろんなことを話している。

「今の声は誰？」

「ほら、例の侯爵家の……」

「相手の方は？　街の女性には見えないけれど」

ちょっと待って、セルジュ!?　ここまでしたのに、まだ私が誰だか気づいていないの？　それに、売女(ばいた)ってどういうこと。それって最大級の侮蔑(ぶべつ)発言よ？

幼なじみだったのに、わかってもらえず情けない。みんなの前で罵(のの)しられたのも悔しいし、セルジュったら、どうしてくれよう。

怒りのあまり、手が震える。やっぱり何か、仕返ししておけば良かったと思った瞬間のことだった。

「このバカッ！　いったい誰に向かって物を言っているんだっ」

そのひと際大きな怒鳴り声に、辺りは水を打ったように静まり返った。ざわめく会場を一瞬にして鎮めたその声は、いつもの穏やかな彼からは程遠く、けれど私がずっと待ち焦がれた人のものだった。

レギウスは、長い足で大広間を横切ると私の隣にやってきた。そしてセルジュを見据えたまま、私を安心させるように肩に手を置く。

「誰にだと？　ハッ、バカだな。お前までこの女の虜になっているのか？　顔が綺麗なだけのこんな女に」

セルジュは肩を竦めて弟を鼻で笑う。彼は今もまだ、私がフィリアだとわかっていないみたい。

「バカはどっちだ。こんなに近くにいるのに、どうして気づかない」

怒りから一転、レギウスが悲痛にも聞こえる声を出す。

私を不憫に思ってくれているのだろうか。それとも、変わり果てた兄を見て嘆いているの？

肩に置かれたレギウスの手は温かく、彼に守られているようだ。彼はいつだって私を支え、励ましてくれた。彼のおかげで、私は自分に自信を取り戻すことができたのだ。大丈夫、今の私はセルジュのひどい言葉になんて、負けやしない。

泣き寝入りするだけのフィリアはもうここにはいない。私は今度こそ過去の自分と――セルジュに愛されなかった可哀想なフィリアと決別できる。

「あら、セルジュ。貴方いったいどなたとお間違えなの？　私がフィリアよ。でも、おかしいわね。私を本気で愛していると言いながら、当の本人の顔もわからないとは、どういうことかしら？」

セルジュの瞳を見返しながらそう言うと、彼は青い目を限界まで見開いた。そうかと思えば、私の頭のてっぺんからつま先まで何度も視線を往復させる。

「そんな、嘘だ！　だって君は……！　そんなわけない。あんなデブが、こんなに細くなるはずがない！」

セルジュったら、太っていない時の私も知っているはずなのに。つくづく失礼な男だと思う。

「貴様っ、まだそんなことを。彼女はいったい誰のためにっ」

激高したレギウスが、一歩前に出てセルジュの胸倉を掴んだ。腕を大きく振り上げて、兄に殴りかかろうとしている。

「待って！」

私は慌ててレギウスの腕にしがみついた。

「フィリア、まだこいつを庇うのか」

吐き捨てるように言うレギウスに、私は首を横に振る。そうじゃない、心配しているのは貴方よ。

「いいえ。貴方が手を汚す必要はないわ。そこまではさせられない。……ねえ、セルジュ。私がフィリアなの。コード伯爵邸の夜会で、貴方にブタだのブスだのとさんざん笑われた、ね？」

「ま……まさか！」

目をむくセルジュは、口を開けたり閉じたりと驚きを隠せない様子だ。やっと今の状況を理解してくれたみたい。本当は、もっと穏やかに話がしたかったのだけれど。

ここで向こうの方から誰かが駆け寄って来た。背が高く厳しい顔つきをした男性は、レギウスとセルジュの父親バルトーク侯爵だ。侯爵は息子達を見ながら、怒りに任せて怒鳴り散らす。

「この、バカ者どもがっ。こんな場所で何をやっているんだ！」

援軍が来たと思ったらしいセルジュは喜んだが、対してレギウスは、冷めた目で父親を見ている。レギウスは兄の胸を掴んでいた手を放すと、父親に向かって言い返した。

「何をとは、見てわかりませんか」

「バカなことを。何もこんな時にこんな所で大騒ぎをしなくてもいいだろう」

バルトーク侯爵は、レギウスに対し軽蔑したような声を出す。ところが、その言葉を聞き咎めた人物がいた――私の父である。

「バカなこと？　私の娘が何度もバカにされるのを、黙って見ていろと？」

激怒している父の声は、地を這うように低く恐ろしい。普段は温厚なだけに、余計に凄みが増している。

「あ……いえ、とんでもございません、今のは言葉のあやでして。愚息がそのようなことをしでかしたとは、謝罪致します。どうかお許しください」

バルトーク侯爵がペコペコ頭を下げている。

この国の身分制度はかなり厳しい。上位の貴族に逆らうと、会議の場である貴族院で議題に上げられることだってあるのだ。特にうちの父は院の議長だから……考えただけでも恐ろしい。まあ、父は職権濫用なんてしない人だから、院では公正に判断すると思うけど。

「お嬢様も、お心を傷つけ大変申し訳ございません。ほら、お前達も頭を下げろっ」

侯爵が二人の息子に注意する。だけど、レギウスが巻き込まれるのはおかしいと思う。彼は罵倒してくるセルジュから私を守ってくれただけだ。

気づくと、私達の周りには幾重（いくえ）にも人垣ができていた。冷静になって考えれば、今の状況は婚約破棄をした時よりもかなり恥ずかしい。関係者でなければ、演劇でも見ているようで面白かっただろうけど、私達はばっちり当事者。次に何が起こるかと、期待を込めた目で見られても困ってしまう。

「悪いのは一人だけでは？」

父が淡々（たんたん）と口にした言葉に、もちろん私も同意を示すように頷（うなず）いた。

私は幼なじみの兄弟二人を見比べる。顔立ちだけなら、どちらもすごく整っているけれど、二人は全く似ていない。

ふてくされ、自分勝手な態度を隠しもしないセルジュと、冷静で思慮深く思いやりのあるレギウス。私の変化に気がつかない兄と、太っていても態度を変えず、それどころか痩（や）せるための手伝いをしてくれた優しい弟。

セルジュは思い通りにいかないせいか、イライラしたように髪をかきむしっている。レギウスはそんな兄を冷めた目で見ていた。二人はこんなに違うのに、私はどうしてセルジュの方を好きだと思っていたのだろう。

二人の父親である侯爵は、唇を噛みしめている。嫡男（ちゃくなん）のセルジュが騒動を起こした心労からか、力なく肩を落としていた。

「申し訳ございません」

言いながら、侯爵はセルジュの頭だけを掴むと、自分と一緒に下げさせた。セルジュもそこで、ようやくまずい事態だと気づいたようだ。彼は私に近寄ると、いきなり片手を取った。そのまま弁解するように、猫なで声で話しかけてくる。

「済まない、フィリア。ただの勘違いだ。僕はどうかしていた」

勘違い？　私をあんなに罵ったのに？

私は彼の手を振り払う。レギウスが私の腰に腕を回し、自分の方にグイッと引き寄せてくれた。

「何だよ、お前には関係ないだろう。邪魔をするな！」

レギウスに向かってセルジュが怒鳴る。これにはさすがに、私も頭にきた。

「関係ないのはどちらかしら。貴方との婚約はもうとっくに解消しているの。私達は赤の他人よ」

私からすれば、セルジュの方が邪魔者だ。舞踏会に勝手に押しかけて、他の男性と仲良くしていたと私を責める。そうかと思えば自分に話しかけるなと、大声で私を罵った。今度はこうして手のひらを返したように態度を変えて、全てをなかったことにしようとしている。

結局、セルジュは自分のことしか頭にないようだ。女性に対してだって優しく振る舞っているようで、その実相手をかなり下に見ている。本当に女性に優しい人なら、平気でブタやブスなどと言うはずがない。愛していると囁いた同じ口で、愛人にしてやると偉そうに言うことも。

「さっさと去れ」

父の怒りも収まらない。今まで見逃してきた分が、ここで一気に爆発したようだ。

爵位でいえば侯爵の息子に過ぎないセルジュより、公爵である父の立場の方が断然上だ。三大公爵家の一つでもある我が家をバカにするなんて、本当はやってはいけないことだった。調子に乗ったセルジュは、社交界の間でも既に批判を集めている。この国の貴族がよく知る常識を、彼は守れなかったのだ。

　本日の主催である私の父が激怒する様子を見て、セルジュを弁護しようとする者は誰もいない。弟のレギウスはおろか、父親のバルトーク侯爵すら沈黙を守っている。

　けれど、セルジュは諦めなかった。後ろに下がった私に向かって突進しようとしてきたから、レギウスが前に出て、私をその背に庇ってくれる。セルジュの舌打ちだけが聞こえてきた。

　私はレギウスの背中から、恐る恐る顔を出す。悔しそうな表情をしていたセルジュは、次の瞬間跪き、悲壮感すら漂う芝居がかった態度で必死に言い訳を始めた。

「フィリア、ごめん。でも僕は、真実君だけを愛しているんだ。さっきの言葉は間違いだ。どうか許してほしい」

　いや、そんな、間違いだって言われても。マリリアとフィリアを間違えたのはわかるけど、それ以外は違うでしょう？

　さんざんひどい扱いをしてきたくせに、それでも水に流してほしいだなんて虫が良すぎる。こちらをバカにするのもいい加減にしてほしい。私が許すと思ったら大間違いだ。

「いいえ、無理ね」

　思い返すだけでも腹立たしい。綺麗になって自信がついたからか、今日の私は強気でいける。

「聞いてくれ、フィリア。これからは君のために生きる。だからもう一度だけチャンスをくれ。なんなら、すぐに結婚したって構わない。君も同じ気持ちのはずだ」

『結婚』の単語に一瞬ぎくりとしてしまう。

確かに、傷物と言われるようになった私が、本来の婚約者であるセルジュと結婚すれば、お互いに責任を取ったということで、不名誉な噂はなかったことになるのだ。もちろん、社交界にも復帰できる。

それでも私がセルジュを選ぶことはない。自意識過剰にも程がある。今さらそんな言葉で私が喜ぶと思っているなら、彼はどうかしている。

四つ年上のセルジュに抱(いだ)いた感情は、始めから間違いだった。あれはもともとレギウスへのもの。愚かな私がレギウスとセルジュを混同して、セルジュを好きだと思い込んでしまっただけ。

「全く違うわ。貴方との婚約は、とっくに解消されているの」

婚約は破綻(はたん)しているし、想いの欠片(かけら)も残っていない。はっきり言って迷惑だ。

「フィリア!」

セルジュが叫ぶ。でも、彼の目は私ではないどこかを見ているようだ。

不思議に思い、セルジュの視線の先を辿る。するとそこには、我が家の執事が案内してきた紳士がいた。黒い礼服を着込み、手にステッキを持った彼は、特に気にする必要もなさそうな穏やかな表情だ。

そこで執事が、父に何ごとかを耳打ちした。父はそれに頷(うなず)くと、再びセルジュに目を向ける。

すると、セルジュの様子が一変した。絶望に駆(か)られたような顔をして、ガタガタ震えている。しかし彼は、今度は私の父の説得にかかろうとした。それ、一番やっちゃいけないと思うんだけど……

「レガート公爵っ、婚約を解消したなんて嘘ですよね？　僕は知りません！」

「知ろうが知るまいが、正式に決定したことだ。お前は私の娘にふさわしくない。異議は認められない」

「はっ。お嬢さんに不利になるのに？　公爵ともあろうお方が、この国の慣習を知らないわけではないでしょう」

セルジュの言葉を聞くなり、父は唸る。一生懸命怒りを抑え込もうとしているようだが、こめかみに浮き出た青筋がその心情を物語っていた。

「君がそれを言うのか。だとしたらますます、自ら婚約を破棄した娘の判断は正しかったと言える。君とはもう赤の他人だ。今後一切、う、ち、に、関、わ、る、な」

低い声で一語一語はっきり発音する父。その声に本気の怒りを感じ取ったのか、セルジュは目に見えてうろたえ出した。

追い詰められたセルジュは、次の矛先を自分の父親に定めたようだ。なりふり構わず腰にしがみつき、侯爵に食い下がる。

「父上！　いったいどういうことです？　婚約解消なんて、僕は認めた覚えはありません。当事者が知らない約束なんて、無効でしょう」

悲鳴に近いその声は、切羽詰まった様子だ。

でもセルジュ、貴方も貴族なら、この国の決まりを知っているはずでしょう？　貴族同士の婚約や結婚を最終的に決めるのは親だ。家同士の結びつきを重視するのだから、親同士が婚約解消を認めたらそれでおしまいなの。

何も言わない侯爵に代わり、レギウスが口を開く。

「セルジュ。お前、自分のしてきたことを忘れたのか？　自分の家だけならまだしも、公爵家とフィリアに迷惑をかけ続けていいはずがないだろう」

「うるさいな、お前に何がわかる。自分のしてきたこと？　僕にやましいことは何もない」

呆れた。よくも偉そうに言い切ったものね。やましいことならたくさんあるでしょう？　引きつった笑いを浮かべたセルジュが、不安そうに紳士の方をちらちら眺めているのを見て、ようやく私は気づいた。もしかして、彼は借金取り？

「ねぇ父さん、助けてください。いつも何とかしてくれたでしょう？　嫡男(ちゃくなん)である僕に何かあれば、困るのは侯爵家ですよ」

泣きそうなセルジュは自分の父親に縋(すが)りつく。セルジュったら、いつもこうしてピンチを凌(しの)いできたの？　そんな兄の情けない姿を、弟のレギウスが憐(あわ)れむように見ている。

「父さん！　何とか言ってくださいよ。貴方の可愛い息子がこんなに頼んでいるのに」

ついに彼はこちらに向かって叫んだ。

「公爵、フィリア！　何とかしてくれ。結婚できれば全てがうまくいくんだっ」

醜態(しゅうたい)を晒(さら)すセルジュに、周囲の視線は冷たい。

やっぱりお金のために必死になっているのね。わかってはいたけれど、こんな男に自分の将来を台無しにされたかと思うと、やり切れない。生じた痛みに耐えるため、私は両手でギュッとドレスのスカート部分を握り締める。

そんな私を見て、レギウスが何か勘違いをしたようだ。後ろから私の肩に腕を回すと、しっかり抱き締めてくる。

「フィリア、ダメだ。行くな」

レギウスにとっては何気ない仕草でも、彼への想いを自覚した私はさすがに照れてしまう。一瞬顔が熱くなり、周囲の状況が頭から吹っ飛んだ。

けれど好きな人と密着した感動で震えている私を、生温かい目で見守る人物に気づいた。

いけない。エイルーク様のことをすっかり忘れていた。

主催者一家と元婚約者の家族が、自分達の都合にかまけて王族を放っておくのって、かなり無礼なのでは。しかも兄弟の間に私が挟まれたこの状況って、傍から見ればまさかの三角関係？

慌てた私は、レギウスの腕に手をかけて放してほしいと伝える。ところが彼は、より一層拘束を強めてきた。高い鼻が私の髪に当たっているようだ。

一方、彼の父親であるバルトーク侯爵は不気味なほど静かだ。さっきうちの父に必死に頭を下げていた姿が嘘みたい。

大丈夫かな、心労のせいで、具合でも悪くなったのではないかしら。

密かに心配していると、侯爵は大きく息を吐き出した。次いでエイルーク様の方を向き、恭しくお辞儀をする。王子は軽く頷き両腕を組むと、首を傾げて先を促した。

「エイルーク様、レガート公爵、並びにお集まりの皆様方。我が息子達、特にセルジュのせいで舞踏会を台無しにしてしまい、誠に申し訳ございません」

「なっ、父さん！」

「黙れ！　この期に及んでまだ侯爵家の名を汚すのか。いや、お前はもう我が家と関係がないな」

「は？　一体何を……」

仰天し父親に縋りついていた手を下ろすセルジュ。青くなったその顔は、見開いた大きな目だけが際立っている。

侯爵は目の前の息子を冷たく見下ろすと、一切の感情を消した声で淡々と言い渡した。

「本日をもって私はお前との縁を切る。我が家の家督は弟のレギウスに継がせる。お前は相続からも外すゆえ、今後一切バルトークの名を語るな」

「そんな、嘘だっ」

「嘘ではない。ここにお集まりの皆様が証人だ。お前は己の悪行の結果を、身をもって知るといい」

冷静さを装いつつも、侯爵は苦虫を噛み潰したような顔をしている。

「嫌だ、僕が何をした！　ブスにブスだと言って何が悪い。勝手に寄って来る女と遊ぶことの何がいけないんだ。金だって、もともと僕のものだ。先に使ったくらいで怒られるとは、どういうことだっ」

セルジュの放った台詞に、どよめきがあちこちから上がる。まあそうか、私の持参金を当てにして遊び回ったって自白したも同然だものね。ブスって言葉も引っ掛かったけど、もう平気。今の私はそんな言葉で落ち込まない。ここにいる大切な人が、私を綺麗だと言ってくれたから。何とも思わない相手に貶されたところで、笑って聞き流すだけの余裕がある。どうやらセルジュのことは、完全に乗り越えたみたいね。

「廃嫡、許可しよう」

凛としたエイルーク様の声が響く。会場がしんと静まり返った。王族の言葉は絶対だ。見守る人々の間から息を呑む音は聞こえても、反論の声はない。

「小僧、言わせておけば……」

反論するセルジュは我を忘れているようだ。

エイルーク様の護衛が、こぞって彼を取り押さえる。これ以上失言させてはならないと、口まで塞がれていた。

その方がいいと思う。廃嫡された上に王家に対する不敬罪まで加わったとしたら、とんでもない罪になる。そうなる前に退場した方が本人のためだ。

彼が引きずられていった先には、先ほど見た紳士が待ち構えていた。護衛達は彼にセルジュを引き渡すつもりのようだ。ようやく観念したらしいセルジュが、がっくりうなだれるのが見えた。彼はそのまま外へ連れていかれる。

「どこに連れていくのかしら。まさか、命までは取らないわよね」

「あんなのでも兄だ。借金を完済するまで見届けようと思う」

さすがに心配になってそう言えば、レギウスが約束してくれた。侯爵家の次期当主となる彼に任せられるなら安心だ。セルジュもこれから心を入れ替えれば、そこまでひどいことにはならないはず。

そこで招待客達も我に返ったようで、途端に大広間が騒がしくなった。話題はもちろん、今のセルジュのことばかり。

聞こえてくる話から察するに、さっきの紳士はやはり借金を回収しに来ていたらしい。貴族相手にお金を貸すことを生業にしている男爵なんだとか。セルジュが派手な生活と賭け事のためにお金を借り、怪しい儲け話にも手を出して失敗したという話は本当だったのだ。

でも考えてみれば、セルジュも可哀想な人だ。自分のことしか考えないから、他者を思いやることができない。ちやほやされているうちはいいけれど、家名という立派な鎧がなくなった今、彼は誰かに心配してもらえるのだろうか。他者を大事にしない人は、自分も大切にしてはもらえない。愛されたいなら、まず自分から人を愛さなければいけないのに。

「人を愛するのって難しいわね」

私は小さくため息を吐き出した。以前の私もセルジュとそう変わらなかったことを思い出したのだ。婚約しているんだから愛されて当たり前、もうすぐ結婚するんだから未来は薔薇色って単純に考えていた。セルジュを好きだと言いながら、その実、愛されるための努力をした覚えがない。

今の私は心から、愛されるため綺麗になるため努力をしている。そりゃあもう思いきり。大好きなお菓子や読書を後回しにできるくらい、レギウスのために美しくなりたいと望んでいる。恋心は偉大だ。想うだけで満たされて、食欲だって減退するのだから。

セルジュに欠けていた思いやりの心。私はそれを、レギウスから教えてもらった。心優しい彼は、何の見返りも求めずに私や周りを大切にしてくれる。ダイエットに協力してくれたのはもちろん、乗馬やダンスも教えてくれたし、笑って褒(ほ)めて励(はげ)ましてもくれた。

私が自信を取り戻すことができたのは、彼のおかげだ。

「ありがとう、レギウス」

「何のことだ？　それよりフィリア、本当にあれで良かったのか」

それこそ、何のことだろう。セルジュが連れて行かれたのを見て、いい気味だとは思わない。けれど自分のしたことなら、彼自身できちんと責任を取らないといけないはずだ。

口を開きかけた私のすぐ近くで、ひそひそ囁(ささや)く声がする。

「それにしても、公爵家のご令嬢があんな方と婚約していたなんて。それで傷物っていい迷惑よね」

「本当よ。女性側から婚約破棄をしたわけがようやくわかったわ。家柄が良くてもあんなに情けない男なんて、こちらから願い下げだもの」

「とんでもない男と婚約していたんだな。気の毒だけど、どうしようもない」

「公爵家もお可哀想よね。これからどうするのかしら」

気づけばみんなの話題の中心は、私や父に変わっている。

この場から逃(のが)れて自然にテラスに出るには、どうすればいいんだろう。

その時突然、広間によく通る声が響いた。

「無事解決したことだし、もうその辺でいいのではないか？」

エイルーク様だ。彼の言葉に皆一斉に話をやめ、揃って頭を下げる。

「レガート公は会の主催者にもかかわらず、ご息女を非難されつらい思いをした。バルトーク侯は十分に反省し長男を廃嫡、勘当した。よって彼は貴族に非ず」

確かにそうだけど、王子様、何が言いたいの？

隣にいるレギウスなら、親友である彼の真意がわかるのかしら。私はそう思い、レギウスを見上げた。すると彼は私の手をさりげなく握る。

「相手が貴族でなければ、婚約の事実も無効だ。これは我々が議論するまでもないだろう」

王子の言葉に、頭が真っ白になる。それってもしかして……

そんなこと、考えたこともなかった。いえ、夢見たことはあったけれど。

驚きのあまり息ができない。聞き間違いでなければ、王子は婚約の事実自体をなかったことにしてもいいのではないかと言ってくれている。だけどみんなは、はい、そうですかと答えるかしら。

長年染みついた貴族の慣習は、こんなことでなくなるほど甘くない。たとえ第二王子がそう言っても、反対意見が多ければ王子に迷惑が掛かってしまう。

ところがそこで、聞き覚えのある声が広間に響いた。

「そうね。さすがはエイルーク様だわ。殿下のおっしゃる通りよ。さっきの彼の態度をご覧になって反対する方がいらっしゃるなら、顔を拝んでみたいものですわ」

もしもしカトリーヌさん？　いつの間にいらしていたの。貴女がセルジュを嫌いなのは知っているけど、だからってそこまで言わなくても……

「バルトーク侯爵もレガート公爵の面目を潰したままではいられないだろう。ご提案を受けられた方が後々いいんじゃないか」

「そうだな。相手が貴族でなくなったのなら問題はない。よりによって街の女と間違えて罵るなんてな。彼女はむしろ被害者だ」

「婚約者などと言っていたが本当なのか？　顔も知らない相手を愛していると言い切れるとは、笑わせる」

セルジュと揉め、大騒ぎになったことを目撃していた多くの人が、彼の醜態を苦々しく語り始める。

そういえば、レギウスは大丈夫だろうか。目の前で自分の兄の悪口を聞かされるなんてつらいだろうに。表情からは窺えないけれど、優しい彼はきっと苦しんでいるはずだ。だから私は、握られた手をごめんねの気持ちをこめて握り返した。

「フィリア……」

レギウスは何かを言いたそうだけれど、周囲のざわめきで声が聞き取りづらい。彼もそれをわかっているようで、開きかけた口を閉じる。

ついに反対だと声を上げる者は現れなかった。中央に進み出た第二王子が、周りを見渡し宣言する。

「皆も同じ考えのようで嬉しく思う。では私、エイルーク＝リグロムの権限をもって、フィリア＝レガート公爵令嬢の婚約の事実を無効とする。何人も今後一切異議を申し立てることは許されない。フィリア嬢、君は自由だ」

会場に響く歓声が遠くに聞こえる。これは、夢？

もう一度、力強く握られる手。その温かさが、これは夢ではなく現実だと私に教えてくれている。王子の言葉がようやく頭に浸透してきた。婚約無効、そして自由！

「まさか、そんな……！」

握られていない方の手を口に当て、息を呑む。そんな、やっぱり信じられない！

興奮して辺りを見回す。笑顔の友人達、感激した様子の父と弟。母の目には涙が浮かんでいるようだ。そして何より隣には、心配そうなレギウスがいる！　彼に笑顔を向けようとしたけれど、視界がぼやけてきたことで、自分が泣いていたことに気づく。

私、まだここにいていいのね？　花嫁衣裳を着ることも、女としての幸せを掴むことも諦（あきら）めなくていいのよね。込み上げそうな嗚咽（おえつ）を必死に堪（こら）える。レギウスは手を放すと、温かい手のひらを背中にそっと添えてくれた。本当に、なんて言ったらいいのかしら。

公爵の娘という肩書きのまま、もう一度社交界に受け入れられるとは考えてもみなかった。こんな形で名誉を回復してもらえるなんて、想像さえしていなかったのだ。もう婚約だって結婚だって自由にできる！

第二王子に向かい、感謝を込めて深く頭（こうべ）を垂れた。隣のレギウスも、なぜか同じように挨拶してくれたから、私は万感の想いを込めて彼を見る。私と目が合うと、彼は良かったねという風に微笑んでくれた。

ねえレギウス。貴方に好きだと言ってもいい？　婚約が無効となった今なら私、正々堂々告げられるわ。


そうして私は、レギウスにきちんと告白するため、いったん自分の部屋へ戻ることにした。ついでに桃色の髪を綺麗に結ってもらう。この日のために用意していたのは、例の飛竜の刺繍を施した手巾だ。

「ああ、あったわ」

あまり得意ではなかった裁縫の腕も、せっせと磨いた。蛇がトカゲに、トカゲが竜に。最後にはようやく竜が飛竜に見えるようになった。大好きな彼への想いを込めて、名前も側に添えてみる。

たとえ想いが届かなくても、プレゼントだけは受け取ってほしいと、そう願って。

レギウスは喜んでくれるかしら？　以前のようによく頑張ったと褒めてくれる？　自分でもちゃんと飛竜に見えると思うので、冗談でもトカゲと言われたら、怒っちゃうから。

気持ちを奮い立たせるために楽しい想像をする。ところが大広間に戻ろうと階下に足を進めたところで、玄関ホールの騒ぎに気づいた。声は外から聞こえてくるようだ。

「どうだ？　いたか」

「いや、ここにはいない。遠くに行ったはずはないんだが」

馬車を引いていた馬でも逃げ出してしまったのかしら？　お客様には最後まで楽しんでもらわないといけないから、見つからないなら後から人手を出しましょう。でもまずは、レギウスに告白させてね。この時の私は呑気にそんなことを考えていた。

大広間に向かう廊下。その少し引っ込んだ位置に、ふと何かが見えた気がした。馬がこんな所にいるはずはないと思いつつ、気になったので道を外れた途端、いきなり何かに腕を掴まれ、後ろから口を塞がれてしまう。

「もがっ」

「やはりお前か。静かにしろっ！」

囁く声にハッとする。その声は……まさかセルジュ？　だって貴方、さっき連行されていったはずじゃ——

「ぐずぐずするな。早くしろ」

彼は手近な部屋に私を引きずり込むと、ドアに内鍵をかけた。控室ともいうべきその部屋には、私達の他に誰もいない。私は必死に暴れるけれど、本気の男性の力には敵わなかった。それどころか、抵抗したことで余計にセルジュを怒らせてしまったようだ。彼は私の髪を遠慮なく鷲掴みにすると、長椅子の上に引きずり倒す。

「きゃっ」

「おっと、フィリア。騒ぐなよ？　さっきこれを見つけたんだ。お前で切れ味を試すのも悪くないな」

見れば、セルジュは小型のナイフを手にしていた。柄に宝石がはめ込まれたそれは、父の趣味で書斎に飾られていたはずの品だ。

「セルジュ……」

これ以上罪を重ねてどうするつもりなの？　せっかくレギウスが、貴方を見捨てないと約束してくれたのに。

「何か言いたそうだね、フィリア。でもダメだよ。もうお前の言葉は聞かない」

恐怖のあまり、私はいやいやと首を横に振る。だって今のセルジュは、目の焦点が合っていない。それどころか、おもちゃを手にした子供のように、ナイフをうっとり眺めている。

「何もかもお前のせいだ。こんなことになるのなら、もっと早く結婚しておけばよかった。……いや、別に結婚しなくてもいいのか」

セルジュの目に、急に光が灯る。次の瞬間、彼は私の首にナイフを押し当て、長椅子に膝を乗せた。セルジュの重みでギシッと音が鳴る。彼は私を見据えたまま、首元のクラバットを緩め始めた。

何をするつもりか理解したけれど、怖くて声が出せない。もし助けを呼ぼうと声を上げれば、セルジュは今度こそ、ためらいもなく私の喉を掻き切るだろう。

「いい気味だ、フィリア。僕を騙そうとするからだ。相手にされなくてつらかったんだろう？　だからレギウスにまで手を出した？」

私の髪に手を滑らせながら、彼は優しげな声を出す。

違う、彼に手なんて出していない。だからセルジュ、お願い、もうやめて！

「まったく手間をかけさせてくれる。さっさとこうしておけばよかったな。まあいい、お楽しみはこれからだ。そうすれば公爵も父も、僕達の結婚を認めざるを得ない」

私の髪を一房手に取った彼は、目を細めて楽しそうに口づけてくるが、私は怖くて仕方がない。小刻みに震えていたせいで喉に刃先が当たったのか、チクッとした痛みが走る。嫌だ、死にたくない。レギウスに好きだと言えないうちに、この世から消えてしまうなんて嫌。だけど、ああ。このまま好きでもない人のものになるのも耐えられない。

お願いレギウス、助けて！

声にならない声が、愛しい人のもとに届くはずはなく――

「何だ、フィリア。泣き顔も案外そそるね。どれ、真っ白な肌はどうかな？」

そう言うと、セルジュは首筋にキスを落とした。舌が這うその感触に、気分が悪くなる。

知りたくもなかったことだけど、人は恐怖心が募ると、喉が強張って声が出せなくなるらしい。

そんな私を見て、セルジュがうっそり笑う。

レギウス、レギウス、レギウス！

私は大好きな貴方に、もう会えないの？

ナイフを喉に当てたまま、セルジュは私のスカートをたくし上げると、膝に手を触れた。

観念して、ギュッと目を瞑る。

「諦めたんだ。案外賢いね、フィリア」

ゾッとするような声音でセルジュが囁く。

セルジュに汚されるくらいなら、いっそ――

その時、轟音と共にドアが内側に倒れてきた。どかどかとなだれ込んでくる大人数の足音に混じって、聞き慣れた声がする。

「フィリアッ」

大好きな人の呼ぶ声に、私は一瞬恐怖を忘れた。慌てて身体を起こし、立ち上がりかけたところで、髪を掴まれ椅子に引きずり戻される。

「痛っ」

ダメだ、セルジュはナイフを再び私の首に突き付けている。

「やはりお前か、レギウス。婚約者とのお楽しみの時間を邪魔するとは、気が利かないやつだな」

「リアッ」

近づくレギウスの表情は、真剣そのものだ。

「いい気味だ、レギウス。大切なものが僕の手の中にある気分はどうだ？」

「くっ……！」

セルジュの言葉に反応したようにレギウスが目を細める。

「何もかも取り上げようと思ったのに、しぶといやつだ。身分の低い女から生まれたくせに、僕に楯突こうとするなんて生意気なんだよ」

セルジュの言葉に、彼の弟への憎悪が根深いものであると、私は初めて知った。父が言うには、レギウスは小さな頃から努力家で、優秀だったそうだ。そんな弟と比べられてきたセルジュは、

ずっとコンプレックスを抱いていたのかしら。私が気づかなかっただけで、もしかして本当は、小さな頃も仲が悪かった？

「兄さんこそ、俺の一番欲しいものを手にしたくせに、何が不満だったんだ。邪魔ばかりして、何が楽しい」

レギウスは言いながら、こちらにじりじり近づいていた。セルジュはいつものように自分の言葉に夢中で、気づいていないようだ。

「楽しい？　ハッ、そんなわけ……ぐわーーっ」

銀色の光が走ったと思った瞬間、隣にいたセルジュは床にうずくまっていた。手を押さえて苦しんでいるようだ。その横では涼しい顔をしたレギウスが、私の目の前で剣を鞘に収めている。早過ぎて、剣を振るったところがまったく見えなかった。

「リア、無事か。どこも怪我してない？」

レギウスは私の両肩を掴むと、異常がないかと確認している。ありがとう、でもいいの？　セルジュは今も痛がって、床を転げ回っているんだけど。

「痛い！　血がーーっ、助けてくれーー!!」

セルジュはナイフを持っていた左手の甲をざっくりと切られていた。驚いている間に我が家の護衛がセルジュを取り囲み、素早く縛り上げていく。

「あいつは大げさに騒いでいるだけだ。加減したから、そこまでひどい傷は残らない」

私の視線を追って、レギウスが答える。あの速さで力の加減までできるって、レギウスったらどれだけすごいの？

彼は兄の拘束を確認すると、軽く頷き連れて行くように指示を出していた。どうやら飛竜騎士は、我が家の護衛達にも尊敬される存在であるらしい。

今度こそ本当に助かったと、私はようやく肩の力を抜いた。レギウスはそんな私に近づくと、灰青色の瞳を心配そうに翳らせて頬に手を伸ばしてくる。彼はその手を私の首に滑らせると、親指である一点を触った。

「あ、そこは」

さっきチクッとしたところだ。やはり少し切れていたのか、レギウスの指にわずかに血がついている。

「セルジュめ、加減するんじゃなかった」

「そんなこと……」

嘘でも言ったらダメじゃない。そう言おうとした言葉は続かなかった。顔を近づけてきたレギウスが、私の首を舐めたからだ。

「わわっ」

「じっとして、消毒だ」

そ、そんな大胆な。でも、セルジュの時は嫌で仕方なかったのに、レギウスが相手だと、胸がドキドキしてしまう。

「え……あれ？」

安心と羞恥心が混ざり合い、今になって身体が大きく震えてきた。

顔を上げたレギウスが、私を自分の腕の中へふわりと包み込む。厚い胸板に顔を寄せる私の髪を、彼は大きな手で優しく撫でてくれた。

「リア、君に何かあったらと思うと、生きた心地がしなかった」

彼を安心させたくて、私はなんとか声を絞り出す。

「そんな、大げさだわ。でもありがとう、助けに来てくれて。実を言うとすごく怖かったの」

何かが少し違っていれば殺されていたかもしれない、大好きなこの人に想いを伝えられないまま死んでいたかもしれない――そう考えただけで恐怖が増した。

「大丈夫、ずっと側にいるから安心して、リア」

そんな風に言われると、勘違いしてしまう。忙しい彼が、いつまでも私の近くにいられるはずがない。それどころか、舞踏会が終わったら、彼は王都から遠く離れた南の街に戻ってしまうのに。

「ギィ……」

子供の頃の愛称で、私も彼の名前を呼ぶ。そのことに反応したのだろうか、髪を撫でる手が止まり、頭の上にレギウスの唇が押し当てられた。このまま時間が止まってしまえばいい。誰も私達に気づかず、ずっと放っておいてくれたらいいのに――

二人きりの今なら、彼に告げられるかもしれない。痛いほどに苦しいこの想いを、貴方は受け止めてくれる？

私はレギウスの胸に手を置き、彼を見上げた。ただ一心に灰青色の瞳を見つめる。

「レギウス、あのね。聞いてほしいことがあるの。私……」

けれど願いはいつも届かない。誰かから話を聞いた父が、そこで慌てて駆けつけてきたからだ。

「大丈夫か、フィリア!?」

近すぎる距離を見つかって恥ずかしい。私は慌てて長椅子から立ち上がると、笑顔を作って父に応えた。

「ええ、お父様。心配をかけてごめんなさい。レギウスが助けてくれたの」

レギウスのおかげで、身体の震えもだいぶましになっている。側に来た父はホッとしたように頷くと、私の髪に触れた。

「かなり乱れているな。怖かっただろう、今日は無理せず部屋で休みなさい」

ま、ままさか、レギウスに撫でられたから？　思わずドキッとするけれど、さっきセルジュに髪を引っ張られたせいだと気づいた。でも、早くしないと、舞踏会が終わってしまう。もう少しだけ好きな人と一緒にいたい。

「部屋に戻って整えてくるわ。心配しないで」

心配したレギウスに付き添われ、そのまま私は自室に戻った。


マーゴに髪をきっちり結い直してもらい薔薇の髪飾りをつけた私は、大広間まで彼女について来てもらうことにした。誰もいないはずの廊下をびくびくしながら進んでいく。

舞踏会を無事に終えたら、必ず告白しよう。そう思った私は贈り物の手巾の存在を思い出しドレスの中を探る。ところが――

「ない、ないわ」

「どうなさったんです？」

「持っていたはずの、飛竜の刺繍入りの手巾がどこにもないの。せっかく作ったのに……」

「まあ」

セルジュに襲われた時に、どこかへ落としてしまったみたい。あの小部屋に戻って確かめてみた方がいい？

けれど、あの部屋に行くのは怖いし、早く戻らないと、今度こそ本当に舞踏会が終わってしまう。振られたとしても思い出に残るよう、一曲だけでいいからレギウスと一緒に踊りたい。そんな私に、マーゴは注意して探しておくと約束してくれた。

マーゴに感謝しつつ大広間に足を踏み入れた瞬間、たくさんの人に囲まれてしまう。残念ながら、その中にレギウスの姿はなく、前に進みたいのになかなか進ませてもらえない。

「やはり、なんて綺麗な方なんだ。私と是非一曲」

「いや、この美しい人には、僕が先に申し込もうとしていたんだ」

「失礼、ご婦人が困っておられるようだ。喧嘩はやめて、私に任せなさい」

名誉が回復されたからなのか、公爵の娘だとバレたせいなのか、さっきの大騒ぎをものともしない男性達に、私は次々ダンスを申し込まれた。

どうしよう。褒められているのはわかるんだけど、すっごく困る。

小部屋でのセルジュの騒動が気づかれていないらしいことだけは、本当に良かったと思う。

でも、前世も含めて自分史上最大のモテ期が来たからって調子に乗ってはいけない。というより、本当に踊りたい相手は一人しかいないので、全員まとめて丁重にお断りをする。

「お気持ちは嬉しいのですが、先ほどのことでまだ動揺しておりまして」

ダメ押しに儚(はかな)げに笑ってみた。お気に入りの角度で恥ずかしそうに手を添えることも忘れない。ああ、マリリア修業がこんなところで役に立つなんて思わなかった。

「それは失礼いたしました。落ち着かれた際は是非」

「その時はどうぞ僕にお声がけを」

「何を言うんだ、私だろう。お嬢さん、年上もいいものですよ」

ほほほ、と愛想笑いを浮かべてその場を去る。実践経験がなさすぎて、切り返しのバリエーションが少ないのだ。

なんとか誘いを躱(かわ)したかと思えば、次は一組のカップルに声をかけられた……ってカトリーヌ！　それなら相手の方はもしかして——

「フィリア！　あの男との婚約が無効になって、本当によかったわ。私もホッとしたのよ。さて、紹介するわね。こちらが私の婚約者、オーギュスト様よ」

カトリーヌの彼は、思った通り優しげな印象の好青年だった。カトリーヌのことが大好きなのが態度から伝わってきて、嬉しそうに目を細めて彼女を見ている。カトリーヌがはきはきしている分、彼がおとなしくてバランスがいい感じだ。私の親友は大好きな人の隣で一番綺麗に笑っていた。

「初めまして、フィリア＝レガートです。カトリーヌ、素敵な方ね。そうそう、さっきは本当にありがとう」

「別にいいのよ。それより、フィリアのいい人はどこ？」

「ど、どうしてそのことを？」

「あら、それくらい、ずっと一緒にいればわかるわよ。だって貴女、すごく女らしく綺麗になったもの。それがあの男のためじゃないなら、別の誰かのためでしょう？」

さすがはカトリーヌ。やっぱり、バレバレだったのね。

レギウスのことを彼女に紹介したことはない。今までは彼に迷惑がかかると思っていたけれど、これからは違う。

「あのね、カトリーヌ。実は私、好きな人がいるの。完全に片想いなんだけど」

私はレギウスの名前は伏せて、彼女に想いを打ち明けた。私が勝手に好きなだけで、告白しても断られるかもしれない。今まで優しくしてもらえたからといってうまくいくとは限らないのだ。

「フィリアが好きなのって、飛竜騎士のレギウス様でしょう？」

「な、な、なぜそれを？」

カトリーヌ、恐るべし。会わせたことはないはずなのに、心の中までお見通し？

「あら。だって以前うちに来た時に、すごい顔で心配していたじゃない。私の相手がその方かと思ってショックを受けていたのではなくて？」

「えっ」

確かにそうだけど、それって私が自分の恋心に気づく前よね？　やはりカトリーヌは鋭(するど)い。これからは、恋愛マスターと呼ばせてもらおう。

「もちろん応援しているわ。彼なら、王子様と一緒に奥にいるわよ。ライバルはいっぱいいるけど頑張って。貴女なら絶対に上手くいくから」

本当にそうなればいいのに。それにしても彼女の情報網、侮(あなど)れないわ。すごい女性と婚約できたオーギュスト様こそ、本当のやり手なのかもしれない。

カトリーヌの言葉に力を得て、レギウスを探す。そして、明るい大広間の奥、令嬢達の人だかりの向こうに、よく知る鳶色(とびいろ)の髪を見つけた。遠くから眺めているだけで、胸が締め付けられるように苦しくなる。魅力的な笑顔も首を傾(かし)げる仕草も、やっぱり私の好きなレギウスだ。

「出遅れてしまったみたい」

予想していた通り、彼は兄以上の人気で既(すで)に多くの女性に囲まれていた。あの群れをかき分けて近くに行くのは、至難の業(わざ)に違いない。隣にはエイルーク様までいるようだ。人気の二人が固まっているせいで、彼らを囲む令嬢達もかなり気合(きあい)が入っている。

兄のセルジュの醜聞なんて何のその。レギウスの評判にはまったく関係ないみたい。それどころか、兄が廃嫡(はいちゃく)されて次期侯爵に決まったということで、ものすごく注目を集めている。

栄(は)えある飛竜騎士のレギウスは、見た目も良くておまけに優しい。恋心によるひいき目を抜きにしても、この会場で彼以上に素敵な男性はいないと思う。

空の青の飛竜騎士の制服は、大広間でもよく目立つ。おまけにレギウスは、令嬢達より頭一つか二つ分は飛び抜けて背が高い。話しかけられて困ったように髪をかき上げる仕草に黄色い声が上がって、場が華やいでいる。

セルジュと婚約破棄をした時と似ている状況にドキッとした。さすがにレギウスは両腕に女性なんて絡みつかせてはいないけど、囲まれているところなんかは、そっくりだ。

大丈夫だとわかっているはずなのに、近づこうとした足が竦んで尻込みしてしまう。でも、ここで怯んでいたら、彼に好きだと告白する機会はもう来ないだろう。

私のよく知るレギウスは、悪意ある言葉で他者を貶めることや、自分より弱い存在だとか身分の低い者を軽く扱うことをしない。せっかくの休暇中にもかかわらず、私が痩せるために協力もしてくれた。優しく根気強く丁寧で、思いやりがあって愛情深い人。

見ただけで愛しくて胸が苦しくなるから、本当は優しい彼に子どもの頃からずっと恋していたんだと思う。困った時の髪をかき上げる仕草や、こぶしを口に当て笑いを噛み殺す癖、私に触れる手はためらいがちで、腕の中は温かい。彼の嬉しそうに煌めく灰青色の瞳や癖のある鳶色の髪、楽しそうに語る表情を、これからも一番近くで見ていたいと切なく願う。

レギウスに好きだと伝えたい。彼に告白するため、綺麗になろうと努力をしてきた。

桃色の髪に挿した緑色の薔薇。彼がくれた髪飾りに手を当て祈る。頑張ってきた今までの時間を私は信じたい——

足を前に踏み出す。きっと大丈夫だと、自分に言い聞かせて。

人だかりに近づくと、レギウスはすぐに気づいてくれたようだ。

「ごめん、外させてほしい。人を待たせているんだ」

片手を上げて周囲に断ると、彼は私の前に立つ。それだけでときめいてしまうなんて、これから心臓が持つかしら。

「待たせているって、もしかして私のこと？」

「ああ。さっき、話があると言っていただろう？」

二人で静かに話をしようと、彼は私をテラスに導く。外はとっくに暗くなっていて、庭の噴水がかがり火でライトアップされていた。

手すりにもたれたレギウスが灰青色の瞳で私を見下ろす。見上げた彼の向こうには星が瞬いている。

どう切り出せばいいんだろう。告白するにも前置きは必要よね？　飛竜の手巾がここにあれば、話のきっかけくらいにはなったのだろうけど。

「あの……」

「フィリア、無理していないか？　すぐにセルジュを忘れろとは言わない。だが、想い続けるのは、やめた方がいい」

話しかけた私を遮るように、レギウスが口火を切った。

「はい？」

いったい何をどうしたら、そんな話になるのかしら。私がセルジュを想っている？　なぜ、どうして？

「リア。君は、君を大切に想う人のもとへ行くべきだ。セルジュが君に何をしたか忘れたのか。それでもまだ、あいつの罪を軽くしてほしいと俺に頼むつもり？」

「えっ」

レギウスったらもしかして、あんな目に遭わされた私がまだセルジュを好きなんじゃないかと勘違いしているの？

「ねえ、レギウス。私の好きな人のことなんだけど……」

「わかっている。リア、隠さなくていい。君はずっと兄のせいで苦しんできた。別れた後は全てを拒絶し、修道院へ行こうと考えるほどに」

レギウスはそう言って目を伏せた。そのせいで、彼の表情が読み取れない。どうしよう。何だか私達の間で激しい食い違いがあるみたい。

「わかっているって何を？　貴方はセルジュを見返そうって提案してくれたわよね。痩せる方法を私に教えてくれたじゃない」

「あの時はああ言わなければ、君が修道院へ行ってしまうと思ったから。本当は、手を貸したくなんてなかった。そもそも、体形を気にしていたのは君だけだ。俺はそのままでもいいと言ったはず」

「いや、さすがにあれはダメだったと思うわ。でも私、当時からセルジュのことなんてもうどうでも良くなっていたのだけれど」

困ったように眉根を寄せる。私が好きなのは貴方よ。それなのに、どうしてセルジュのことを好きだと言うの？

　レギウスは首を横に振ると髪をかき上げた。

「リア。君は兄のことを想うたび、いつも悲しそうな顔をする」

「そうかしら。それはきっと、昔のセルジュとの違いに悲しんでいただけよ。まあ実際は、人違いだったのよね」

　昔から優しかったのはレギウスだ。セルジュの性格はずっと変わらない。

「セルジュを振り向かせたいと言ったね。それに別人として紹介してほしいと俺に頼んだ。君はまだ兄を愛していて、自分のもとへ取り戻そうと思ったからじゃないのか」

　彼の言葉に、思わずギョッとしてしまう。そんな、とんでもない！　頼まれたってごめんだわ。だって私が好きなのは、レギウスなのよ。

　正直な気持ちを打ち明けよう。たとえ嫌われたとしても、私の想いを誤解されている方が嫌だから。

「違うわ。振り向かせたかったのは単に仕返しのため。私をデブでブスだと言ったあの人を、誘惑した後でこっぴどく振って、反省させたかったの。……途中で無理だと気づいたんだけど」

「俺の友人として紹介してほしいと言ったのは、そのため？」

「ええ。後から正体をばらして、謝らせようと思ったから」

　考えてみれば浅はかな計画だ。あのセルジュが反省なんてするはずないのに。

「さっき、セルジュの『結婚』という言葉に反応したのは？　結婚すれば上手くいくと言った、あいつのもとへ行こうとしたのはどうして？」

そうだっけ？　そんなことしてないと思うんだけど……

誤解されるような変な動きをしていたかしらと、自分の行動をよく思い返してみる。もしかして『結婚』って言われてビクッとしてしまったこと？　それは別にセルジュとって意味じゃないし、その後でレギウスに後ろから抱き締められたことの方が、はっきり記憶に残っている。

「私はもう結婚できないと思っていたから、勝手に身体が反応したのかも。それに、セルジュとよりを戻すなんてとんでもないわ！　あの時は、人生をこんな男のせいで無駄にしたのかって悲しくなって……」

向きを変え、テラスの手すりに肘をついて遠くを見るレギウス。考え込むような彫りの深い彼の横顔を見つめる。彼は今、何を思っているのだろう。沈黙が闇に広がる。

私の気持ちを伝えたい。だけど、告白するのはかなり勇気の要ることだ。緊張のあまり心臓が口から飛び出そうだし、握った手のひらに爪が食い込む感触が自分でもよくわかる。

髪飾りに手を当て、瞼を閉じる。大きく深呼吸をした後でゆっくり目を開くと、食い入るように私を見る灰青色の瞳と視線がかち合った。

「セルジュのことは、本当にもう何とも思っていないの。私が綺麗になりたかったのは貴方のため。レギウス、私は貴方がいい。貴方に綺麗だと思われたい」

ありったけの勇気をかき集めて、想いを告げた。

答えを聞くのが怖い。彼の目にはっきりした拒絶の色を見るのが嫌で、私はうつむく。ごめんねって謝られるかしら。それとももう少し優しく、幼なじみ以上には見られないと諭されるの？
答えを待つ時間が永遠にも思える。緊張で高まる胸の音が、やけに大きく聞こえた。
顔を上げようとしたその瞬間、力強く引き寄せられる。あっと思う間もなく彼の胸に、強く抱き締められてしまう。

「――え？」

えっと、これって……つまりどういうこと？

「フィリア、君は綺麗だ。姿も心も。小さな頃からずっと好きだった。兄と婚約して喜ぶ君を見るのは、すごくつらかった」

彼の言葉に思わず息を呑む。今、好きって言われた？　しかも、ずっとって――

「君の方から婚約を破棄したと聞いて、嬉しくなって会いに行った。だが君は、セルジュに想いを残している。諦めようと何度も自分に言い聞かせたが、できなかった」

少し掠れたレギウスの声が、胸に響く。私は彼の背中に腕を回すと、寄り添うように抱き締め返した。温かい身体が、これが夢ではないと伝えている。

「口実を作っては君の様子を見に行った。どんどん綺麗になる君を見て、これが俺のためなら良かったのにと何度も考えた。だがセルジュに会い、泣き出す君を見て――」

マリリアに扮した私をセルジュに紹介した日のことを思い出したのか、彼は口を閉じて私の両肩に手を置いた。見上げる私の目に焦点を合わせると、彼は顔を歪め、つらそうな声を出す。

「俺は一生、兄の代わりにはなれないのだと悟った」

「違う、セルジュの代わりじゃない。私が好きなのはギィ、貴方なの！」

彼の腕を掴んで必死に叫ぶ。彼の苦しそうな表情なんて、これ以上見たくない。

レギウスがふっと息を吐き出した。彼は柔らかく微笑むと、私の頬に片手を添えて端整な顔を近づけてくる。

「ああ、安心した。聞き間違えていたらどうしようかと思った。異動の準備にかこつけて長めの休暇を取った甲斐があったよ。もう一度言うよ。リア、好きだ」

「レギウス……ギィ、私も」

嬉しくて胸が爆発しそう。感激して泣きながら微笑む私の顔は、きっとぐちゃぐちゃだ。綺麗な告白をしようと鏡の前で何度も練習したのに。彼の前ではどうしても素の自分が出てしまうみたい。

そんな私を見たレギウスは、自分の口元に手を当てて――わ、笑いを噛み殺してるぅ!?

この流れでそれはないでしょう。

「笑ってごめん、降参だ。君があんまり可愛くて、これ以上触れるのがもったいないような気がしたから」

「はい？」

好きな人の口から語られる甘い言葉は、抜群の破壊力だ。嬉しいけれど、困ってしまう。レギウスはもう一度楽しそうに笑うと、しっかり私を抱き締めてきた。星空の下、ようやく想いが通じたと、私は彼にぴったり寄り添う。

腕の中が心地いい。レギウスの側にいるだけで、私はいつも幸せな気分になれる。

「リア、信じられないほど綺麗だ」

私を見て彼が言う。だけど、綺麗なのは貴方のほうでしょう？　彫刻のように整った顔が室内から漏れる灯りを受けて、ますます美しく神々しく見える。

レギウスが私の髪飾りに触れる。彼のくれた緑の薔薇だ……ん、薔薇？

それで思い出したことがある。レギウスの甘い言葉と優しい笑顔にボーッとなっている場合じゃない。これだけは、どうしても聞いておかないと。

彼はさっき、小さな頃からずっと私が好きだったと言ってくれた。でも、それはおかしい。野苺摘みの後で熱を出した私に本を読んでくれた少年。その少年がレギウスだったなら、彼が本当に好きなのは――

「ちょっとタンマ！」

再び迫ってきていた彼を避ける。いくら想いが通じ合ったといっても、このまま流されるのは良くない。それに、白黒はっきりさせないと。

「タンマ？」

とっさに使ってしまった前世の言葉に、レギウスが戸惑ったような顔をしている。私は少し下がって距離を取ると、改めてレギウスに向き直った。

「あのね、貴方に聞いておきたいことがあるの」

「何でもどうぞ。誓ってやましいことはしていない。最愛の人との抱擁を中断されて、不満は覚えているけれど」

このタイミングで笑顔を向けてくるなんて反則だ。私をもっとときめかせて、どうするつもり。

「もう！　ギィったら。だけど、小さな頃の貴方が好きだったのは、私じゃないでしょう？」

「それは初耳だ。どうしてそう思う」

首を傾げながらも彼の口は弧を描いている。もしかして、覚えていないの？

金色の髪の少年に恋をしたあの日の光景は忘れたことがない。『薔薇姫と黄金の騎士』を読んでくれたレギウスの言葉なら、今でも思い出せる。

『キラキラしていて本当に綺麗だ。俺はマリリアが好きだな』

彼は確かにそう言ったのだ。本に出てくる架空のヒロインに嫉妬するなんておかしいけれど、私は彼女のようにお淑やかではないし、金髪でも青い瞳でもない。後からがっかりさせるより、今ここではっきりさせておいた方がいいに決まっている。

「覚えてる？　熱を出した私のために本を読んでくれた時のこと」

彼は記憶を辿るように目を細めると、自信ありげに頷いた。

「ああ。なかなか回復しない君を見て、すぐに見つけ出せなかったことを後悔していた」

「そのことはいいの。だって私を置き去りにしたのはセルジュだから。むしろ、あの時はありがとう。貴方が見つけてくれなかったら、きっともっとひどいことになっていたわ」

「気にしないでくれ。当たり前のことをしただけだから。それより、聞きたいことって？」

「そうそう。あの時、『薔薇姫と黄金の騎士』っていう本を読んでくれたでしょ。貴方、ヒロインのマリリアが綺麗だって絶賛していたわよね」

「それは君だろう。将来こんなお姫様になるんだって何回も俺に言っていた」

「え？　で、でも、ギィだって言ったはずよ。『キラキラしていて本当に綺麗だ。俺はマリリアが好きだな』って」

きょとんとしたレギウスは、しばらくするとなぜか口元を緩め、嬉しそうな目をする。

「懐かしいな。あの時のことを、君が覚えてくれていたとはね」

やっぱりそうなのね。彼の好みはマリリアのようなおとなしい女性。可憐なヒロインが好きなのは、セルジュではなくレギウスだったってことか。

「じゃあやっぱり、マリリアみたいにおとなしい方が……」

「違う。君の記憶違いだ。熱に浮かされた緑の瞳を見て、俺は初めて君に自分の想いを告げた」

「え？」

「だから、あの時も今も、俺はリ、ア、が好きだって言ったはずだ」

ええっと……あれ？　そうだったかしら。そう言われればそんな気もしてきたような。待ってね。よーく思い出してみるから。

マリリアとリア、うん、響きは確かに似ているわね。

レギウスが当時から私を想ってくれていたのだとしたら、相当年季が入っている。彼の気持ちに全く気づかず、セルジュと婚約してしまって申し訳ない。……そうか、だからレギウスは、私の父と一緒になってセルジュと私の婚約を阻止しようとしていたの？　セルジュを好きだと勘違いしていた私は、彼の忠告にまったく耳を貸さなかったのに。

そして、レギウスは騎士になるために家を出た。それはもしかして、セルジュと私に遠慮して？　将来侯爵家で暮らす私達の邪魔にならないように気を利かせてくれたのかも。

「だったら、久々に会った私がすごく太っていてがっかりしたでしょう」

再会した時の私は、レギウスが家を出る前とは随分変わっていたから驚いたはず。

彼の言葉に舞い上がり、調子に乗ってはいけない。現実をきちんと見なければ。幼いレギウスが本気で私のことを好きでいてくれたのなら、立派に成長した彼は私を見て幻滅したことだろう。

私の言葉に、レギウスは面白そうに笑っている。待って。ここ、笑うところじゃないんだけど。

「いや、綺麗になるって俺は知っていたから。エメラルドの原石は埋もれていた方がいいだろう？　それに、本当の自分を隠して待っていてくれたおかげで、騎士は薔薇姫に会えたんだ」

まあ！　恋は盲目という言葉はどうやら本当みたいね。横に大きくなってころころしていた私を見ても、まだそんな台詞が言えるとは。それにエメラルドとか薔薇姫って……

レギウスの褒め殺しが恥ずかし過ぎてつらい。

「もういいかな。他に質問はない？」

私が首を縦に振るとレギウスは微笑み、手を横に大きく広げた。これって飛び込んでおいでってこと？　辺りを見回しても、いつかのように側に弟もいないどころか、他に人の気配はない。だったら照れくさいけど、応じよう。

「ええ」

レギウスの硬い胸に顔を寄せると、私と同じくらい心臓の鼓動が速まっていた。彼は腕の中に私を再び閉じ込めると、髪と顔中にキスの雨を降らせる。

「リア、綺麗だよ。君の全部が大好きだ」

くすぐったくて嬉しくて、あったかくって幸せだ。両想いだと実感できて、自然と心が弾んでしまう。

この瞬間がずっと続けばいい。遠くへ行かず私の側で笑っていてほしい。痩せるため、協力してくれた時のように、同じ場所で同じ時を仲良く過ごせたらいいのに——

彼の胸に手を当てて、一層頬をすり寄せる。この温かさや感触を覚えておきたい。

だってレギウスにふさわしくなろうと、一生懸命勉強した私は知っている。

飛竜騎士の仕事は忙しく、彼の任地は王都から遠い。王都と比べて南にある国境沿いの街は、馬車で移動しても一週間以上かかってしまう。飛竜だけが唯一速く移動できるけど、飛竜騎士以外の人間はもちろん乗れない。バランスを取るのが難しいのと、スピードについて行けずに振り落とされてしまうからだ。

今日だって、彼は時間を削ってわざわざここに来てくれたのだろう。多忙を極める彼にこれ以上我儘は言えない。

ようやく叶った恋が遠距離恋愛だなんて、神様も意地が悪い。修道院行き、やっぱりやめといて正解かも。

「ギィ」

寄り添う彼の身体は温かかった。もう少しここでこうしていたい。

会えない日も、今までは彼を想って過ごすことができていたのに、想いが通じたとなると、まだ足りないと感じるなんて。こんなに激しい感情が、自分の中にあるとは思わなかった。

せっかくだからこのままで。幸せな思いにもう少しだけ浸らせて。

「どうした、リア。そんなに悲しそうな顔をして。相手が俺では不服か？」

「ううん、違う。当分会えないだろうから、ギィを補給しているの」

もうすぐ戻ってしまうというのなら、今だけでも存分に甘えておこう。

「何だ、そんなことか」

「なっ何だって。そんなあ……」

別れを悲しむ私に比べ、レギウスは案外平気なようだ。おかしいな、私を好きだと言ってくれたのに。もしかして、家族愛的な好きって意味だった？　もともと妹みたいに思っていたし、兄ちゃん元気に働いてくるからお前も頑張れよって、そんな感じ？

「百面相しているところ悪いんだけど。リア、俺の話も聞いてくれないか」

「え？　いいけど……」

レギウスは、灰青色の瞳で私を見つめると、あることを語り始めた。

「昔々、あるところに一人の少年がいました。少年は隣の国のお姫様が大好きで、いつか自分を見てほしいとそればかりを願っていました。けれど、姫は少年の兄と婚約してしまいます。ショックを受けた少年は、それなら姫の好きな騎士になろうと家を飛び出しました」

「ギィ、それって……」

「大きくなった少年は、願い通り騎士になりました。でも姫は、騎士となった彼より婚約者である次期侯爵の方が大好きなようです。落ち込んだ騎士は、己を磨こうとますます努力をしました」

「貴方が騎士になった理由って、私が黄金の騎士に憧れていたからなの？」

「そう。まあそれだけじゃなく、俺が次男だからってこともあるけれど。――鍛え抜いた結果、騎士は飛竜騎士になりました。戻った彼は姫に気に入られようと、あの手この手で努力をします。けれど姫は振り向いてくれず、ついに彼は諦めようと遠くの地へ行きました」

レギウスにそんな想いをさせていたなんて、まったく気づかなかった。

「けれど姫のおかげで、騎士はいずれ侯爵になるらしい。だがまずは、飛竜騎士団副団長として、南の地に奥さんを連れ帰ろうと思うんだけど、姫はどう思う？」

レギウス、それって――

茶化すような言葉とは裏腹に、レギウスは真剣な表情で私を見つめている。今私が考えてることって間違ってないわよね。これってやっぱりプロポーズ？

「嬉しいわ。それなら、急がないとね」

「急ぐ？」

「ええ。だって『飛竜騎士は迅速な行動が第一』でしょう？」

「ああ、それでこそ、俺の奥さんだ。愛してる」

レギウスが嬉しそうに顔を寄せてくる。私を抱き締め、何度も何度も髪を撫でた。その優しい仕草と大きな手のひらから、愛しいという想いが伝わってくるようで。

みるみるうちに熱くなる頬を隠そうと、私は彼の胸に急いで顔を伏せたのだった。

そうしてどれくらい経っただろう。レギウスの温かい胸の中でうっとりしていた私は、舞踏会のことなどすっかり忘れていた。大好きな人に囁かれる愛の言葉が嬉しくて、同じ想いを返そうとしたその時、不意に声がかかる。

「お二人さん、そろそろいいかな？」

「無粋だな、エイルーク。もう少しこのままでいたいと言っても、ダメだろうな」

ため息をつくレギウスもやっぱりかっこいい——ってちょっと待って？　彼が今話している相手って、この国の王子様よね⁉

「も、もも、申し訳ありません」

私はレギウスの腕の中で必死にもがく。王族の前でこれはいけない。それなのに、焦る私と裏腹に、彼はますます腕の力を強めて離してくれない。

「我が君は、相変わらず人使いが荒い」

「私としては、ようやく想いを遂げた親友の姿を見ていたいと思うよ？　でもダメだろう。みんなが待っている」

お、想いを遂げたって……レギウス、まさかそんなことまで殿下に話していたの？　王子が最初から全てお見通しだったのだと思うと、恥ずかしさが増していく。それに、第二王子を困らせるなんて恐れ多い。目の前でいちゃつくのもどうかと思うわ。

「ギ、ギギ、ギィ！　私、お客様をお見送りしないと」

今思い出したけど、舞踏会はまだ終わっていない。主催者の娘が元婚約者と修羅場を演じて、その弟とテラスで抱擁。そのせいでお客様の見送りもせず放っておいたとあっては、後々まで語り草となってしまう。

私は向きを変え、彼の腕から逃れようとした。ところがレギウスは、腰に下ろした手をなかなか離そうとしてくれない。

「あの……ギィ？」

「リア、一緒に行こう」

レギウスが優しく笑いかけてくる。ええっと、私は別にいいのよ？　でも、何か言われて後々嫌な思いをするのってレギウスの方でしょう？

近くにいた第二王子がやれやれ、という風に肩を竦める。レギウスはまったく気にしていないようで、腰に添えた手を離さずに私をテラスから大広間へ導いていく。

私だって何も考えていないわけではない。きちんと覚悟はしている。いくら婚約が無効になったとはいえ、すぐに別の相手と――元婚約者の弟と親しげに現れたのでは、社交界の噂の的になるのは確実よね。

でも私は、レギウスについて行くと決めている。一番近くで彼を支え、共に笑い合いたい。

私は傍らのレギウスを見上げ、微笑んだ。彼も私に、優しい笑みを返してくれる。

もう、何も怖くない。レギウスと私は、明るい大広間に足を踏み入れた。

人々が一斉に私達に注目する。その場がシンと静まり返り、空気も張り詰めているようだ。予想していたとはいえ、この後二人揃って非難されるのかと思うと、気分が沈む。

けれど次の瞬間、私達は拍手の渦に包まれた。見知った顔が次々と祝福の言葉を叫んでいる。

「フィリア、おめでとう！」

「上手くいって良かったわね。言った通りだったでしょう？」

「婚約おめでとう」

え、婚約おめでとう？　婚約無効おめでとう、ではなくて？

意味がわからず、目を丸くして隣のレギウスを見る。彼もまた、突然のことに驚いているようだ。

「いったいどういうことだ？　まあ、俺にとっては嬉しい限りだが」

苦笑する彼も素敵で、胸の鼓動がドクンと跳ねた。レギウスと婚約できるのなら、もちろん嬉しい。だけど、さっきプロポーズされたばかりなのに、それをみんなが知ってるはずがないわよね。

やはり、婚約無効を言い間違えたんだろう。

ニコニコ笑う父に手招きされる。その横には、レギウスの父親であるバルトーク侯爵が、さっきよりも少し柔らかな表情で立っている。

そうか、親同士も和解したのね？　それなら本当に良かった。セルジュのことは残念だけど、彼もいつか必ず立ち直ってくれるはず。婚約は無効になったし、襲われかけたといっても実害はなかったから、私が訴えるつもりはない。うちの両親はもともとレギウスのことを気に入っているし、彼が侯爵家を継ぐのなら、家同士がいがみ合う必要なんて、もうどこにもないから。

呼ばれた父に素直に従い、付き添ってくれたレギウスと二人で隣に立つ。父は私達を見て頷くと、大きな声で宣言した。

「自慢の娘と、未来の息子を紹介します」

「ええっ⁉」

あまりの展開についていけない。未来の息子って――だって、さっきお互いに想いを確認したばかりなのよ？

父は満面の笑み、母は手巾で目を押さえて感激しているみたい。弟はもちろん大喜びで、両手のこぶしを握り締めていた。レギウスの父親である侯爵に至っては、滅多に表情を崩さない顔に、うっすら笑みまで浮かべている。いまいち状況が呑み込めない。どうして私達の気持ちが、大勢の人にバレているのかしら。

「ええっと……」

戸惑う私がレギウスを見上げると、彼は安心させるように笑いかけてくれた。その後で少し困った様子で友人の方を見る。私も彼の視線を追って第二王子に目を向けた。

金色の髪の王子様は、私達と目が合うなり、イタズラが成功した子供のようにニヤッと笑った。そして、いつの間にか手にしていたグラスを高々と掲げ、よく通る声を広間に響かせる。

「友の婚約を皆と祝うことができて嬉しい。彼らの前途が幸い溢れるものとなりますよう、乾杯！」

続いて、会場中に『乾杯』という声が響き渡る。お祝いの声が飛び交う中、レギウスも私も金色の液体が入ったグラスをすぐに渡された。どうやらあらかじめ用意されていたものらしい。

お節介で優しい王子はすごく楽しそうだ。エイルーク様ったら、もしかして張り切っている？　今日、急に舞踏会への参加を決めたのは、レギウスと私をくっつけるため？　この推測が正しければ、あの王子には一生頭が上がらないような気がする。同じことをレギウスも感じているのか、何とも言えない表情が、彼の顔には浮かんでいた。

けれど、私は感謝したい。大好きなレギウスとの仲を、こんなに早くみんなに認めてもらえたのは、彼のおかげだ。嬉しくなった私は、隣にいるレギウスにぴったり寄り添う。優しい瞳の彼が、甘い笑みを浮かべる。こんな日が来るとは思わなかった。愛する人の隣で、みんなから祝福される幸せな日が来るなんて。

突然の婚約発表。遅い時間であるにもかかわらず、誰も帰る気配はない。大広間にいる人々は、婚約披露の常である、私達二人のファーストダンスを待ち詫びているようだ。

待ちに待ったレギウスとのダンスに、心が震える。今までの練習の成果が、ようやくここで発揮できるのだ。彼に丁寧に教えてもらったから、失敗しない自信はある。

会場中の視線が私達に注がれる。大丈夫、内側も外側も綺麗になろうと努力した。特にダンスはレギウスがいない間も練習していたから、完璧のはず。

「リア、踊っていただけますか」

「ええ。ギィ、喜んで」

空を溶かした優しい色。灰青色の瞳の彼が手を差し出す。私は笑ってその手を取ると、大広間の中央へと足を踏み出した。

「リア、すごく上手だ。さらに腕が上がったね」

「腕？　足の間違いではないかしら」

私は軽口を叩きながら、リズムよくステップを刻む。レギウスと踊る時はいつだって、心も身体も羽が生えたように軽い。それは今日も同じこと。周りに多くの人がいるとは理解していても、今はレギウスしか目に入らないから、リラックスした状態で。

「冗談を言えるなんて余裕だな。正直、ここまで上達しているとは思わなかった。嬉しいよ」

「ふふ、私も嬉しいわ。貴方とこんな風に踊れるなんて」

大好きな人に褒(ほ)められたことで、現在気分も上昇中。このまま本当に羽が生えて、飛んで行けるかもしれない。

「腕といえば……」

私を回転させながら、レギウスが話しかけてくる。

「なあに？」

「どうやら刺繍(ししゅう)の腕も上がったようだな。部屋の前に落ちていたのは俺宛(あ)てだろう？　あの、羽つきトカゲの手巾(ハンカチ)」

「なっ！」

まさかの感想に、そこで足がもつれてしまった。そんな私の腰を両手で支えると、レギウスは高く抱え上げる。途端に、会場中からわーっという歓声が飛んだ。

「ギ、ギギ、ギィ！」

「冗談だ。リア、ありがとう。確かに受け取ったよ。飛竜の刺繍が見事だった」

曲が終わると同時に私を下ろしたレギウスが、涼しげな目を細めて笑う。もちろん口元にこぶしを当てて。その癖も子供の頃から変わらない、私の大好きなレギウスだ。

彼の仕草に胸がときめく。だけど、私だけが彼を見てドキドキするというのも何だか癪だ。レギウスにも、私を見ただけで胸がキュッとなるような、そんな思いをしてほしい。

もっと綺麗になるから見てなさいっ！

私は彼のため、自分のために、さらに綺麗になることを誓ったのだった。

番外編　四つ葉のクローバー

子供の頃からずっと好きだったフィリア。その彼女がほんの少し会わない間にさらに綺麗になっているなんて反則だ。もう十分だ、と思うくらい美しくなったのに、まだその先があるなんて聞いていない。しかし、兄のセルジュのために一生懸命痩せようと努力していたのが、まさか仕返しのためだったとは。俺が愛してると告げた時の、彼女の照れた表情は美しかった。ステップを踏み間違えて慌てる様子も最高に可愛かったな。

新年最初の舞踏会で、最愛の女性との婚約が認められてから三週間が経つ。俺――レギウスは、あの日のフィリアを思い出すと、いまだに笑みが浮かんでしまう。

「またか。難攻不落と言われた我が友が、こうもあっさり陥落とはね。しかも頬が緩みっぱなしだぞ。色男が台無しだな」

デスクに腰かけ憎まれ口を叩くのは、このリグロム王国第二王子のエイルーク。彼とは近衛騎士団時代からの親友だ。そのため、二人きりの時には対等に会話させてもらっている。今では敬語を使うと、逆に嫌がられるくらいだ。彼は視察と称して、時々俺の任地に息抜きにやって来る。馬で何日もかかる距離なのに、わざわざご苦労なことだと思う。

「放っておいてくれ。でもまあ、縁結びが必要な時には力になろう」

フィリアを社交界に復帰させてくれた彼には本当に感謝をしている。だが、今は休憩中だ。俺がフィリアのことを考えていたとして、咎(とが)められる謂(いわ)れはない。

「いらないよ。私は自分で何とかするから」

「それはよかった。それなら当分王都へ出向かずに済む」

今俺がいるのは、王都から遠く離れたタロスの街。国境沿いの山あいにあるのどかな場所だ。この街も飛竜騎士団第三部隊の職務も大いに気に入っている。気掛かりなのは王都に残して来たフィリアのことだが、それももうすぐ解消される。

ろくでなしの兄と婚約していた彼女を攫(さら)ってしまいたいと、何度考えたことか。兄のセルジュよりもずっと前から、俺はフィリアが好きだった。彼女のことなら幼い頃のことでもはっきりと覚えている。


フィリアと初めて会ったのは、隣の領地にあるレガート公爵家に挨拶に行った時だ。

隣といっても、王国の三大公爵家のレガート家とうちとでは、領地の面積も屋敷の大きさも比べものにならない。兄が壮大な屋敷に圧倒されて、口をポカンと開けている様は実に見ものだった。それくらい、うちと公爵家では格が違っていたのだ。

当時の俺は六歳になったばかりで、三つ年上の異母兄にいつもバカにされていた。セルジュは外(そと)面(づら)だけは一級だから、両親もあっさり騙(だま)されてしまう。彼のしたいたずらを俺が代わりに叱られるなんて、いつものことだ。特に母は、前妻だったセルジュの実母より身分が低いという負い目があるせいか兄に強く出られず、何事もまず俺を責める。それがセルジュを増長させた。謂れのない罪をなすりつけられ罰を受け続ける日々。無論、兄が俺を庇うことなどない。そんな生活に嫌気がさして、自信を失いかけていた時だった。

レガート公爵家のピカピカに磨かれた床や柱は、豪華なことに大理石製だ。名画や彫刻などの調度品もセンスがいい。使用人の教育も完璧に行き届いていて無駄がないし、我が家にはない品と温かみが感じられた。代々続く名家とはこういうものなのかと、妙に感心したことを覚えている。

小さな世界で頂点に君臨し、満足していた兄も、上には上がいるとわかったらしい。父親と一緒に慌てて公爵に頭を下げる彼を見て、少しだけ胸のすく思いがした。

けれど俺の目を引いたのは、小さな女の子。

『お父さま、おきゃくさま？』

可愛らしい声を上げて部屋に入って来たのは、珍しい桃色の髪をした美少女だった。彼女を見るなり、公爵の頬が緩む。父と兄と俺は、そこで初めてフィリアを紹介された。彼女は綺麗に澄んだ緑色の瞳で、俺達をじっと見つめる。

——なんて綺麗な子だろう。教会で見た宗教画の天使のようだ。

そう思った俺は挨拶の言葉も忘れ、正面から彼女に見入ってしまった。

『こら、レギウス。頭を下げろ』

父の厳しい叱責が飛ぶ。——叩かれる！　そう思った瞬間、彼女は俺に言ったのだ。

『きれいな色の目ね。お空を溶かしたみたい』

そうかな？　セルジュの濃い青や彼女の緑色の瞳の方がよっぽど綺麗なのに……

『そうだな、とても綺麗だ。彼によく似合っている』

公爵も愛娘の意見に同意する。微笑む二人の表情はよく似ていて、暖かな春の日差しのようだった。

我が家は序列に厳しい。それだけに、長男のセルジュより先に親しい言葉をかけてもらえたことが嬉しかった。そしてその日から、彼女の瞳の緑が俺の一番好きな色となる。

子ども同士仲良くさせようという公爵の提案で、その後俺達は一緒に遊ぶことを許された。ただし、小さなフィリアを考慮して、範囲は家の中や庭など敷地の中だけだ。好奇心旺盛なフィリア――リアは、遊ぶ時も一生懸命で可愛かった。

かくれんぼでは、カーテンの中に身を隠す。他に隠れるところもないし、あからさまに布が膨らんでいるので、ぱっと見ただけですぐバレるのに、探しに来るまでじっと息をひそめて耐える姿が可愛かった。カードでは、ルールが難しいと愚痴をこぼしながらも、覚えるまで何度もプレーを繰り返す。苦手なことをすぐに投げ出す兄とは大違い。読書にだって一生懸命で、わからない言葉があれば即座に聞いてきた。

彼女にすごいと思われたくて、俺は本や辞典を読み込んだ。学問に興味が出たのは、彼女のおかげかもしれない。逆にセルジュはフィリアのそんな態度をうるさいと思ったらしく、質問しようと近づく彼女から逃げ出すことが多くなった。

『だったら遊びに来なきゃいいのに……』

リアと俺の二人だけなら、きっともっと面白い。セルジュがいない方がリアと長く遊べる。その時の俺は、兄の魂胆に気づかずに単純にそう考えていた。

やがて時が過ぎ、護衛付きで外出の許可がもらえるようになった頃。物知りの執事に教えてもらった小さな白い花の咲く場所に、俺は彼女を連れて行くことにした。

シロツメクサを初めて目にした瞬間、緑の中に広がる小さな白い花達に興奮したのか、リアは駆け出す。その様子にセルジュは顔をしかめるが、俺は逆に好感を抱いた。

けれど彼女は、花を摘むわけでも、花冠を作ろうとするわけでもなく、なぜか緑色の葉の方に集中している。不思議に思って尋ねてみると、彼女は四つ葉を探しているのだと言った。

『四つの葉？　シロツメクサには三つしか葉がないよ』

『四つ葉はあんまり見つからないから、すごいの。持っているだけで幸せになれるんだから』

俺も一緒に探してみるけど、やはりなかなか見つからない。からかわれたのだろうと思い、諦めて立ち上がる。ところが、リアは違っていた。

公爵令嬢という貴い身分にもかかわらず、土をいじり緑色に埋もれて一心不乱に葉っぱを探している。それも、あるかどうかもわからない代物を。希少な宝石も高価なドレスもたくさん持っているはずなのに、葉っぱの方が重要だと力強く説明する顔が面白く、俺は気づいた時には笑っていた。

『ギィ、貴方、綺麗な顔なんだから、もっと笑って』

大真面目な顔でリアが言う。

家格や序列にこだわる父と、出自の低さから父や継子に気を遣う母。腹違いというだけで俺をバカにし威張る兄――

身の置き所がなく笑顔を忘れていた俺を、年下のリアが癒してくれる。彼女だけが俺を見てギィと呼ぶ。そんな彼女が可愛くて、これからも一緒にいたいと願った。

『はい、これ、ギィの分。貴方が幸せになれますように』

得意げな顔で俺にシロツメクサの葉っぱを渡してくるリア。見ればなるほど、葉が四つに分かれている。ただの葉っぱが幸せを運んでくるなんて迷信だと思うけれど、誰かに自分の幸せを願ってもらえることが、こんなに嬉しいとは。君がいなければ気づけなかった感情だ。

『ありがとう。大切にするよ』

四つ葉とその贈り主は、こうして俺の一番の宝物になったのだ。

それからというもの、俺は暇さえあれば公爵家に通い詰めた。リアの側で笑い合えるのが楽しくて、彼女の誕生日には、貯めた小遣いで買った緑のリボンを手渡した。リアの瞳と同じ色。彼女も喜んでつけてくれているようで嬉しかった。

ところがその頃から、セルジュは俺をリアから遠ざけようとし始める。今までろくに相手をしなかったくせに、俺とリアが親密になっていくのが気に入らなかったのか。彼は両親にこう吹き込んだ。

『レギウスはマナーがなっていない、今後恥ずかしいまねをさせないよう、叔父様の家で行儀作法を習わせたらどうでしょう』

リアが森で迷子になった日も、俺はレッスンのため父の弟の家に行っていた。叔父は普段は優しいが、躾には厳しい。子どもだろうと容赦しないから、手が赤くなるほど叩かれることなんてしょっちゅうだった。早く帰ってリアの顔が見たい。そう思った俺はいつにも増して集中し、過去最短記録で課題を終えて帰宅した。けれど、リアに会いに外へ出ようとした時、リアの家へ向かったというセルジュだけが戻って来た。

『兄さん、もう帰ったのか。ああ、そうか。雨だからか』

『……雨？　森に……森で遊んでいたから気がつかなかったな』

話しかけた俺は、セルジュが一瞬返答に詰まったことを見逃さなかった。

『リアは濡れなかった？　一緒にいたんだろ。ちゃんと屋敷まで送って行ったんだよな』

俺の質問に、セルジュはあからさまに目を逸らす。これはやましいことがある時の彼の仕草だ。

『リアッ』

繋いでいた馬に飛び乗ると、俺はすぐに森へ向かって走らせた。

公爵家の裏手にある森は、奥に入れば入るほど複雑に入り組んでいく。手前に馬を繋いだ俺は、リアを探して足を進めた。先に公爵家へ行って事情を説明しておけば良かったと後悔したのは、しばらく経ってからだ。

なかなかリアは見つからない。入れ違いで帰ってしまったのかもしれない。ただ、もしいるならどうか見つけ出せますように――

祈りが通じたのか、その後すぐに大きな木の根元でリアがうずくまっているのを発見した。ずっと雨に打たれていた彼女の身体は冷え切っている。急いで戻らないと病気になってしまう！

ぐったりした彼女をおぶって元来た道を必死に戻る。手遅れにならなければいいと、それだけを考えていた。

背中でもぞもぞ動く彼女を見て、意識を取り戻したことに安堵する。

『良かった、リア。気がついたんだね。もう少しで着くから』

けれどリアは、自分のことより俺の心配をしてくれた。

『ギィ、貴方濡れてるわ』

自分の方がびしょ濡れで寒いはずなのに……

ごめん、リア。側にいなくて。すぐに辿り着けなくて、怖い思いをさせてごめん。

その後、途中でリアを探していたらしい公爵家の人達と出会った。再び意識を失った彼女に付き添うように家に入れてもらった俺は、公爵に事情を説明して謝罪した。

『ごめんなさい。早くこちらにお伝えすればよかったのですが、時間がかかってしまってごめんなさい。でも、お願いです、どうか彼女の熱が下がるまで側にいさせてください』

レガート公爵は、俺の父のようには怒らなかった。彼は理知的な瞳を煌めかせると、優しくこう言った。

『君も着替えなさい。付き添う君まで熱を出したら、フィリアが悲しむ』

側にいることを許してもらえた！　それなら俺は、ずっと彼女の側にいよう。

リアは高熱のため、意識が朦朧としているようだった。時々目を開いてはどこかを見ているが、熱のせいか、目が潤んでトロンとしている。

公爵を通じて我が家の許可も取ったので、これからはずっと付き添って、リアの様子を見よう。彼女のために、少しでも役に立ちたかった。ずっと側にいるから、見守っているから心配しないで。そう言ってあげたかった。

濡れた服をいったん着替えて再びリアの様子を見に行くと、彼女は俺が見舞いに来たのだと勘違いしたようだ。少し熱が下がって楽になったのか、本を読んでほしいとせがんでくる。

――君の頼みを断るわけがないだろう？　俺は頷き、彼女の本を手に取った。

タイトルは『薔薇姫と黄金の騎士』。彼女はこの物語が好きなようで、繰り返し読むよう頼んでくる。俺は心を込めて話を読んだ。何度も朗読するうち、ストーリーは大体覚えた。リアがヒロインであるマリリアに憧れ、彼女の相手である黄金の騎士を好ましいと思っていることにも気がついた。

そうか、リアは騎士が好きなのか。

感想を求められたが、話には特に感激したわけでもない。彼女を喜ばせたいがために、良かったとだけ答えた途端、リアの瞳が輝く。

『キラキラしていて本当に綺麗だ。俺はリアが好きだな』

思わず口にしていた。初めての告白に、自分が一番驚く。けれど彼女の答えはない。どうやら再び眠りについてしまったようだ。季節外れの風邪は彼女から体力を奪っている。治ったら今度こそ、ちゃんと好きだと言おう。

しかし結局、想いは告げられなかった。

リアの病状が落ち着いて家に戻るなり、俺は外出禁止を言い渡されたからだ。鍵をかけられ部屋に閉じ込められる。どうしてこんなことに？　責められるべきは、俺よりセルジュなのに。

後日、懇意にしている使用人がこっそり教えてくれたことによると、リアを森に置き去りにしたのは俺だと、セルジュは親に嘘の報告をしていたらしい。それで気が咎めたために、彼女の看病をすべく俺が公爵家に留まっているのだとも。

だがそんな嘘、公爵家に確認すればすぐわかる。今度こそ父も、兄ではなく俺を信じてくれるだろう。

――その考えは甘かった。やはり父は兄の言葉を信じることに決めたらしい。古い考えに縛られて、次男は長男に逆らうべきではないと思っているのだ。いつものように確認など取らず、悪いのは俺だと決めつけられて怒られた。

俺はそのまま、王都の全寮制の学校へ送られた。名目は勉学のため。けれどそれは、公爵家に入り浸る俺をリアから引き離すためのセルジュの作戦だったと、後から知った。

勉強自体は嫌いじゃないし、知識をつければ次男でも公爵令嬢の相手が可能になるのではないか、との考えが頭を過ったことも確かだ。現に低い身分から成り上がり、王城に召し抱えられた者もいる。それなら、父の怒りが冷めてリアのつらい記憶が薄れるまで、俺は王都で頑張ろうと決意した。

街での生活は刺激的で面白い。いろんな国から人や物が集まってきて、毎日が新鮮だ。たくさんの人と交流し、教えを乞ううちに自分の未熟さが身に沁みて感じられ、世の中を広く知り、いろんなことを覚えて己を高めたいと思うようになった。

規則の厳格な寮は一時帰宅も許されない。そのために、気がつけば五年の月日が過ぎていた。学校の全ての課程を終えて帰宅した俺を待っていたのは、リアとセルジュが婚約するという信じられない報せだった。

当然俺は反発した。そんなこと、許せるわけがない！

リアの父親である公爵と一緒に二人の婚約を止めようと猛反対したが、必死な俺を兄が嘲笑う。

『フィリアが好きなのは僕なんだ。お前ではなく、ね。趣味がいいと思わないかい？』

両親もこの婚約に乗り気なようだ。公爵の後ろ盾を得られれば、セルジュと侯爵家は今後も安泰だと考えているのだろう。頼みの綱は公爵だけ。彼はきっと、俺がフィリアを好きなことに気づいている！

――だが、残念ながら、俺の想いは届かなかった。最後はフィリアの気持ちに委ねようということになり、彼女はセルジュを選んだのだ。

外面が良く社交的、父と同じく権威と金を好む兄が彼女を手放すはずがない。フィリアが幸せならそれでいい――そう思いつつ、二人の姿を見ているのはつらかった。二人が婚約した直後、俺はもう戻らないつもりで家を飛び出した。

君のため、騎士になろうと考えた。大好きな本を読むたびに、俺のことを思い出してくれればいい。共に遊んだ記憶があるなら、少しでも俺のことを考えてくれと、そう願って。

まさか再会時に、知らない人を見るような顔をされるとは、思ってもみなかったが。

婚約を破棄した君が修道院に入るつもりだと言い出すくらい、セルジュは君を傷つけていた。

俺はいいことを絶対に言わずに引き留めようと必死に説得する。

『……君が行こうとしている修道院は特に戒律が厳しく、家族といえども異性とは面会できない』

『北端の地にあるので冬も厳しい。石造りの建物らしいから、なおさら冷えるだろう。寒さに震えながら水垢離をするのは、かなりつらそうだ』

どれも真っ赤な嘘だ。そんな厳しい場所では、貴族の子女は確実に誰も行こうとしない。大口の寄付がなくなれば、修道院は潰れてしまうだろう。だが純真な君は俺の言葉を素直に信じ、緑の瞳に迷いの色を浮かべた。

すかさず俺は畳みかける。セルジュを見返してやる気はないか、と。

もちろん、本心で言ったわけじゃない。全ては君を引き留めるため。修道院に入れば二度と出られないのは本当だから、行かせるわけにはいかない。兄との婚約がなくなったなら、俺を選べばいい。セルジュが君を見ないのなら、俺がずっと見ているから。そう思い、痩せたいと言う君を近くで支えようと考えた。

リアが何事にも一生懸命なのは知っていた。ただし要領が悪く、せっかくの食事制限もなぜか無駄になっている。どうしてそうなるのかはわからなかったが、少量で栄養のあるものばかりを選んで食べていた。痩せないのは当たり前、むしろ太ろうと努力しているんじゃないかと疑ったほどだ。

俺に相談してきたから、本格的に彼女を手伝うことにした。リアが兄のために綺麗になろうとしていることは、いったん頭から追い出すことにする。体重管理に関しては、飛竜騎士団の右に出る者はいない。即効性がある食材やトレーニングを勧めると、リアは最初は渋々（しぶしぶ）従っていたようだ。

一緒に過ごすうち、リアが昔の記憶を忘れていることに気がついた。俺は口実を作り、会いに行くことにする。トレーニングやご褒美だと称しては、外に連れ出す。ヒントになるような場所を巡（めぐ）り、仲の良かった小さな頃を思い出させようとした。

リアはそのたびに俺ではなく、兄のことを考えていたから、やはりまだ好きなのかと思い悩んだ。あいつのためにどんどん綺麗になる君を側（そば）で見るのはつらかった。

『私が振り向かせたいのは、セルジュなんだから！』

その言葉を聞いた時、柄（がら）にもなく怒りが込み上げた。俺のしてきたことは一体何だったのか、と。だからもう、会えないと思った。どうあがいても、君の気持ちを俺に向けることはできなかった。だったら、潔（いさぎよ）く諦（あきら）めなければならない。

任務に戻る二日前、挨拶に行った俺の前に大人の女性が現れた。

リアは、兄のために美しく装（よそお）ったのだと言う。意外にも赤いドレスは桃色の髪に似合っている。彼女が着ると派手にならないのが不思議だ。だが、陶器のような白い肌も磨（みが）き上げた肢体（したい）も、全てが兄のためだと思うと悲しい。そんな俺に感謝の言葉を述べた君は無邪気に飛びついてくる。

『ありがとう。全て貴方のおかげよ！』

――なあ、リア。このまま離さないと言ったら君はどうする？　セルジュには渡さないと攫（さら）っていったら？

幼い頃から欲していたもの。ずっと手にしたかった愛情は、いつだって俺の手の中からすり抜けてこぼれてしまう。

『……君が頑張ったからだ。誰のためでも――』

本当は俺のためだと言ってほしかった。兄のためでも、頑張ったのは君自身だ。そのことを覚えていてほしい。側にいた俺の記憶と共に。

だが君は、綺麗な姿を兄に見せたいのだと言う。

『レギウス、近いうちにお宅にお邪魔してもいい？』

それが自分のためだと思うほど、うぬぼれてはいない。

『セルジュに会いに行くんだろう？　明日は在宅するよう言っておく』

冷静を装って答える俺に、君は笑顔で礼を言う。

これで最後なら――

君の望みを叶えてあげよう。薔薇姫の幸せを願う黄金の騎士のように。

翌日。妙に飾り立てた姿で現れた君を見て、俺は驚く。金色のかつらも厚い化粧もリアにはまったく似合わない。唯一、俺の贈った緑の薔薇の髪飾りだけが彼女の瞳と合っていた。リア、兄と会うのにどうしてそれを？　図書室で問い質そうと思っていた。その花言葉を知っているか、俺が最後まで希望を捨てずにいたことに君は気づいているのか、と。

けれど、セルジュとの面会後に泣き出す君を見て、俺の想いは再び潰えた。リアは今でも、セルジュを深く愛していることを知ってしまったからだ。

派手な化粧で髪の色まで変えたリア。そうまでして好かれたいと思う程、兄には魅力があるのだろうか？　いくら考えてもわからなかった。自分と異なる軽薄な生き方に、一生懸命なリアが釣り合うはずがない。けれど彼女は兄を選んだ。幼い頃から彼女を想う俺ではなく。

兄に渡すことになるくらいなら、手伝わなければ良かった。ずっと君の側にいたのは、この俺なのに。外見しか見ていないあいつに、君はもったいない。もっと自分を大事にするべきだ。

そう言って引き離すことができたのなら、喜んでそうしたことだろう。

――好きだよ。

声を出さずに呟く俺は、テラスに立って涙を流す君をずっと抱き締めていた。


休暇明け。異動先の南方の地で、俺はエイルークに絡まれる。

『それで？　二ヶ月半も休暇を取ったのに、好きな子をものにできなかったのか。天下の飛竜騎士、レギウスともあろうものが。君はもう少ししっかりしてると思ったんだけどね』

彼なりの慰めなのだろうが、そっとしておいてほしい。

『買いかぶり過ぎだ。貴方に何がわかる』

『ひどいな。親友が心配してわざわざ来てあげているのに。幼なじみの話を聞かされ続けたこっちの身にもなってほしいよ』

『すまなかった。だがもう、済んだことだ。条件を呑んでここにいるだろう？　俺は忙しいんだ。急用でないなら後にしてくれないか』

急に申請した休暇は運良く認められた。だが、長期休暇と引き換えに、南方に新設される飛竜騎士団への異動を命じられていたのだ。それでも構わなかった。一刻も早くリアの修道院行きを阻止しなければならなかったから。

だが、着任してみて驚いた。二十歳にして副騎士団長というのは、破格の待遇だ。後から知ったことだが、これはエイルークの提案だった。

『で、こっちに来ることを彼女には何も言っていないのか?』

『ああ』

どうやら彼はこの話をまだ続けたいらしい。そのために王都からここまで来たのだとしたら、とんだ無駄足だ。

『皆王都に残りたがるから、私は助かっているけどね。国境の警備は、優秀で信頼できる人材に任せたい』

『それはどうも。期待に沿えるよう努力しようと思うんだが……』

執務机から顔を上げ、言外に早く帰れと伝えた。飛竜騎士団が屋外勤務だけだと思ったら大間違いだ。王室の出先機関として、こうして内務の仕事もかなりある。

この地で頑張ろうと思ったのは本当だ。我が国リグロム王国の領地は縦に長いため、王都までは遠い。任務でもない限り当分戻ることはできないから、兄と暮らすリアの顔を見に寄ることもできないだろう。その方がいいのかもしれない。彼女を忘れて、早く新しい土地になじまなければ。

『ああ、それから。新年の舞踏会は、君の幼なじみのレガート家の番だったね。せっかくだから参加しようかな』

エイルークが楽しそうに言う。ここで動揺して彼を面白がらせるつもりはない。

『それと俺に何の関係が？』

心の痛みは無視する。そういえば招待状が来ていたようだが、まだ開封していない。リアのことは忘れようと決めているから。エイルークがデスクにもたれ、腕を組む。当分帰る気はないようだ。

『いや、別に。ここからは独り言なんだけど。君のお兄さん――彼女の元婚約者だっけ？　よくない噂があるようだ。彼女もきっと苦労する。巻き込まれたらどうするつもりだろうね』

相変わらず痛い所を突いてくる。兄には俺も頭を悩ませているのだ。リアのことだけでなく、次期侯爵としてやっていけるのかと心配である。

既に家を出た俺には、本当はあまり関係がない。リアには言っていないが、王都にいる間、俺は実家ではなく宿泊所に世話になっている。兄弟の序列など、自分ではどうすることもできないものを議論しても仕方がない。

だが、エイルークは違う。無能な貴族は必要ないというのが彼の考え方だ。兄の婚約者である幼なじみを好きなのだと、深酒をした時に漏らさなければ良かったと後悔しても、もう遅い。

『特別任務が終われば、飛竜の私用を許可する。でもまあ、たぶん間に合わないだろうけどね』

『っ……』

相変わらず無茶を言う。

『まあね、親友がどうしてもって頼むなら、仕事以外のことなら引き受けてもいいよ。どうする？』

『く……くれぐれもよろしく。父や兄はどうでもいい。フィリアさえ傷つかなければ、それで』

『了解。君にそこまで言わせるフィリア嬢に会うのが楽しみだ』

交換条件だ。彼に頼まれた極秘任務を終わらせるまで、俺は王都に戻れない。

まさかそのエイルークが、リアと兄の婚約無効を認め、強引に俺達の婚約まで話を持って行ってくれるとは。あの後、父とも和解した。父は覚えている限り初めて俺に頭を下げて、『家に戻って、いずれ侯爵家を継いでほしい』と頼んできたのだ。

任務は多忙を極めたが、見返りに手に入れたものの大きさを思えば、案外いい条件だった。そのおかげで、もうすぐリアが仕事終わりの俺を訪ねてここにやって来る。

「そわそわしているね。やはり待ち遠しい？」

「当たり前だろう。大事な婚約者だ」

婚約者と、ことさらに強調する。セルジュのようなヘマは絶対にしない。俺はこれからも、リアをずっと愛し続ける自信がある。

「私が来た時にも、その半分くらいの態度で歓迎してもらいたいな。まあいい、結婚式には呼べよ」

「もちろん。仲の良さをたっぷり見せつけるつもりだ」

リアが許してくれるなら。彼女は人前で抱擁しただけで顔を赤くするから、まあダメだろうな。照れて動揺する彼女を想像しただけで、またすぐ頬が緩んでくる。

「いいか、レギウス。その顔で人前には出るなよ。その前に鏡を見て行け」

指を突き付けて振り向きざまに忠告すると、友人は出て行った。

「やれやれ、素直じゃないな。何しに来たかと思えば、心配して様子を見に来てくれただけとはね」

仕事に戻ろうと書類に手を伸ばす。すると入れ違うように、客人が来たと告げられた。誰だろう？　リアだとすれば約束の時間までは少しある。急ぐ仕事はそれほどなかったので、そのまま執務室に通してもらうことにした。

「あの、お仕事中にごめんなさい。私は待つって言ったんだけど、エイルーク様がどうしてもって」

戸口ですまなそうにうつむくのは、ずっと待っていた想い人。エイルークもなかなか気が利く。

「いいんだ、リア。よく来てくれたね。おいで」

デスクを回って彼女に近づく。とりあえず、本棚の前の長椅子を勧めてみる。手を握っただけで頬を染め、緑の瞳が輝いた。桃色の髪も柔らかそうで、すぐに感触を確かめたくなってしまう。見るたびに綺麗になる君が、今日も眩（まぶ）しい。

「リア、会いたかった」

「私も。会えなくて寂しかったわ」

嬉しそうな笑みを浮かべる君は、俺のために綺麗になりたいと言ってくれた。現にこの前会った時よりも、今日はさらに美しさに磨（みが）きがかかっている。心だけでなく姿まで美しい君が、もっと自分を見てほしいと俺を誘惑しているようだ。

こんなに可愛い姿を見せられて、心を動かされない男がいるのだとしたら見てみたい。勤務中だが少しくらいはいいはずだ。たとえ後から顔を真っ赤にした君に、さんざん文句を言われるのだとしても。

「ギィ？」

リアの隣に腰かけて、彼女の肩に腕を回す。問いかけるような表情の小さな顎をすくい上げ、そっと唇を重ねる。驚きに目を瞠る君を感じながら、少しずつ角度を変えていく。桜色の唇はふっくらして、蜜のように甘い。ありったけの愛しさを込めて、キスをさらに深める。

「ギ……ギィ、ダメ……」

今だけは、聞こえないふりをしよう。部屋には二人きりだから、邪魔するものは誰もいない。

「ダメ……仕事、中でしょ……」

名残惜しいが仕方がない。なんとか唇を離した俺は聞く。

「今はダメ？　じゃあ、終わったらいいのか」

顔を朱に染め、必死に空気を取り込もうとしているリアが、恥ずかしそうにこくんと頷いた。

可愛すぎるだろう！　ここが執務室でなければ、即座に押し倒していたところだ。すぐに仕事を終わらせて、約束通り新居を見に行こう。案内するのが楽しみだ。小さな家と窓から見える景色を君も気に入ってくれるといい。

「その前に、あと少しだけ」

諦めの悪い俺は、リアの額に瞼に頬に鼻の頭に、優しくキスを落としていく。くすぐったそうな

彼女も、今度は抵抗しないようだ。調子に乗って唇に戻ろうとした時に、内ポケットに入れていた小さな封筒がカサッと音を立てる。

ああ、そうか。それで——

今ある幸せは、全て君のおかげ。リア、小さな君があの時笑いかけ、俺に幸運をくれたから。

『ほらね、持っているだけで良かったでしょう？』

聞けば、そう言って君は笑うだろうか。

懐に忍ばせているのは二つの緑の葉。小さなリアからもらったものと、今のリアが探してくれたものだ。彼女の四つ葉のクローバーが、本当に幸運を運んできたのだと俺は信じている。

新＊感＊覚 ファンタジー！

レジーナブックス Regina

わたくしが恋のライバルですわ!

本気の悪役令嬢！

きゃる

イラスト：あららぎ蒼史

前世の記憶がある侯爵令嬢のブランカは、ここが乙女ゲームの世界で、自分が悪役令嬢だと知っていた。前世でこのゲームが大好きだった彼女は考える。『これは、ヒロインと攻略対象達のいちゃらぶシーンを間近で目撃できるチャンス！』と。さらにブランカは、ラブシーンをより盛り上げるため、悪役令嬢らしく意地悪に振る舞おうと奔走するが――!?

詳しくは公式サイトにてご確認ください。

http://www.regina-books.com/

携帯サイトはこちらから！ 

新＊感＊覚ファンタジー！

Regina レジーナブックス

日々のご飯のためにに奔走!

転生令嬢は庶民の味に飢えている

柚木原（ゆきはら）みやこ
イラスト：ミュシャ

ある食べ物がきっかけで、下町暮らしのＯＬだった前世を思い出した公爵令嬢のクリステア。それ以来、毎日の豪華な食事がつらくなり……ああ、日本の料理を食べたい！　そう考えたクリステアは、自ら食材を探して料理を作ることにした。はしたないと咎める母を説得し、望む食生活のために奔走！　けれど、庶民の味を楽しむ彼女に「悪食令嬢」というよからぬ噂が立ちはじめて――

詳しくは公式サイトにてご確認ください。
http://www.regina-books.com/

携帯サイトはこちらから！ 

新＊感＊覚ファンタジー！

レジーナブックス Regina

とんでもチートで
大活躍!?

異世界の平和を守るだけの簡単なお仕事

富樫聖夜
イラスト：名尾生博

怪獣の着ぐるみでアルバイト中、いきなり異世界にトリップしてしまった透湖。国境警備団の隊長エリアスルードは、着ぐるみ姿の透湖を見たとたん、いきなり剣を抜こうとした！　どうにか人間だと分かってもらい、事なきを得た透湖だが、今度は「救世主」と言われて戦場へ強制連行!?　そこで本物の怪獣と戦うことになり、戸惑う透湖だったけれど、着ぐるみが思わぬチートを発揮して――？

詳しくは公式サイトにてご確認ください。

http://www.regina-books.com/

携帯サイトはこちらから！ 

新＊感＊覚ファンタジー！

レジーナブックス Regina

道草ついでに
異世界を救う!?

無敵聖女のてくてく異世界歩き

まりの
イラスト：くろでこ

祖母の家の蔵で遺品整理をしていたところ、気がつけば異世界トリップしていたＯＬのトモエ。しかもなぜか超怪力になっていて、周囲から聖女扱いされてしまう。そして、そのままなりゆきで勇者と一緒に『黒竜王』を倒す旅に出たのだけれど――神出鬼没な『黒竜王』の行方を掴むのは一苦労。あっちへふらふら、こっちへふらふら、異世界の地を散策しながら旅を進めることになり……

詳しくは公式サイトにてご確認ください。

http://www.regina-books.com/

携帯サイトはこちらから！ 

新＊感＊覚　ファンタジー！

Regina レジーナブックス

麗しの殿下は
手段を選ばない

令嬢司書は冷酷な王子の腕の中

木野美森（きのみもり）

イラスト：牡牛まる

貴族令嬢ながら、実家との折り合いが悪く、図書館で住み込み司書として暮らすリーネ。彼女はある日、仕事の一環で幽閉中の王子へ本を届けに行くことに。そして、それをきっかけに、彼に気に入られる。やがて幽閉先を脱出した彼は、王位を奪い、リーネを王妃に指名してきた！　自分には荷が重いと固辞するリーネだけど、彼は決して諦めてくれなくて――

詳しくは公式サイトにてご確認ください。

http://www.regina-books.com/

携帯サイトはこちらから！

Regina COMICS

大好評
発売中!!

メイドから母になりました 1〜3

原作 夕月星夜 Seiya Yuzuki
漫画 月本飛鳥 Asuka Tsukimoto

アルファポリスWebサイトにて
好評連載中!

シリーズ累計10万部突破!

子育てファンタジー
待望のコミカライズ!

異世界に転生した、元女子高生のリリー。
ときどき前世を思い出したりもするけれど、
今はあちこちの家に派遣される
メイドとして活躍している。
そんなある日、王宮魔法使いのレオナールから
突然の依頼が舞い込んだ。
なんでも、彼の義娘(むすめ)・ジルの
「母親役」になってほしいという内容で——?

アルファポリス 漫画 検索

B6判・各定価:本体680円+税

原作＝斎木リコ Riko Saiki
漫画＝藤丸豆ノ介 Mamenosuke Fujimaru

今度こそ幸せになります！ 1

アルファポリスWebサイトにて
好評連載中！

待望のコミカライズ!!

「待っていてくれ、ルイザ」。勇者に選ばれた恋人・グレアムはそう言って魔王討伐に旅立ちました。でも、待つ気はさらさらありません。実は、私ことルイザには前世が三回あり、三回とも恋人の勇者に裏切られたんです！ だから四度目の今世はもう勇者なんて待たず、自力で絶対に幸せになってみせます——！

アルファポリス 漫画 検索

B6判 / 定価:本体680円+税 ISBN:978-4-434-24661-6

ファンタジー小説「レジーナブックス」の人気作を漫画化！

RC Regina COMICS

Regina COMICS
レジーナコミックス

異世界の職場はトラブルだらけ!!!

就職したら異世界に派遣されました。

漫画：上原誠　原作：天都しずる

異世界ライフは予測不能！

B6判　定価：680円＋税
ISBN978-4-434-24426-1

私、女官としてお城で働きます！

人質王女は居残り希望

漫画：朝丘サキ　原作：小桜けい

B6判　定価：680円＋税
ISBN978-4-434-24567-1

きゃる

熊本県在住。ハッピーエンドと美味しいものが大好き。
2016年からwebで小説を書き始める。2017年『本気の悪役令嬢！』で出版デビューに至る。

イラスト：仁藤あかね

綺麗(きれい)になるから見(み)てなさいっ！

きゃる

2018年7月5日初版発行

編集－仲村生葉・羽藤瞳・黒倉あゆ子
編集長－塙綾子
発行者－梶本雄介
発行所－株式会社アルファポリス
〒150-6005東京都渋谷区恵比寿4-20-3 恵比寿ｶﾞｰﾃﾞﾝﾌﾟﾚｲｽﾀﾜｰ5F
TEL 03-6277-1601（営業） 03-6277-1602（編集）
URL http://www.alphapolis.co.jp/
発売元－株式会社星雲社
〒112-0005東京都文京区水道1-3-30
TEL 03-3868-3275
装丁・本文イラスト－仁藤あかね
装丁デザイン－ansyyqdesign
印刷－図書印刷株式会社

価格はカバーに表示されてあります。
落丁乱丁の場合はアルファポリスまでご連絡ください。
送料は小社負担でお取り替えします。

©Cal 2018.Printed in Japan

ISBN978-4-434-24795-8 C0093